浙江诗路文化概论

杨 昇 著

中国原子能出版社

图书在版编目（CIP）数据

浙江诗路文化概论 / 杨昇著. -- 北京 ： 中国原子
能出版社, 2024. 7. -- ISBN 978-7-5221-3524-3

Ⅰ. I207.209

中国国家版本馆 CIP 数据核字第 20249NN582 号

浙江诗路文化概论

出版发行	中国原子能出版社（北京市海淀区阜成路 43 号　100048）
责任编辑	王　蕾
责任印制	赵　明
印　　刷	河北宝昌佳彩印刷有限公司
经　　销	全国新华书店
开　　本	787 mm×1092 mm　1/16
印　　张	19.125
字　　数	324 千字
版　　次	2024 年 7 月第 1 版　2024 年 7 月第 1 次印刷
书　　号	ISBN 978-7-5221-3524-3　　定　价　86.00 元

前　言

　　浙江作为中国经济最发达的省份之一，其文化影响力往往被忽视，事实上，浙江也是一个历史悠久、文化底蕴深厚的地区。在这片不算宽广且山峦起伏的区域内，隐藏着多个古老的文化遗址，如距今 7 000 年的河姆渡文化、距今 6 000 年的马家浜文化、距今 5 000 年的良渚文化，其中良渚文化遗址中的建筑遗存和出土文物展现了高度发达的史前文明，被列为世界文化遗产。而在 2 000 年发现的上山遗址，则将中国的稻作文明史往前推至 1 万年前。

　　浙江也拥有丰富的非物质文化遗产。大禹文化源远流长，大禹以其治水功绩赢得后世敬仰，公祭大禹仪式已被列入国家级非物质文化遗产保护名录。浙江的端午文化也颇为久远，绍兴一带对曹娥的祭祀、临近苏南的浙北地区对伍子胥的纪念，都有别于端午节源于对屈原的纪念的主流解释，体现出中华民族古老节日的多元化和丰富性。

　　浙江拥有众多的历史文化名城、名镇，其中国家历史文化名城 10 座，杭州和绍兴更是于 1986 年就获第一批入选。绍兴是春秋时期越国的都城，其影响力和文脉一直延续至今。杭州则是江南地区最有代表性的城市之一，有“天堂”之誉。由大运河串连起来的浙北杭嘉湖三城则在鱼米之乡的基础上发展出了高度发达的文明。

　　自古至今，浙江籍文学家载入史册者众多，几乎不可胜数，还有众多的文学家来到浙江，在这片土地上留下大量佳作。浙江作为吴越文化的发祥地、南戏的发祥地和越剧的故乡，至今仍活跃着众多的地方剧种，其中的越剧，更是成为全国第二大剧种。

　　浙江作为沿海省份，历代海外交流频繁，并始终以开放包容的胸怀吸纳、转化外来先进文明成果，具有独特的人文气质。浙江人在波澜起伏的近现代史上的突出作为，以及如今在经济文化发展大潮中的敢为人先、勇立潮头的不凡气概，也与这种山海交融地貌的长期涵养息息相关。

　　"浙江诗路"就是在这样的人文和自然环境中经历漫长的历史进程涵育出来的文化场域，其一般指的是浙江省重点打造的四条诗路文化带，分别是浙东唐诗之路、钱塘江诗路、瓯江山水诗路和大运河诗路。

　　浙东唐诗之路以萧山—绍兴—上虞—嵊州—新昌—天台—仙居为主线，其文化内涵丰富，是唐代诗人往来频繁的文化通道，留下了众多诗人的名篇佳作。钱塘江诗路贯穿浙江北部到中西部，涉及嘉兴、杭州、衢州等多个地市，沿线有知名的水系和山岳，由上游的新安江、衢江、婺江、兰江，中下游的富春江、钱塘江，以及众多分支河流构成的钱塘江水系，沿江地区山水错落，河海相连，形成了"奇山异水，天下独绝"（吴均《与朱元思书》）的地理环境，吸引了历代众多文人名士纷至沓来，他们的文化活动，赋予了沿江山水浓厚的人文情怀、悠远的文化韵味和深邃的哲理意境，进而影响到地域文化特征的塑造。

　　瓯江山水诗路主要位于浙南地区的瓯江流域，涵盖温州、丽水等地，展现了瓯江的山水之美和人文风情。大运河诗路则依托京杭大运河浙江段，联合浙东古运河，具有独特的历史文化价值。

　　这些诗路见证了浙江地区的历史变迁和文化传承，是浙江文化的重要组成部分。从古至今，无数文人在浙江诗路上留下无数的文学作品，这些作品展现了诗人行迹图、水系交通图、城镇风物图、浙学文脉图，体现了人民生生不息的文化创造力，也铺就了浙江全面发展过程中的人文底色，并在自然山水的基础上构筑了众多历史遗迹和人文景观。

　　近年来，浙江省大力推进诗路文化带建设，在非遗保护、文化探源、旅游发展、生态建设、产业壮大等方面取得了阶段性成效。与此同时，为了推动诗路文化研究，也新出版了一批相关书籍，并在各种媒体上推出了系列文章和影视节目，推动了浙江诗路之旅—文学之旅—文化之旅—文明之旅的理念在社会上逐渐深入人心。这一切都是进一步推动人文社会科学的相关知识和研究成果在民间推广普及的重要基础，也是中国社会发展水平向更高层次迈进的坚实阶梯。

目　录

绪　　论

　　中国的美好，有很大一部分隐藏在文学尤其是那些美丽的诗句之中，日积月累形成海量的诗作，铺就了一条条的"诗路"，供后人踏勘和凭吊。之所以会形成"诗路"，是因为文学的创作，多与地理有着密切的关系。所有的作家、所有的诗人，在写一首诗的时候，他一定是在一个特定的地理空间，他与写作的这个地方，会形成一种关系。比如，我们想象一下，一个作家——从北方来的，在桂林写作，北方人来到这个地方，肯定会有一种新的体验，这样就触动了他的诗歌写作。对他来说，桂林山水原来是一种想象，到了这个地方之后，可能就变成真切的体验了。如果仔细研读会发现，古代的诗歌大多是诗人在旅行中所写。为什么在旅行中写得比较多呢？这是因为古代的旅行是很单调、很漫长的，我们现在的旅行非常舒适和便捷，可以坐高铁、坐飞机、坐汽车、走高速，速度很快。古代，无论是哪种交通方式，都非常漫长寂寞。那么，单调又漫长的旅程中，怎么样才能排遣自己的寂寞呢？诗人在行走的过程中，就会对眼前的风景细细体会。在体会的过程中，他可以琢磨怎么将它写成一首诗。所以往往在一个地点休息的时候，这首诗就构思完成了。如果我们把古代这些行旅的诗人沿途写的诗连起来，就形成了一个线状的结构，我们把这种线状的结构叫作"诗路"，这是一条诗歌的路①。

　　笔者以为所谓"诗路"，当有两层含义，一是历代文人墨客因游历、谋生、探亲、访友等原因奔走往还所形成的行踪轨迹，二是由优秀文学作品串联而成的、由无形而逐渐变为有形的作品线路，而今天屡屡见诸各类媒体之上的所谓"诗路"，似乎应看作是以后者为主的新兴概念。

　　浙江省政府于 2019 年印发的《浙江省诗路文化带发展规划》②提出："先

---

① 莫道才. 当诗人邂逅桂林山水：湘桂古道与粤西诗路［J］. 桂学研究，2022（1）：119-131.
② 浙江省人民政府. 浙江省诗路文化带发展规划［Z］. 浙政发〔2019〕22 号，2019-10-01.

人择水而居，繁衍生息，以主要水系（古道）为纽带贯穿全省，勾勒出浙江诗路文化的诗人行迹图、水系交通图、浙学学脉图、名城古镇图、遗产风物图'五幅地图'，'以诗（诗词曲赋）串文''以路（水系古道）串带'分别绘就浙东唐诗之路、大运河诗路、钱塘江诗路、瓯江山水诗路'四条诗路。"浙江省所打造的"诗路"，其实就是以诗歌为主的各类文学作品组成的"文学之路"，并且用这一条条"诗路"，串联起城、镇、乡村，本质上，仍是"文化搭台，经济唱戏"思路的一种新的表现形式："以'诗'串文（文化）为主线，以'诗（诗词曲赋）'为点睛之笔，弘扬优秀传统文化，激发创新创业活力，着力打造四条诗路文化带，着力推进优秀传统文化的活化、物化和升华，着力彰显诗路文化的重大历史价值、文化价值、经济价值和时代价值。"

事实上，"诗路文化"的提出，确有其一定的理论价值和现实意义，但要将无形的由历史上产生的诸多的优秀诗歌构成的"诗路"实体化和可视化，首先需要重视的仍是其精神内涵，而要让这些"诗路"真正成为吸引大众的旅游点，则无疑需要进一步着力提高民众的知识素养，尤其是文学、历史、艺术等多方面的文化素养。在这一基础上，若要提振"诗路"对大众的吸引力，还需做到以下几点。

首先，高度珍视自己的文学传统。境内应多有文学家故居、文学馆、纪念馆、文学作品或文学家的主题公园、纪念碑、墓地等，在各个场所提供比较详细的资料说明，甚至一些虚构文学作品中提及的地方，也可以作为文学的背景地或曰"舞台"加以搭建并呈现。这些文学遗迹地如能吸引众多读者前来参观膜拜，则可打造浓厚的文化氛围。

其次，重视对文学遗迹进行全方位的保护与呈现。我国文学史上的重要作家作品自不必说，甚至于一些即便没有进入国家级文学史的地方文学家，也可以在相关的地区拥有属于自己的一席之地。如在丽水市松阳县，就有南宋女词人张玉娘[①]的相关纪念场所"张玉娘诗文馆"和"鹦鹉冢遗址"。张玉娘的行迹和作品未能被多数古代文学史和作品选所记载，但当地人民仍将她作为乡梓名贤加以崇拜和纪念。

第三，对于在我国具有一定影响力的外国文学家的遗迹地，亦可进行积

---

① 张玉娘，字若琼，号一贞居士，松阳人。敏慧绝伦，擅长诗词，有《兰雪集》行世。景炎二年（1277），忧郁而死，年不足三十，其所养鹦鹉亦悲鸣而殒，同穴而葬，故其墓又称"鹦鹉冢"。

极的整理和保护，比如在南京、九江和镇江等地，都有美国作家赛珍珠（Pearl S. Buck）的故居等遗迹，赛珍珠出生 4 个月后即被双亲带到中国，在镇江度过了童年和少年时代，赛珍珠在中国生活了近 40 年，她把中文称为"第一语言"，把镇江称为"中国故乡"。她获得诺贝尔文学奖的长篇小说《大地》就是以中国农村为背景创作的。笔者在日本访学期间，也曾探访过多处中国作家如鲁迅、郁达夫、郭沫若等的纪念地。这些异国作家的纪念地，表现出文学的巨大涵养和包容，反映了人类文化的共通性，令人肃然起敬。

江苏省镇江市的赛珍珠故居

位于南京大学鼓楼校区内的赛珍珠旧居及铜像

镇江赛珍珠作品纪念雕塑"大地"

位于日本宫城县仙台市东北大学片平校区内的鲁迅先生像

鲁迅曾上过课的阶梯教室，被命名为"鲁迅的阶梯教室"

位于鲁迅恩师藤野严九郎故乡日本福井县芦原市的藤野严九郎故居及二人铜像

日本千叶县市川市郭沫若纪念馆

位于日本名古屋大学内的郁达夫《沉沦》文学碑

第四，对于戏曲、歌曲、电影、民间传说等某种程度上可视作文学作品衍生物的艺术载体的相关遗迹地亦可进行保护和发扬，充分打造立体而全方位的艺文氛围。如以浙江民间传说为基础改编而成的越剧《梁山伯与祝英台》，由于在民间有着巨大的影响力，在绍兴市上虞区，甚至还有"祝英台故居"，其内部对戏曲情节进行了全方位的展示。此外还有杭州的万松书院，也是梁祝故事的重要舞台，这些地方被作为旅游景点开发，受到"梁祝"拥趸们的喜爱。

浙江上虞"祝英台故里"

杭州万松书院

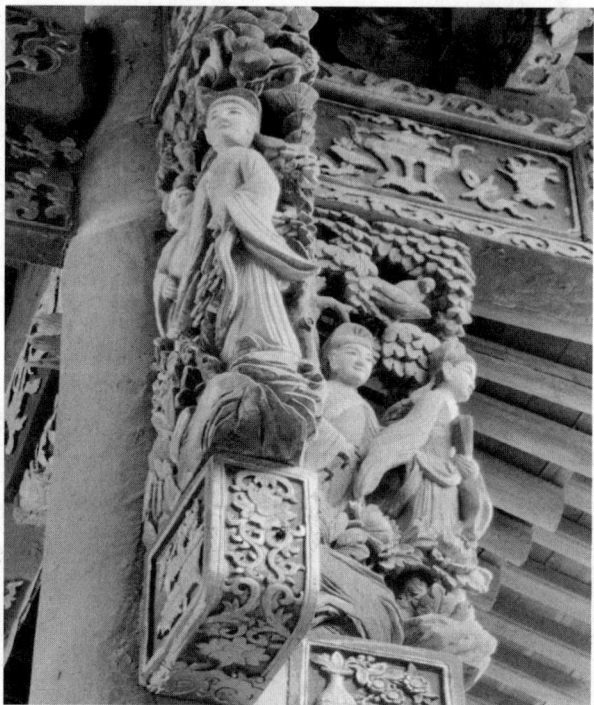

上虞曹娥庙建筑构件"梁祝"故事木雕

总体而言,文学遗迹纪念地可以是多种多样的,在文化发达的中国大地上,亦可以做到密集分布、应有尽有,其形制可以不一而足,简单者立一碑介绍即可,当然也可以根据实际需要打造"文创"气息浓厚的旅游景点。但对于一些已经毁失的建筑等遗迹,也不必强求重建,可采用设立遗迹碑的形式,比起很多地方大张旗鼓地修建"假古董"建筑来,这种"精打细算"的文学遗迹标记形式,更值得加以推广。

浙江省沿海,多山,人口稠密,山地面积占74.6%,平坦地占20.3%,故有"七山一水二分田"之称。全省的地形大致可分为浙北平原、浙西丘陵、浙东丘陵、中部金衢盆地、浙南山地、东南沿海平原及滨海岛屿等六个地形区。

不同的地形地貌,成为了特色不同的区域文化的发展基础。浙江北部平原地区与苏南相连,两者在文化上也相互贯通,总体而言,杭、嘉、湖三地与苏、松、常、太的经济人文之往来畅通无碍,文化亦一脉相承。在此基础上,明代的浙江台州籍文人王士性就提出以钱塘江为界,划分浙江文化区域为浙西和浙东的见解，他在游记《五岳游草》中，把浙西划入吴地的范畴，其《广志绎》指出："两浙东西，以江为界，而风俗因之。浙西俗繁华，人性纤巧，雅文物，喜饰鬐帨，多巨室大豪，若家僮千百者，鲜衣怒马，非市井小民之利。浙东俗敦朴，人性俭啬椎鲁，尚古淳风，重节概，鲜富商大贾。"王士性还把浙东的习俗进一步分为三个组成部分：宁绍地区、金衢地区、台温处地区："宁绍盛科名逢掖，其戚里善借为外营，又佣书舞文，竞贾贩锥刀之利，人大半食于外。金衢武健负气善讼，六郡材官所自出。台、温、处山海之民，猎山渔海，耕农自食，贾不出门，以视浙西，迥乎上国矣。"①而今天已经划归杭州地区的旧严州府（今浙江省建德市），无论从地理还是文化角度来看，都更接近于金衢地区。

宁绍（平原）文化、金衢（盆地）文化和台温处（山海）文化各具特色，是明清人所称的"上八府"（杭嘉湖地区则被称为"下三府"）文化的三个主要分支，而其中宁绍地区可看作是浙西平原文化向浙中南山海文化的缓冲过渡地带，兼具两地的特征，又有自身独立的风格："惟两浙兼吴越之分土，山川风物迥乎不侔。浙西泽国无山，俗靡而巧，近苏常，以地原自吴也。浙东负山枕海，其俗朴，自瓯越为一区矣。"②

浙江各区域地形及文化各有不同，然作为自古以来一直比较稳定的国家一级行政区划，其作为一个整体已经有了相当长的历史，并且在全国范围内也有着较为稳定的总体认知和评价，省内的一些名城、名人、名景、名产，在国内乃至全球都有着较高的知名度。因此，尽管浙江省的面积在目前全国34个一级行政区划中仅名列25位（根据第七次全国人口普查结果数据，浙江省人口数量排名全国第8位③），但其综合实力却不容小觑，尤其在经济发展方面取得了不俗的业绩，并且是全国省内各地区经济发展程度差异最小的省份之一。在此基础上，对传统文化的整理、宣传和活化利用并加以发扬光大就成为全省综合发展过程中的题中应有之义。

孟浩然《自洛之越》诗云："皇皇三十载，书剑两无成。山水寻吴越，风

---

① 王士性. 王士性地理书三种［M］. 周振鹤，编校. 上海：上海古籍出版社，1993.

② 同①

③ 国家统计局，国务院第七次全国人口普查领导小组办公室. 第七次全国人口普查公报（第三号）——地区人口情况［Z］. 2021-05-11.

尘厌洛京。扁舟泛湖海，长揖谢公卿。且乐杯中物，谁论世上名。"浙江山水秀美，又兼拥有漫长的海岸线，集成了丰富的自然景观。浙江文化发展历史悠久，境内的河姆渡遗址为中国有代表性的新石器时期遗址。马家浜文化距今七千余年，亦是长江中下游新石器时期文化的代表，其核心遗址地位于浙江的嘉兴。良渚文化是距今四五千年前后环钱塘江分布的以黑陶和磨光玉器为代表的新石器时代晚期文化，可看作是中国早期文明发展的开端。

春秋时期吴越争霸、越王勾践的故事至今流传全国。秦末的西楚霸王项羽，也曾在浙江有过活动，并被载诸史册。东汉时写作《论衡》的哲学家王充，生于绍兴上虞。在东晋，会稽成为当时名门望族的聚居之地，王羲之等名流都在今绍兴一带活动，并留下千古绝唱。三国时的英雄孙权的籍贯为吴郡富春县，今浙江省杭州市富阳区龙门古镇尚有孙氏宗祠。南朝时，一代名相谢安曾隐居上虞东山，著名诗人谢灵运则出生于会稽始宁（今属上虞），为格律诗的发展定型作出巨大贡献的诗人沈约则生于德清。在中国诗歌发展最为繁盛的唐代，浙江贡献了贺知章、孟郊、罗隐、方干、徐凝等著名诗人。

随着全国的文化重心逐渐南移，自两宋始，浙江的人才开始呈井喷式涌现，而南宋定都杭州，其成为全国文化的中心，文人墨客汇聚江南，更是大大深化了浙江地区的文化积累，这一时期的地方名人，以沈括、陆游、周邦彦、吕祖谦等为代表。入元后，浙江依旧是江南地区的人文渊薮之地，出现了赵孟頫、黄公望、王蒙、吴镇等艺文兼擅的巨匠，以及张可久、高明这样的曲学大家。明清两代，浙江籍的进士数量，已居全国各省首位，这一时期对社会有重要影响力的文人，以王守仁、黄宗羲、朱彝尊、龚自珍等为代表。

进入近代以后，浙江学人更是敢为天下之先，秋瑾、徐锡麟、陶成章等人是清末革命中的英雄人物，蔡元培、鲁迅、钱玄同等人在新文化运动中起着举足轻重的作用，其余科学文化各方面的人才更是不胜枚举。此势头直至今日，仍余兴未阑，以 1955 年到 2022 年的数据进行统计，按籍贯排名，中国两院院士的数量，浙江省排名全国第二，仅稍逊于江苏省，若以市为单位进行统计，则宁波籍的两院院士数量排名第一①。

山海秀丽、人文璀璨的浙江省，旅游业亦较发达，根据官方公布的数据

---

① 1955—2022 年中国两院院士分布情况，江苏浙江两省高居前二［EB/OL］.（2024-01-26）［2023-04-06］https://www.sohu.com/a/681023147_121687414.

计算，新冠疫情出现前的三年（2017—2019 年），其相关行业收入已经超过全省生产总值总量的 17%。截至目前，浙江共拥有世界遗产地四处：中国丹霞地貌江郎山（位于江山市）、杭州西湖、杭州余杭的良渚古城遗址以及中国大运河的浙江部分。国家级风景名胜区 22 处，包括第一批国家风景名胜区四处：杭州西湖、富春江—新安江、温州雁荡山和舟山普陀山。第二批国家风景名胜区三处：天台山、舟山嵊泗列岛和永嘉楠溪江。第三批四处：德清莫干山、奉化雪窦山、金华双龙景区和缙云仙都。其余者，还有江山江郎山、仙居县神仙居、诸暨浣江—五泄、永康方岩、文成百丈漈—飞云湖、温岭方山—长屿硐天、新昌天姥山、武义大红岩、磐安大盘山、临海桃渚、浦江仙华山。

浙江拥有国家 5A 级旅游景区 19 处，包括杭州西湖、杭州西溪湿地、千岛湖（建德、淳安）、宁波天一阁·月湖、奉化溪口—滕头景区、温州雁荡山、文成刘伯温故里、湖州南浔古镇、嘉善西塘古镇、桐乡乌镇、嘉兴南湖、绍兴鲁迅故里·沈园景区、东阳横店影视城、江山江郎山—廿八都旅游区、开化县根宫佛国文化旅游区、舟山普陀山、天台县天台山、仙居神仙居、缙云仙都。

此外，还有全国重点文物保护单位 298 处，其中含 1961 年 3 月公布的第一批三处：杭州六和塔（南宋）、杭州岳飞墓（南宋）、宁波保国寺（北宋）；1982 年 2 月公布的第二批三处：杭州飞来峰造像（五代至元）、宁波天一阁（明至清）、余姚河姆渡遗址（新石器时代）；1988 年 1 月公布的第三批十三处：金华太平天国侍王府（1861 年）、绍兴鲁迅故居（1881—1898 年）、桐乡茅盾故居（1896—1910 年）、绍兴秋瑾故居（1907 年）、宁波鄞州它山堰（唐）、绍兴古纤道（明—清）、杭州胡庆余堂药店（清）、东阳卢宅（明—清）、金华天宁寺大殿（宋—元）、杭州闸口白塔（五代）、湖州飞英塔（南宋）、慈溪上林湖越窑遗址（东汉至宋）、龙泉市大窑龙泉窑遗址（宋至明）；1996 年 11 月公布的第四批十处：余杭区和德清县的良渚遗址（新石器时代）、绍兴大禹陵（清）、衢州孔氏南宗家庙（南宋—清）、武义延福寺（元）、兰溪诸葛及长乐村民居（明、清）、苍南蒲壮所城（明）、宁波镇海口海防遗址（明—近代）、瑞安玉海楼（清）、奉化蒋氏故居（民国）。

以上所列举的这些浙江省内的自然、人文景观中，很多本身就是文学家的故居，还有一些则与文学有着密不可分的联系，有的是诗文创作之地，有的则是吟咏的对象。总之，相当多的自然人文景观，其实都有可能是"诗路之旅"中的重要站点，而把这些"点"串联起来去踏勘，则需要现实的"路"作为沟通，也就是说，所谓的"诗路"，其实也是需要现实中的交通之路去做实的。事实上，文学遗迹或曰"诗路"旅行路线的勘定和择取，不仅与作家行迹和相关作品组成的路线相关，更与当今的交通发展状况密切联系，甚至可以说，交通状况有时会起到决定性的作用。

浙江省的公共交通发展在全国处于先进之列，由铁路，公路、内河航运、海运、民航组成的陆水空交通线四通八达，为人们的出行提供了越来越便利的条件。截至 2021 年底，浙江铁路运营里程达 45 条段共 3 263 千米，其中高速铁路 14 条段 1 494 千米，普速铁路 31 条段 1 769 千米，2020 年全省铁路客运量达到约 3.15 亿人次[①]。截至 2023 年底，全省普通国省道总里程达 8 212 千米，覆盖所有县级节点。农村公路总里程达 10.9 万千米，基本实现百人以上自然村等级公路"村村通"[②]。浙江省交通以杭州、宁波、金华、温州为枢纽向全省各地辐射，而作为水网密布的沿海省份，其海运和内河航运业亦十分发达。在此基础上，很多文学作品，也诞生于车船之上，成为历代（尤其是近代以来）地方文学的一大特色。

以山川为脉络，以交通为基础，加以文学之导向，浙江"诗路"文化的大力发展也就有了依托。浙江"诗路"这一概念的提出，还要追溯到 20 世纪，1988 年，竺岳兵在"中国首届唐宋诗词国际学术研讨会"上宣读论文《剡溪——唐诗之路》，他认为："所谓'唐诗之路'，是指对唐诗特色的形成，起了载体作用的、具有代表性的一条道路。"[③]1993 年，时任中国唐代文学学会会长傅璇琮将"剡溪"改为"浙东"，此举无疑是扩大了"诗路"的范围，此后，关于浙江"诗路"文化的创见不断被提出，相关的著作也日益增加，而"诗路"概念也日益拓宽和膨胀，逐渐形成贯穿全浙东西南北的数条"文化带"。

肖瑞峰《唐诗之路视域中的贺知章》提出贺知章对李白《梦游天姥吟留

---

① 铁路安全管理保障来了 浙江将制定地方性法规［EB/OL］.（2021-12-02）https://baijiahao. baidu.com/s?id=1718006235032644224&wfr=spider&for=pc.

② 浙江：万千公路绘就高质量发展新"途"景［EB/OL］.（2023-11-21）https://baijiahao.baidu. com/s?id=1783174967077208016&wfr=spider&for=pc.

③ 竺岳兵. 唐诗之路综论［M］. 北京：中国文史出版社，2003.

别》创作的影响的可能性，并指出贺知章于天宝三年（744 年）辞官归隐会稽时，唐玄宗赋诗赠别并引发一系列的诗词奉和活动，这次文学活动其实是"对浙东唐诗之路的最早的共同关注和集体吟咏"[①]。

陆游作为两宋最重要的诗人之一，是宋代浙江"诗路"研究的重心。中国陆游研究会、绍兴市陆游研究会、绍兴市宋韵文化研究中心主编的论文集《陆游与浙江诗路文化研究》（中国社会科学出版社，2022 年版）中的部分论文，围绕陆游"山阴诗""村居组诗""自咏诗"进行专题研究，也有部分由陆游诗歌展开的对浙东"诗路"的专论。此前针对陆游镜湖卜居时期创作诗歌的专门研究成果数量不算多，拙著《陆游"镜湖诗"论》（安徽师范大学出版社，2021 年版）从"镜湖诗"产生的原因和时代背景出发，通过对陆游镜湖农村家居时期诗歌的分类和分析，探讨当时江南农村的风貌、农民的生活、社会经济的发展状况，以及陆游回归田园后的生存状况和生活情趣。通过对"镜湖诗"的艺术风格特征的分析，总结"镜湖诗"的诗歌艺术成就、语言特色、思想内容和寄寓于诗歌之中的历史时代特色和个人思想光彩。通过对"镜湖诗"在文学和思想上的师承、意义和影响的分析，探究中国古代田园诗、农村诗的发展脉络，了解陆游"镜湖诗"在其发展过程中作出的贡献和所处的地位。

事实上，在陆游生活的时代，镜湖一带的生态环境就出现了问题，并在此后的岁月里愈演愈烈。从北宋大中祥符年间开始，就不断有沿湖居民在湖中建筑堤堰，围湖垦田，镜湖的水面也因此日益缩小，至熙宁年间，盗湖为田的面积已经达到了九百余顷。泸州观察推官江衍立碑于湖中，约定碑内者为田，碑外者为湖，碑内之田，许耕种者按亩纳租税，号为"湖田"。北宋末年，复废碑外之湖为田，湖又为之缩小二千四百余顷。南宋隆兴元年（1163年），绍兴知府吴芾主持开掘碑外湖田，然数年后又复为田。对此，离任后的吴芾在《送津赴绍兴倅八首》其五中无奈地写道："我曾开凿鉴湖田，功竟难成愧昔贤。汝谒马祠须问讯，此湖兴复是何年？"[②]生活于同时代的陆游，作为繁衍生息于湖边数十年的当地居民，也对镜湖"湖废财存十二三"（《剑南诗稿》卷七十二《题道傍壁二首》其二）的现状痛心不已。在另一首诗中，

---

① 肖瑞峰. 唐诗之路视域中的贺知章［J］. 浙江社会科学, 2022（02）: 151-154, 160.

② 吴芾. 湖山集［M］. 台州刻本, 光绪七年.

陆游将恢复镜湖往日生态的希望寄托于后人："形骸岁岁就枯朽，意气时时犹激昂。水远浮鸥方浩荡，霜高残菊更芬芳。人皆有舌是非在，劫未成灰时世长。三百里湖行自复，子孙努力事耕桑。"末句下自注："镜湖废百七十余年，故吾乡多凶，会有复之者。"（《剑南诗稿》卷三十八《秋怀》）

可惜的是，此后的岁月里，镜湖仍局部湮废，绍兴地区境内湖面缩窄，曹娥江水网剧变、水位降低、丘陵沙土入溪，累积淤塞而致水道更变。浙东地势本就南高北低，为了东西走向的运河能够方便穿越南北向的自然河流，浙东运河增修建设了许多碶闸和堰坝。"宁绍之间，地高下偏颇，水陆不成河。昔人筑三数坝蓄之，每坝高五六尺，舟过者俱系絙于尾，榜人以机轮曳而上下之，过乾石以度，亦他处所无也。度剡川而西北，则河水平流，两岸树木交阴，莲荇菱芡浮水面不绝，鱼梁罾笱，家家门前悬挂之。舟行以夜，不避雨雪，月明如罨画，昔人谓'行山阴道上，如在镜中'，良然。"①然而，水路改变后，行旅由此入剡溪、新昌江，上天台山就显得相对不便，走明州（今宁波）线则变得更为便捷，山水相连、奇险峻峭的"谢公（谢灵运）古道"逐渐冷落。明代游客到天台山，也多从宁海方向前往了。

钱塘江，古称"浙"，全名"浙江"，又名"折江""之江""罗刹江"，在浙江境内，上游习惯称为新安江，富阳段惯称为富春江，下游杭州段则称钱塘江。"钱塘江"最早见名于《山海经》，因流经古钱塘县（今杭州）而得名。钱塘江是浙江省最大河流，是宋代两浙路的命名来源，也是明初浙江省成立时的省名来源。以北源新安江起算，河长588.73千米；以南源衢江上游马金溪起算，河长522.22千米。自源头起，流经今安徽省南部和浙江省，流域面积55 058平方千米，经杭州湾入东海。

被称为杭州湾的钱塘江入海口呈巨大的喇叭形，外口大、内口小。杭州湾口南北两岸相距约100千米，至澉浦缩小到20千米，再上至海宁盐官镇，仅为2.5千米。钱塘江河道自澉浦起，河床急剧抬高，致使河床容量突然变小，大量潮水涌入变浅的河道，使潮头受阻，而后面的潮水又急速推进，出现水面壅高，甚至翻滚奔涌，形成著名的"钱江潮"。

钱塘江的主要支流有休宁河、洽阳河、桂溪、练江、昌溪、寿昌溪、兰

---

① 王士性. 王士性地理书三种［M］. 周振鹤，编校. 上海：上海古籍出版社，1993.

江—衢江—常山港—马金溪、金华江—东阳江、清渚港、分水江、大源溪、渌渚江、壶源溪、浦阳江、曹娥江等，其中较大的是兰江、婺江、分水江、浦阳江、曹娥江和渌渚江等。

"钱塘江诗路"即是以"新安江—富春江—钱塘江"为主线构成。新安江又称徽港，是钱塘江水系干流上游段，发源于徽州（今安徽黄山市）休宁县境内，东入浙江省西部，经淳安至建德与兰江汇合后为钱塘江干流桐江段、富春江段，东北流入钱塘江，是钱塘江正源。自古以来，沈约、孟浩然、刘长卿等大诗人，都曾在新安江留下诗篇。富春江段，一般指的是钱塘江建德市梅城镇至萧山区闻家堰段的别称，流贯浙江省桐庐、富阳两地。富春江两岸山色青翠秀丽，江水清碧见底，素以水色佳美著称，更兼许多具有浓郁地方特色的村落和集镇点染，使富春江、新安江画卷增色生辉。富春江一带昔有"小三峡"之称，元代李桓诗句云："天下佳山水，古今推富春。"（《富春舟中》）南朝梁文学家吴均《与朱元思书》中较早描绘了富春江美丽的风景，后世诗人亦有大量描摹富春图景之作，目前景观主要有七里濑、严子陵钓台、桐君山等。钱塘江的杭州湾一带，以钱江潮、六和塔和钱塘江大桥为主要景观，相关诗文以观潮之属较为突出。

浙江的运河诗路，主要包括京杭运河和浙东运河。京杭大运河浙江段流经杭州、嘉兴、湖州三地，作为中国大运河的重要组成部分，不仅见证了中国历史上已经消逝的一个特殊的制度体系和文化传统——漕运，还在漫长的历史过程中，促进了沿河城市的形成与经济的繁荣，深刻地改变了人们的生活方式。相关的主要景观有杭州的拱宸桥、广济桥、香积寺、富义仓，嘉兴的长虹桥、月河、三塔、血印寺、乌镇，湖州的南浔、新市、双林等。

浙东运河又名杭甬运河，西起杭州市滨江区西兴街道，跨曹娥江水系，经过绍兴市，东至宁波市甬江入海口。该运河最初开凿的部分为位于绍兴市境内的山阴故水道，始建于春秋时期。西晋时，会稽内史贺循主持开挖西兴运河，此后与曹娥江以东运河形成西起钱塘江，东到东海的完整运河。

由于浙东地区地势南高北低，河流多为南北向，因此，东西走向的浙东运河需要穿越多条自然河流。为维持不同区域的水位并使船只能够通过水位不同的河段，运河中修建了许多碶闸和堰坝设施。这与数量众多形式各异的纤道、桥梁和古镇一起成为了浙东运河的特色，也成为了重要的运河遗产。

运河干流和支流中重要的堰坝有位于杭州市萧山区的永兴闸、位于上虞境内的曹娥堰、梁湖堰、通明堰、清水闸，位于余姚境内的斗门闸、云楼下坝和位于宁波市辖区内的西渡堰。纤道是运河纤夫行走的道路，在浙东运河各个河段均有分布，但集中位于萧山和绍兴市境内。浙东运河纤道始建于唐元和十年（815年），全长近百里，目前绍兴市境内尚有多处保存较好的古纤道遗址。

运河古镇——湖州市双林镇

浙东运河上古桥众多，且桥梁形式多样，其中著名的有绍兴的八字桥、太平桥、广宁桥，余姚的通济桥等。浙东运河沿线的许多城镇都与运河密切相关。西兴古镇是浙东运河的西端起点，基本定型于明代，曾有为数众多的"过塘行"经营运河运输业务。慈城古县城是原宁波府慈溪县县治所在地，始建于唐开元二十六年（738年），保存了典型的江南县城格局。从古至今，陆游、范成大、秦观、朱彝尊、鲁迅等著名文人途经浙东运河，留下不少传世作品。

杭嘉湖和宁绍地区以大运河为纽带串联成平原水乡和鱼米之乡，不仅物产丰饶，文化也十分昌盛，涌现和吸引了大量的文人墨客，他们创作出无数优秀的文学作品，成为运河诗路文化重要基础。

　　瓯江是浙江第二大河流，位于浙江南部，发源于龙泉市与庆元县交界的百山祖西北麓锅帽尖，自西向东流，贯穿整个浙南山区，流经丽水、温州等地，干流全长 388 千米，从温州市流入东海温州湾。流域内自然环境优美，著名的风景区有仙都、通济堰、雁荡山、楠溪江、百丈漈、江心屿、石门洞瀑布等。瓯江的重要支流有小溪、大楠溪及小楠溪、松阴溪、好溪、鹤盛溪、孤山溪、花坦溪、古庙溪、陡门溪、宣平溪等，均是山水秀丽之处。

　　除了以上诗路之外，浙江漫长的海岸线上还存在着众多的文学遗迹地，从而铺就了"沿海诗路"。嘉兴平湖乍浦港，是《红楼梦》出海之地，据日本红学家伊藤漱平考证，1793 年 12 月 9 日，"王开泰"商船载《红楼梦》九部十八套由浙江乍浦港抵达九州长崎港，这是到目前为止，在红学史研究文献中，《红楼梦》走出国门的最早记录。嘉兴海盐的澉浦古镇，也曾是商贾辐辏、人文荟萃之地。至于宁波和舟山一带，更是港口云集，海上交通极为便利。由今台州到温州一线的沿海地区，以往多在文史研究中被忽略，其实其中也蕴含着丰富的文学资源可供挖掘。至于历代海外交通和由此带来的长期交流过程中产生的文学作品，亦值得我们去收集和整理。

　　至于与浙江"诗路"相关的文学作品，其选本目前已有很多。清阮元编《两浙輶轩录》、潘衍桐继编《两浙輶轩续录》，是浙江诗歌选本的集大成之作。浙江下属各地区的诗歌资料汇编，则有鄞县李邺嗣的《甬上耆旧传》、平湖沈孝友的《槜李诗系》、钱塘丁丙的《历朝杭郡诗辑》等。当代则有王荣初选注《西湖诗词选》（浙江文艺出版社 1985 年版），2004 年杭州出版社整理出版的《西湖文献集成》《钱塘江文献集成》，周律之主编《宁波地名诗》（宁波出版社 2007 年版），方韦、李新富《严州诗词》（天津古籍出版社 2011 年版），罗荣本、罗季编著《西湖景观诗选》（浙江工商大学出版社 2013 年版），郑翰献、王骏编《钱塘江诗词选》（杭州出版社 2019 年版）等。"诗路"相关作品汇编，则有胡才甫编的《新安山水诗选》（浙江人民出版社 1985 年版），申屠丹荣《富春江名胜诗集》（浙江人民出版社 1990 年版），邹志方《浙东唐诗之路》（浙江古籍出版社 1995 年版），郑翰献、王骏主编《钱塘江诗路》（杭州出版社 2019 年版），周红卫主编《钱塘江诗词汇编》（黄河水利出版社 2021 年版），中共杭州市萧山区委宣传部等编《浙东运河诗选》（浙江工商大学出版社 2021 年版），邱江宁、孟国栋编著《京杭运河诗文赏析》（中国社会科学出版社 2021

年版），陈瑞赞编《梦绕瓯江：古代温籍名家笔下的温州》（文汇出版社 2022年版）等。

  "诗路"相关作品，应以"纪地纪时纪事"[①]为主要特征，而"纪地"应该作为核心要素来对待，笔者以为，既然称为"诗路"，其建设的重点仍应以便利踏勘为主，努力将无形的文学作品有形化，并以合理的方式加以呈现，以达到心灵与实景相贯通的目的。而在诗路踏勘的过程中，仍需将实景与作品紧密联系，以更好地达到"走读"作品，升华心灵的目的。以下诸章，即以四条诗路为主线，勘定诗路行迹，结合相关作家作品，对浙江省以文学为核心的文化环境进行梳理。

---

  ① 尚永亮. 韩愈两度南贬与诗路书写蒭论［J］. 北京大学学报（哲学社会科学版），2023，60（02）：64-73.

第一章　钱塘江诗路

第一节　钱塘入海：海宁、杭州

海宁，春秋时属吴越之地，秦时，在海盐县、由拳县境内。东汉建安八年，陆逊在此地任海昌屯田都尉并领县事。东吴黄武二年（223年），析海盐、由拳两县，置盐官县，属吴郡，隶扬州，为海宁建县之始。南朝陈永定二年（558年），置海宁郡，寓"海洪宁静"之意，辖盐官、海盐、前京三县。隋开皇九年（589年），盐官始属杭州。唐武德七年（624年），并入钱塘县，贞观四年（630年），复置盐官县。玄宗开元二十一年（733年），盐官属江南东道余杭郡。五代，属吴越国杭州。北宋，属两浙路杭州。南宋，属临安府。元朝元贞元年（1295年），升盐官州，天历二年（1329年）改名海宁州，属杭州路。明洪武二年（1369年），降为海宁县，属杭州府。清乾隆三十八年（1773年），复升为州。民国元年（1912年），改州为县，直属浙江省。1949年5月，海宁县归属嘉兴专区。1986年11月，撤县设市，属嘉兴市。

海宁南连杭州，北通沪苏，京杭运河和沪杭铁路贯穿其间，是杭嘉湖漕运的枢纽之地，也是贯穿钱塘江两岸的交通要冲。海宁自古经济发达，学风昌盛，人文荟萃，人才辈出，梁启超曾这样描述清代海宁的学问之风："杭属诸县，自陈乾初而后，康熙间有海宁陈莲宇（世琯）师事梨洲，亦颇提倡颜、李学。道、咸、同则海宁张叔未（廷济）、海宁蒋生沐（光煦）颇以校勘名。光绪间海宁李壬叔（善兰）精算学，译西籍，徐文定后一人也。"[①]

海宁治所旧在盐官，盐官始建于西汉，因吴王刘濞煮海为盐，在此设司盐之官而得名，今以观钱江潮之佳所闻名。钱江潮其实是一种潮汐现象。潮汐是海水周期性的涨落运动，是由月亮和太阳对地球表面海水的吸引力造成

---

① 窦忠如. 王国维传 ［M］. 天津：百花文艺出版社，2007.

的，"潮"的名称对应的是白昼期间，晚上的则称为"汐"。月亮离地球近，太阳离地球远，故月亮的引潮力大于太阳的引潮力。每月的农历初一前后，当月亮、太阳运转到地球的同一侧时，两者的引潮力相叠加，使涨潮达到高峰；而每月的农历十五前后，太阳和月亮分为运行到地球的两侧，由于二者的引潮力相互"拉扯"，也会引发大潮。每年中秋后的两三天，是一年中地球离太阳最近的时候，因此此时潮水的规模为全年之冠。

海宁路仲"陆逊营里"碑

钱塘江潮之所以规模特大，也与它的入海口杭州湾有关。杭州湾呈喇叭口形，出海处宽，越往上游越内收，从入海口的近百千米宽迅速收束到最窄处的约 3 千米宽，潮水从东往西涌来时，由于两岸地形的变窄，迫使其高度不断堆积。同时，由于潮水将长江泻入海中的大量泥沙带入杭州湾，沉沙对潮流起阻挡和摩擦作用，使前潮变陡，速度减缓，从而形成后浪赶前浪、一浪叠一浪的场景。

自古以来，钱塘观潮之风盛行，历代文人多有吟咏，唐代诗人刘禹锡《浪淘沙》（其七）云："八月涛声吼地来，头高数丈触山回。须臾却入海门去，卷起沙堆似雪堆。"苏东坡诗《催试官考较戏作》云："八月十八潮，壮观天下无。"唐宋时，最佳的观潮地在杭州，杭州城沿江的城门名为"候潮门"，此门正临潮水之冲，候潮门外的"樟亭"（宋代称为"浙江亭"）是观潮的最佳地点，盛唐诗人孟浩然《登樟亭驿》一诗云："百里闻雷震，鸣弦暂辍弹。府中连骑出，江上待潮观。照日秋云迥，浮天渤澥宽。惊涛来似雪，一坐凛生寒。"唐代杭州的州治和府署在凤凰山东麓的柳浦西，亦可观潮、听潮，曾为杭州刺史的白居易《郡亭》诗云："况有虚白亭，坐见海门山。潮来一凭槛，宾至一开筵。终朝对云水，有时听管弦。"他的著名词作《忆江南》三首之二则云："江南忆，最忆是杭州；山寺月中寻桂子，郡亭枕上看潮头。何日更重游？"

钱塘江南岸的观潮胜地是西陵（今西兴）、渔浦、湘湖等地，此后随着江边滩涂的陆续开垦，观潮点逐渐向钱塘江出海口外移，先至刘禹锡和白居易观潮诗中都曾提及的"海门"一带。咸淳《临安志》卷 31 载："海门，在仁和县东北六十五里，有山曰赭山，与越州龛山对峙，潮水出其间。"赭山位于仁和，在江北岸，龛山在江南岸。钱塘江水后于明末清初改道至赭山、河庄山之间，寻又改道至河庄山与海宁之间的"北大门"，并最终稳定下来，延续至今。今天钱塘江南岸的萧山，龛山（今名坎山）、赭山、河庄等地名犹在，但两山隔江对峙的情景早已不复存在了。当年的"海门"之下，江底曾堆积了大量的沙子，南北亘连，颇类门槛，海水过此受到阻碍，蹙遏成潮，起而成涛，所以当潮水触山回返时，会卷起大量的积沙，从而造成刘诗中"卷起沙堆似雪堆"的场景。

盐官作为杭州湾最为著名的观潮地，吸引了众多社会名流前来欣赏奇景。清代官员、经学家阮元《八月望后至海宁州登海塘观潮》诗云："钱塘江潮秋最巨，未抵盐官十之五。我来盐官塘上立，月初生霸日蹉午。江水忽凝不敢东，海口哆张反西吐。潮不推行直上飞，水不平流自僵竖。海若凭陵日再怒，地中回振千雷鼓。马衔高坐蛟鼍舞，拔箭倒发钱王弩。须臾直撼塘根去，摇

21

旧海宁县城盐官城门

动千人万人股。如卷黑云旋风雨，如骈阵马斗貔虎。如阴阳炭海底煮，如决瓠子不能御。三千水击徙沧溟，十二城隳倒天柱。气欲平吞于越天，势将一洗余杭土。吁嗟乎地缺难得娲皇补，大功未毕悲神禹。此是东南不足处，岂为区区文与伍。沧海桑田隔一堤，鱼龙黎首相邻处。我皇功德及环瀛，亲筑长防俾安堵。全用金钱叠作塘，不使苍生沐咸卤。迩来宽赭涨横沙，却指尖山作门户。雁齿长桩十万行，鱼鳞巨石三层础。王充论前有古迹，枚乘发后无奇语。吁嗟乎此塘此潮共千古，词人心乐帝心苦。"1916年农历八月十八，孙中山偕夫人宋庆龄，在盐官观潮，孙中山还当场题写"猛进如潮"四个字。1923年秋，海宁籍诗人徐志摩同胡适、陶行知、陈衡哲、马君武、任叔永、朱经农等十人到海宁观潮，成为文坛佳话，今盐官的观潮公园内，立有相关的铜像一组以示纪念。1957年的农历八月十八，毛泽东也来到盐官观潮，当场作七绝《观潮》诗："千里波涛滚滚来，雪花飞向钓鱼台。人山纷赞阵容阔，铁马从容杀敌回。"①

---

① 中共中央文献研究室. 毛泽东诗词集［M］. 北京：中央文献出版社，1996.

海宁盐官钱塘江观潮处之占鳌塔

徐志摩等人观潮群雕

海宁涌潮

盐官陈氏，是海宁有全国性影响的大家族，在清代尤其显赫。海宁陈氏原籍渤海，宋太尉高琼之后。高琼第十六世孙高谅入赘海宁陈明谊家为婿，其子荣遂承外家之姓为陈氏，而以父之高氏郡望为郡望，故称渤海陈氏，以别于外家原宗之颍川陈氏。自明代中叶起，始举科甲："计自明正德以来，吾家登进士第者三十一人，榜眼及第者二人，举人一百有三人，恩、拔、副、岁、优贡生七十四人，征召者十一人，庠生及贡、监生几近千人；宰相三人，尚书、侍郎、巡抚、藩臬十三人。"[①]明代陈与郊、陈祖苞和清代陈之遴、陈诜、陈元龙、陈奕禧、陈邦彦、陈世倌等均为其族人。

盐官陈阁老宅为陈元龙旧宅，始建于明代晚期，系陈氏祖宅，陈元龙拜相后，将它改建扩大，并把大门改为竹扉，同时又增建了双清草堂，移建了筠香馆，因清代大学士俗称为"阁老"，故有"陈阁老宅"之称，至清末时大多数建筑已易主或被拆毁。1979年盐官文保所成立后，接收管理，并入驻办公。1981年对遗存建筑轿厅、祠堂、寝楼、筠香馆、双清草堂、宝砚斋等进行了修缮，对外开放。2002年5月，在原址复建爱日堂等建筑，西路新建回

---

① 唐力行. 江南文化百科全书［M］. 上海：锦绣文章出版社，2021.

廊、敞轩。

陈氏在盐官拥有安澜园，遗址位于今盐官镇西北角，本为南宋安化郡王王沆的故园，明万历年间太常寺少卿陈与郊重修，取名隅园，尝在此园内"闭门著述，凡数万言。性嗜学，自六籍外，留心太玄潜虚，好屈、宋、杨、马、张、左诸家赋，考订梓之。所为文上下两京、六朝，诗咏间作，其藻思之歌歈，被管弦以自娱。"①后传至文渊阁大学士兼礼部尚书陈元龙，康熙时改名为遂初园。乾隆帝南巡曾驻跸于此。乾隆二十七年（1762 年）三月，改名为安澜园。乾隆帝曾把圆明园中被焚毁的四宜书屋一组建筑改建为安澜园，原型就是此园。乾隆四十九年（1784 年）夏秋之交，《浮生六记》的作者沈复随父亲游幕海宁，曾经在陈氏安澜园桂花楼参加宴会，并在其书中记录了此事。诗人袁枚有《海宁陈氏安澜园席上作》，其一云："百亩池塘十亩花，擎天老树绿槎枒。调羹梅也如松古，想见三朝宰相家。"安澜园今已废，仅存一石曲桥及小池塘。

盐官也是民国初年著名学者王国维（1877—1927 年）的故乡。王国维，初名国桢，字静安、伯隅，初号礼堂，晚号观堂，又号永观，是中国现代有国际声誉的著名学者。其早年追求新学，接受资产阶级改良主义思想的影响，把西方哲学、美学思想与中国古典哲学、美学相融合，形成了独特的思想体系，继而攻词曲戏剧，后又治史学、古文字学、考古学。他平生学无专师，自辟户牖，成就卓越，贡献突出，在教育、哲学、文学、戏曲、美学、史学、古文字学等方面均有造诣和创新，为中华民族文化宝库留下了广博精深的学术遗产，其一生著述甚丰，有《海宁王静安先生遗书》《红楼梦评论》《宋元戏曲考》《人间词话》《观堂集林》《古史新证》《曲录》《殷周制度论》《流沙坠简》等六十余种。

王国维故居位于盐官镇西门内周家兜，庭院坐北朝南，二进。前为平屋，三开间，后进楼房，两进之间有天井及厢房，整组建筑自成独立院落。前厅正中放置王国维半身铜像，相关陈列分三部分，分别介绍王国维故乡、家世及其生平；王国维的主要学术成就及其各种著作和手稿；国内外专家、

---

① 郑莉. 明代宫廷戏曲编年史［M］. 北京：中国戏剧出版社，2020.

学者研究王国维的论著。王国维故居于 2006 年被列入全国重点文物保护单位名录。

盐官王国维故居

距盐官镇 30 千米的袁花镇，因南北朝江州长史戚衮宅之园花而得名，也是海宁地区的历史文化重镇，尤其是聚居此地的查氏家族，为全国闻名的望族。海宁查氏，源出姬姓，周初封于查地（徽州婺源），后以地为氏。元至正十七年（1357 年），查瑜因避兵乱迁居海宁袁花。自第三世，分南、北、小等三支，明清以来成文宦之家。明代查约、查秉彝、查继佐，清代查慎行、查嗣瑮、查昇、查揆等著名文人学者，及近现代著名人士查良钊、查良鉴、查良铮（穆旦）、查良镛（金庸）等均为其族人。

袁花镇今有金庸旧居，系其出生之地，修复后主要呈现金庸的出生成长环境与家族背景，展示了金庸的生平事迹，搜集了大量相关资料，如手稿、作品、改编的影视剧海报等。

硖石是现在的海宁市政府所在地，原为江南地区重要的米市，距杭州市 60 千米，离上海市 125 千米，沪杭铁路从镇西北通过。洛塘河两侧各有一山，分别为东山（又名沈山、审山，海拔 88.9 米），西山（又名紫微山，海拔 47.5 米）。

海宁市袁花镇金庸旧居

查氏家族故里——海宁市袁花镇

唐代大诗人白居易曾有《登西山望硖石湖》诗云："菱歌清唱棹舟回，树里南湖似鉴开。平障烟浮低落日，出溪路细长新苔。居民地僻常无事，太守官闲好独来。犹忆长安论诗句，至今惆怅独书台。"硖石西山的别名"紫微山"和山顶矗立的紫微阁，皆得名于白居易，后者五十岁的时候出任中书舍人，写过一首很有名的诗《紫薇花》："丝纶阁下文书静，钟鼓楼中刻漏长。独坐黄昏谁是伴，紫薇花对紫微郎。"紫微郎是白居易自指，因中书省曾名紫微省，取天文紫微垣为义，故中书舍人亦称紫微郎。白居易似乎很喜欢这个风雅的别称，在其他诗中也有多次提及。

写完这首诗后不久，白居易就外放到了杭州做刺史，他就是在这个时候，来到硖石，登临西山，写下此诗。而他之所以会来到这里，其实与唐代另一位著名诗人顾况有关。晚唐张固《幽闲鼓吹》载："白尚书应举，初至京，以诗谒顾著作。顾睹姓名，熟视白公曰：'米价方贵，居亦弗易。'乃披卷，首篇曰：'离离原上草，一岁一枯荣。野火烧不尽，春风吹又生。'即嗟赏曰：'道得个语，居即易矣。'因为之延誉，声名大振。"这个故事流传很广，以至于很多人一提到并不如白居易出名的顾况，就拿出这个故事来说明他跟白居易有师生之谊，在硖石西山北侧山麓，还有顾、白二人的铜像。

硖石湖，清人顾祖禹撰《读史方舆纪要》云："硖石山，县东北六十四里，一名紫微山，其并峙者曰赞山，两山相夹，中通河流，曰硖石湖。唐白居易尝登此，因以其官名之。"事实上，"硖石"这个地名就是来源于这"两山夹一水"的景致，《嘉兴府志》载："沈山与紫微山，东西夹水，故曰'硖石'。"两山之间的河流，即"硖石湖"，今之洛塘河也，既然名曰"湖"，当是河水宽处，附近旧地名有"东南湖""西南湖"之谓，实为原"南湖"的两岸，大致涵盖的范围在今东山下水月亭路到南关厢一带，如果看地图，就会发现洛塘河在这里与横塘河、麻泾河相汇，水面顿宽，形成湖的样貌，这就是"南湖"所在的位置，在西山上往东南方眺望，就可以看到，其直线距离不足二华里。从"东南湖""西南湖"所在的位置来判断，唐时的南湖，面积应比今天大许多。白居易登上西山之时，正值夕照，落日低垂，菱歌唱晚，浙北平原少山，海宁的山也都比较低矮，故云"平障"。观"居民地僻常无事"一句，说明那时的硖石还比较偏僻，人口不多，甚至比较荒疏，永徽六年（655 年）方置硖石镇，那是白居易来访三十多年之后的事。

面对眼前的湖山丽景，白居易想起了自己的恩师顾况，想起了两人在京都长安的文字往来，此时的顾况早已离世，显然白居易也曾去东山的顾况故居凭吊过一番，故有末句"至今惆怅独书台"之语。顾况是苏州海盐（今浙江海宁）人，字逋翁。其先祖系从吴地迁来，定居海盐横山（今海宁狮岭大横山），在硖石东山亦有别业。至德二年（757 年），顾况登进士第，贞元三年（787 年）为李泌荐引，任著作佐郎。贞元五年（789 年），李泌去世，况因嘲讽当朝权贵，贬饶州司户参军，晚年定居茅山，自号"华阳真逸"，擅画山水，其故宅"斑竹园"在与西山隔河相对的东山（旧名审山）之麓，顾况《山中》诗云："野人自爱山中宿，况在葛洪丹井西。庭前有个长松树，夜半子规来上啼。"清人厉鹗有诗记游云："顾逋翁有读书台，白塔青林相对开。佳处不教容易尽，东山留待后游来。"（《过硖石登西山广福院三首》其三）据《硖川续书》记载，顾况读书台"在东山葛洪丹井西，有石倚空，顶平如台，山势环拥，青翠四周，唐顾况尝读书其上。"关于葛洪丹井的位置，元末明初的海宁人胡奎有《葛洪丹井》诗云："吾闻句漏仙翁之丹井，乃在紫微之阳东山之顶。"如今，东山已经恢复了"顾况宅门"的一片景观，周边茂林修竹，环境可谓清幽。

顾况为人孤傲，并不属于平易近人的类型，《新唐书·白居易传》载，在他眼里，"后进文章无可意者"，但偏偏对白居易的才华赞赏有加，而加以"迎门礼遇"，白居易在担任杭州刺史的时候，对于近在咫尺的恩师故里，又岂能坐视不见？因此，尽管《登西山望硖石湖》这首诗的真伪尚有争论，但白居易与顾况的交游、对顾况的深情，是毫无疑义的，他来海盐凭吊、怀想先师，也在情理之中。

西山并不高，仅 40 余米，然两山夹一水的独特风貌，已成海昌胜迹。西山之巅的紫微阁，亦早已有之，初名"遐观楼"，又名"百尺楼"，前蜀乾德五年（923 年）始建，登临四望，可俯瞰整个海宁城区，向东可以清楚地看到东山和智标塔，顾况的祖居地大横山（一名狮岭）亦在视野之内，其山形似卧狮，姿态雄丽，十分可爱，大横山南麓原有禅寂寺，据云顾况之墓就位于寺后，惜今已难觅其踪。

硖石西山紫微阁

登紫微阁眺望东山及洛塘河

硖石西山白居易与顾况塑像

硖石东山斑竹园遗址之"顾况宅门"

海宁东山刘长卿读书台，相传为刘氏摄海盐令时（758—760 年）留下的遗迹

许远（709—757 年）字令威，世居杭州盐官洛溪里（今伊桥一带），字令威，唐朝名臣许敬宗玄孙。唐玄宗开元末年，中进士，授益州从事，移高要县尉。安史之乱时，任睢阳太守。至德二载（757 年）正月，遭到安庆绪部将尹子琦合兵围攻，许远联合河南节度副使张巡以数千兵卒协力固守睢阳，誓死抵抗叛军，坚持至十月，粮尽，罗雀掘鼠充饥，终因外援不至，城破被执，送至洛阳，在安庆绪兵败渡河北走时，遭杀害。

张巡、许远死守睢阳的事迹感天动地，正如韩愈《张中丞传后叙》中所云："守一城，捍天下，以千百就尽之卒，战百万日滋之师，蔽遮江淮，沮遏其势，天下之不亡，其谁之功也！"诏赠荆州大都督，图像于凌烟阁，并建双忠庙于睢阳，岁时致祭。

许远的家乡海宁县城（今盐官镇）中亦建双忠庙以奉祀，明代里人苏平《双庙夕阳》诗云："羯胡流毒害忠良，血食千年重海昌。百战报君全节死，孤军抗敌守城亡。扶持社稷心逾苦，保障江淮策更长。欲采苹蘩奠杯酒，萧条遗庙对斜阳。"许远之子许玫在许远出生地亦建庙奉祀，后此地名为"故庙头"，至今仍存，许远的剑冠冢亦在焉，俗称"许公墩"。附近还有许远少年读书处"泗水亭"的遗址，许远《题泗水亭》诗曰："春风落东林，绿叶翳重阴。流莺坐花坞，宛传来清音。和光沛天地，乐意同人心。卷帘出庭户，独立苍苔深。"

位于海宁市伊桥的许公墩

清光绪三十四年（1908年），江浙两省着手筹建沪杭铁路，浙路经费来源，确定由浙商集股筹资。按原来的勘测设计，应直穿桐乡县境。当时桐乡的士绅，怕坏了本县的风水，竭力反对铁路过境。而海宁的乡绅如徐申如等则独具慧眼，看到了铁道交通的重要性，挺身而出，一面以铁路公司董事的身份，与浙路督办汤寿潜交涉，一面鼓动海宁士绅，联名具呈，恳请铁路改道经过硖石。当时主持沪杭铁路勘测设计制图工程的，是徐申如的本家侄孙徐骝良（1878—1942年），后者也竭力支持改线绕道。徐骝良早年留学法国，专攻铁道专业，毕业于塔贝尔工程大学和巴黎铁道大学，通晓英、法、德多国文字。归国后创办铁路讲习所，培养专业人才。清宣统二年（1910年），代表清政府参加万国铁道会议，并周游欧洲，考察铁道工作。历任沪杭铁路、陇海铁路、浙赣铁路、津浦铁路等处总工程师，与詹天佑并称"北詹南徐"。而在铁路开工后，海宁地方上一些保守势力，也坚持反对铁路通过，曾结队捣毁过徐申如的住宅。应该说，沪杭铁路的改道硖石，对该地乃至整个海宁的现代化发展意义重大，1945 年，县治亦迁至硖石，徐氏家族在其中可谓发挥了十分重要的作用，而硖石徐氏家族不仅在商界和科技界取得了很高的成就，更出现了一位现代文学史上影响非常大的诗人——徐志摩。

徐志摩（1897—1931 年），原名章垿，字槱森，留学美国时改名志摩，诗人、作家、散文家、新月诗社成员。1915 年毕业于杭州一中，先后就读于上海沪江大学、天津北洋大学和北京大学。1918 年赴美国克拉克大学学习银行学。十个月即告毕业，获学士学位，并获得一等荣誉奖。同年，转入纽约的哥伦比亚大学的研究院，入经济系。1921 年赴英国留学，入剑桥大学当特别生，研究政治经济学。在剑桥两年深受西方教育的熏陶及欧美浪漫主义和唯美派诗人的影响，奠定其浪漫主义诗风。1923 年成立新月社。1924 年任北京大学教授。1926 年任光华大学、大夏大学和南京大学教授。1930 年辞去了上海和南京的职务，应胡适之邀，再度任北京大学教授，兼北京女子师范大学教授。1931 年 11 月 19 日，徐志摩搭乘"济南号"邮政飞机北上，途中因大雾误触开山，不幸罹难。

徐志摩描写家乡的作品，有《东山小曲》《沪杭车中》等，作于 1923 年的《沪杭车中》云：

匆匆匆！催催催！

一卷烟，一片山，几点云影，

一道水，一条桥，一支橹声，

一林松，一丛竹，红叶纷纷：

艳色的田野，艳色的秋景，

梦境似的分明，模糊，消隐，——

催催催！是车轮还是光阴？

催老了秋容，催老了人生！

现在位于海宁市中心的干河街上，已经修复了徐志摩的故居，那是徐志摩与陆小曼婚后短暂居住之地，建成于 1926 年，为一幢中西合璧式的小洋楼，共有 20 余间房间，配备有冷热水管、电灯、浴室等在当时属于非常先进的设备。1998 年，海宁市公布其为市重点文物保护单位，而位于西南河的徐家老宅（徐志摩的出生地）则未被列入，后于 21 世纪初被拆毁。

现存徐志摩故居建筑面积 600 平方米，前后两进，主楼三间二层，前带东西厢楼。后楼亦三间，屋顶有露台，可登临。故居台门上方有诗人表弟金庸的手书"诗人徐志摩故居"。东厢房为"眉轩"，即徐志摩书房。

至今仍在发挥重要作用的沪杭铁路（今称沪昆铁路沪杭段）海宁站

诗人徐志摩之墓

徐志摩遇难后，1932 年葬于硖石东山，"文革"期间墓毁，1983 年于西山白水泉旁恢复重建，然因诗人骨骸已经散落无存，新墓中仅有一部诗集而已。徐志摩墓两侧的以水泥浇制的两块诗碑，都作打开的诗卷状，上面分别镌刻着徐志摩的名作《偶然》和《再别康桥》中的诗句。

硖石镇以西 30 千米处，有长安镇，古代以长安闸闻名。长安闸作为一个系统水利工程，包括了长安新老两堰（坝）、澳闸（上、中、下三闸和两水澳）。现存有长安堰旧址（老坝）、上中下三闸遗址、闸河，另保留有清代的"新老两坝示禁勒索碑"、20 世纪 70 年代的船闸管理用房等相关设施。

长安闸始建于唐贞观年间，为江南大运河交通和军事枢纽。《宋史·河渠志》中已有"长安闸"之名，并称其"上彻临平，漕运往来，商旅络绎。"北宋熙宁元年（1068 年），长安堰改建成长安三闸，形成复式船闸，此时还处于初创阶段。崇宁二年（1103 年），"易闸旁民田，以浚两澳"[①]。绍兴八年（1138年），完善了将累木易以石壤的两次较大工程。此后，船闸与拔船坝并存，大船或载货船经船闸出入，小船或空船则过坝上下塘河。著名诗人陆游、范成大、杨万里等北上皆经此地，并留有题咏之作。杨万里有两首写于长安闸的诗作，《入长安闸》云："船入长安恰五更，归人都喜近临平。阴晴天色知何似，篷上惟闻扫雪声。"《宿长安闸》："野次何销追水程，昏时即住晓时行。惊眠幸自无更点，犹有船头击柝声。"南宋江湖诗派代表人物叶绍翁，也曾写有《发长安堰》，显得更有生活气息："夏老虫声切，晨兴草气香。买瓜依绿树，出水浑青秧。船聚知村近，牛闲觉昼长。双凫莲叶荡，无雨故生凉。"

历史上长安闸屡毁屡修，元末运河改道不经长安镇，明崇祯二年（1629年），撤坝官，拔船过坝开始由堰坝脚夫经营。至清代中期，闸已渐渐废弃，但长安堰依然存在。1966 年，长安坝废人力木绞车而开始用小型卷扬机代替。1983 年 5 月、1984 年 5 月，长安坝两次遭洪水冲垮。1984 年 11 月动工建设 15 吨级的电动轨道升船机，次年 10 月正式开坝。随着水运的退化，长安闸坝逐渐失去航运作用。长安闸是古代连接不同水系长安塘（崇长港）和上塘河的一个重要枢纽及管理机构，为宋代江南运河三大堰之一，是江南古运河上规模最大的运河设施之一。2011 年，长安闸被公布为浙江省级文物保护单位。

---

① 闫彦，沈建华. 浙江水文化［M］. 杭州：浙江大学出版社，2008.

2014 年 6 月,中国大运河成功申遗,长安闸作为重要遗产点被列入世界文化遗产名录。

海宁长安闸中闸遗址

硖石以西的路仲旧称渟溪,因南北走向的路仲港(又称渟溪港)得名,俗称"路仲里",是一座具有千年历史的水乡古镇。路仲是南宋女词人朱淑真和清代文人管庭芬的家乡,镇上的主要史迹有德义桥、德风桥、张子相宅、朱淑真故居、管庭芬藏书楼、钱君陶祖居、黄岭梅宅、冯家厅等。路仲形成于三国时期,初名"埭上"。时东吴名将陆逊屯兵埭上,商贸渐渐繁荣,形成气候并聚集成市。

朱淑真,号幽栖居士,祖籍歙州(今安徽省歙县),生于仕宦之家。幼警慧、善读书,然丈夫是文法小吏,因志趣不合,夫妻不睦,最终因抑郁早逝。

现存《断肠诗集》《断肠词》传世。管庭芬字培兰，晚号笠翁，亦号渟溪老渔、渟溪钓鱼师、渟溪病叟，清代学者、藏书家、画家。博览群书，能诗文，亦善画，精鉴赏、校勘和目录之学。一生致力于整理古籍，所抄录图书数百种。其诗被采入《杭郡诗三辑》及《两浙輶轩续录》。亦富藏书，其藏书楼名为"花近楼"，取自杜甫诗"花近高楼伤客心，万方多难此登临"（《登楼》）。

海宁市路仲古镇

海宁之东，杭州湾北岸，尚有海盐县。海盐，秦时置县，治今上海市金山区西。西汉迁治今平湖市东，东汉迁故邑城（今平湖市东南海中），东晋迁今县城东。南朝陈废。唐景云二年（711 年）复置，先天元年（712 年）复废。开元五年（717 年）再置，迁今址。元朝元贞元年（1295 年）升海盐州，明洪武二年（1369 年）降县。1958 年拆并入海宁、平湖二县，1961 年复置。

海盐的文化名人，主要有明末清初的彭氏兄弟、当代画家张乐平和作家余华等。彭氏兄弟指彭孙贻及其从弟彭孙遹。彭孙贻于经史百家，乃至氏族、方技、释老、稗乘之书，靡不毕究，且纂辑厘正，各自成帙，为文皆有法。于诗则无体不备，学各家亦无不逼似，为明季一大家。工画山水墨兰，又颇留心于史事，曾与吴蕃昌创"瞻社"，为名流所重，时称"武原二仲"。清康熙十二年（1673 年），与童申祉同纂《海盐县志》10 卷，未刊，抄本今藏南京图书馆。彭孙遹少年颖悟，顺治十六年（1659 年）进士，官至吏部右侍郎，兼翰林院掌院学士。

张乐平（1910—1992 年）生于海盐，他 15 岁就到上海的木行当学徒，后又在印刷厂当练习生，在维罗广告公司绘制广告画和加工来稿，也为教科书画插图，又进三友实业社当绘图员，并开始向上海各报纸投稿漫画作品，逐渐成为专职漫画家。1935 年开始创作"三毛"为主人公的漫画，受到读者喜爱。1946 年，《三毛从军记》在《申报》发表，引起轰动。第二年，另一部传世之作《三毛流浪记》在《大公报》连载，激起社会强烈反响。这一时期，张乐平的漫画作品大胆地反映了深刻的社会矛盾。1950 年，张乐平担任上海美术工作者协会副主席，以后长期任中国美术家协会上海分会副主席。今海盐县武原镇有张乐平纪念馆。

当代作家余华 1960 年生于杭州，三岁时随父母迁居海盐，至三十岁调入嘉兴市文联工作，其童年至青年时期均在海盐度过。其主要作品《活着》《许三观卖血记》等均以此地区为创作背景。

海盐县武原镇杨家弄 84 号，余华的童年旧居

海盐县武原镇郊区的钱塘江出海口堤坝

杭州西湖

　　自海宁火车站沿沪杭铁路前行六十千米左右，即抵杭州城站火车站。杭州系浙江省会，也是南宋古都和历史文化名城，尤以西湖风景闻名全国。唐代诗人白居易曾于长庆二年至四年（822—824 年）担任杭州刺史，其间写下众多关于杭州和西湖风光的诗作，其中最著名者莫过于《钱塘湖春行》："孤山寺北贾亭西，水面初平云脚低。几处早莺争暖树，谁家新燕啄春泥。乱花渐欲迷人眼，浅草才能没马蹄。最爱湖东行不足，绿杨阴里白沙堤。"另有一首《春题湖上》，也充分表达了他对西湖的钟爱和依恋之情："湖上春来似画图，乱峰围绕水平铺。松排山面千重翠，月点波心一颗珠。碧毯线头抽早稻，青罗裙带展新蒲。未能抛得杭州去，一半勾留是此湖。"

西湖边的杭州百姓送别白居易铜雕

位于杭州市中心解放路上的"相国井",为唐代政治家李泌任杭州刺史时开凿,故名。史载唐建中二年至兴元元年(781—784年),杭州刺史李泌开相国井、西井、方井、白龟井、小方井、金牛井等六井,引西湖水入井,解决居民饮咸水之苦。今五井皆废,唯相国井犹存。白居易《钱塘湖石记》云:(杭州)"郭中六井,李泌相公典郡日所作,甚利于人。"① 苏轼《杭州乞度牒开西湖状》一文亦谓:"杭之为州,本江海故地,水泉咸苦,居民零落。自唐李泌始引湖水作六井,然后民足于水,井邑日富,百万生聚待此而后食。"②

位于杭州市中心的"相国井"

临平山位于杭州之东北,唐代隐士丘丹曾隐居于此。丘丹,苏州嘉兴(今浙江嘉兴)人,兄丘为,亦以诗名。丘丹尝于大历中任诸暨县令,后官检校户部员外郎,兼侍御史。入朝,为祠部、仓部员外郎。贞元年间归隐临平山,与韦应物、韦夏卿等唱和,诗风雅淡。韦应物曾有《秋夜寄丘二十二员外》诗云:"怀君属秋夜,散步咏凉天。空山松子落,幽人应未眠。"丘丹有《和韦使君秋夜见寄》一诗:"露滴梧叶鸣,秋风桂花发。中有学仙侣,吹箫弄山

① 杭州市西湖区志编纂委员会. 杭州市西湖区志:第4册[M]. 杭州:西泠印社出版社,2020.
② 王国平. 西湖文献集成:历代西湖文选专辑[M]. 杭州:杭州出版社,2004.

月。"2007 年，在西安郊外的少陵原出土了韦应物的墓志铭，名为《唐故尚书左司郎中苏州刺史京兆韦君墓志铭并序》就是丘丹所作，其中云："余，吴士也，尝忝州牧之旧，又辱诗人之目，登临酬和，动盈卷轴。"可见两人的非同寻常的交情。

杭州临平山巅丘丹骑牛铜像

韦应物这首诗非常简淡，最大的妙处在于诗分两半，前半写己，后半揣彼，正如明人唐汝询在《汇编唐诗十集》中评价的："以我揣彼，无限情致。"前半部分，写自己在苏州的情形，"属"读如"主"，是"正值"的意思。一边散步一边体味着这如水的秋凉，想起了远在杭州郊外山中隐居的友人。于是笔锋一转，开始想象临平山中的情形，"空山松子落"一句，营造出隐居之地的清冷氛围，"幽人"指隐士，而"幽"字又带有高洁的意味，与整首诗的格调十分吻合，清代苏州文人沈德潜把韦应物的诗风归结为"古淡"（《说诗晬语》），这首诗就是这种古淡风格的极佳体现。钱锺书《谈艺录》论"幽"这种诗歌风格时说："静而不嚣，曲而可寻，谓之幽，苏州有焉。"安宁而委婉的幽情，加上古朴淡雅的逸致，共同造就了韦应物诗歌的独特魅力。

本来临平山下还有临平湖，北宋诗僧道潜《临平道中》诗云："风蒲猎猎弄清柔，欲立蜻蜓不自由。五月临平山下路，藕花无数满汀洲。"又过去了九百多年，如今临平湖早已湮没无踪，否则，在满湖香蒲、荷花映衬下的临平山，应该是更具魅力的。

在杭州连接北山街和孤山的西泠桥畔，有一座著名的坟冢，那便是苏小小墓。明人张岱《西湖梦寻》云："苏小小者，南齐时钱塘名妓也。貌绝青楼，才空士类，当时莫不艳称。以年少早卒，葬于西泠之坞。芳魂不殁，往往花间出现。"[①]当然，还有更为著名的李贺《苏小小》诗：

> 幽兰露，如啼眼。
>
> 无物结同心，烟花不堪剪。
>
> 草如茵，松如盖。
>
> 风为裳，水为佩。
>
> 油壁车，夕相待。
>
> 冷翠烛，劳光彩。
>
> 西陵下，风吹雨。

李贺对苏小小可谓情有独钟，其另一首诗《七夕》中写道："别浦今朝暗，罗帷午夜愁。鹊辞穿线月，花入曝衣楼。天上分金镜，人间望玉钩。钱塘苏小小，更值一年秋。"苏小小在中国古代文人的笔下，逐渐成为一个具有永恒价值的意象。北宋词人晏几道《玉楼春》云："采莲时候慵歌舞，永日闲从花里度。暗随苹末晓风来，直待柳梢斜月去。停桡共说江头路，临水楼台苏小住。细思巫峡梦回时，不减秦源肠断处。"

杭州吴山有感花岩，上刻苏轼《赏牡丹诗》："春风小院却来时，壁间惟见使君诗。应问使君何处去，凭花说与春风知。年年岁岁何穷已，花似今年人老矣。去年崔护若重来，前度刘郎在千里。"诗中用了唐代两位大诗人崔护

---

① 张岱. 西湖梦寻［M］. 上海：上海古籍出版社，2022.

杭州西湖边的苏小小墓

和刘禹锡赏桃花的典故，崔护《题都城南庄》诗云："去年今日此门中，人面桃花相映红。人面不知何处去，桃花依旧笑春风。"刘禹锡《再游玄都观》诗云："百亩庭中半是苔，桃花净尽菜花开。种桃道士归何处？前度刘郎今又来。"由于这三首诗坛大家的名作都从赏花有感而来，故后人刻"感花岩"三字于其上，并造亭以护摩崖。

杭州以西百里，为临安县，系五代时吴越国开国者钱镠的故乡。《陌上花三首并引》中苏轼云："游九仙山，闻里中儿歌陌上花，父老云，吴越王妃每岁春必归临安，王以书遗妃曰：'陌上花开，可缓缓归矣。'吴人用其语为歌，含思宛转，听之凄然。"

居于东南一隅的吴越国，在极盛时也仅有一军（指安国衣锦军，今杭州市临安区，为钱镠家乡，故升为"衣锦军"）十三州（指杭州、秀州、湖州、越州、温州、台州、明州、处州、衢州、婺州、睦州、苏州、福州）的规模，并向北方的后唐政权，称臣纳贡，直至同光四年（926 年），后唐庄宗李存勖遇害，中原再度陷入混乱，钱镠才开始使用自己的年号，最终其孙钱俶纳土归宋，吴越国三世而亡，其疆域始终未能突破原来的格局。

感花岩

当然不应否认的是，钱镠确为一位深谋远虑的英主，他审时度势，正确估计了自身的实力。在主政江南期间，钱镠保境安民，休养生息，把吴越国的都城杭州建设成为当时天下第一流的都市。作为行伍出身的地方统治者，钱镠十分重视修身治家，数度修订家训，指出："上承祖祢之泽，下广子孙之传。是故尧舜之理天下，其先则曰敦睦九族，然后平章百姓，协和万邦。"（钱泳《履园丛话》卷 3）强调修身齐家治国平天下的道理，其关于家族教育的训示，经后人的不断完善，成为《钱氏家训》，流布至今。

在吴越王室中，也有不少以文艺见长的成员。如钱镠第七子世宗文穆王钱元瓘，原名传瓘，"虽少婴军旅，尤尚儒学。"（《十国春秋》卷 79）钱元瓘第八子钱弘偡"能为诗，颇有奇句。"（《十国春秋》卷 83）钱元瓘第九子钱俶，"博览经史，手不释卷，平生好吟咏，在国中编三百余篇，目曰《政本》。"（《吴越备史》补遗）钱元瓘第十子钱宏亿，"性俊拔，善属文。……王尝与丞相以下论及时务，且言民之劳逸，率由时君奢俭，因为诗二章，以言节俭之志，命亿应和。亿以北方侯伯多献淫巧，乃因诗以风刺，王嘉叹久之，仍赐诗以美其意。"（《吴越备史》卷4）钱元瓘第十四子钱俨，"幼为沙门，及长，颇谨慎好学。……俨嗜学，博涉经史。少梦人遗以大砚，自是乐为文辞，颇敏速富赡，当时国中词翰多出其手。归京师，与朝廷文士游，歌咏不绝。淳化初，尝献《皇猷录》，咸平又献《光圣录》，并有诏嘉答。所著有前集五十卷、后集二十四卷、《吴越备史》十五卷、《备史遗事》五卷、《忠懿王勋业志》三卷，又作《贵溪叟自叙传》一卷。"（《宋史》卷480）

钱元瓘诸孙钱昱、钱惟治、钱昭度、钱昭序、钱惟演、钱易，皆为艺文家。钱昱"好学多聚书，喜吟咏，多与中朝卿大夫唱酬。尝与沙门赞宁谈竹事，选录所记，昱得百余条，因集为《竹谱》三卷。俄献《太平兴国录》，求换台省官，令学士院召试制诰三篇，改秘书监，判尚书都省。时新葺省署，昱撰记奏御，又尝以钟、王墨迹八卷为献，有诏褒美。……昱善笔札，工尺牍，太祖尝取观赏之，赐以御书金花扇及《急就章》。昱聪敏能覆棋，工琴画，饮酒至斗余不乱。善谐谑，生平交旧终日谈宴，未曾犯一人家讳。有集二十卷。"（《宋史》卷480）

钱惟治，本为废王钱倧长子，后钱俶收为养子，他"幼好读书，……善草隶，尤好二王书。尝曰：'心能御手，手能御笔，则法在其中矣。'家藏书帖图书甚众，太宗知之，尝谓近臣曰：'钱俶儿侄多工草书。'因命翰林书学贺丕显诣其第，遍取视之，曰：'诸钱皆效浙僧亚栖之迹，故笔力软弱，独惟治为工耳。'惟治尝以钟繇、王羲之、唐玄宗墨迹凡七轴为献，优诏褒答。雍熙三年，大出师征幽州，命惟治知真定军府兼兵马都部署。前一日曲宴内殿，惟治献诗，帝览之悦，酒半，遣小黄门密谕北面之寄。……惟治好学，聚图书万余卷，多异本。慕皮、陆为诗，有集十卷。书迹多为人藏秘，晚年虽病废，犹或挥翰。真宗尝语惟演曰：'朕知惟治工书，然以疾不欲遣使往取，卿为求数幅进来。'翌日，写圣制诗数十章以献，赐白金千两。"（《宋史》卷480）

钱昭度"俊敏工为诗，多警句，有集十卷。"钱昭序"好学，喜聚书，书多亲写。"（《宋史》卷480）钱惟演字希圣，钱俶子，从俶归宋，历右神武将军、太仆少卿、命直秘阁，北宋初西昆体骨干诗人，与修《册府元龟》，累迁工部尚书，拜枢密使，官终崇信军节度使，博学能文，所著今存《家王故事》《金坡遗事》，赐谥"文锡"。《宋史》说："惟演出于勋贵，文辞清丽，名与杨亿、刘筠相上下。于书无所不读，家储文籍侔秘府。"（《宋史》卷317）钱易，钱倧子，"年十七，举进士，试崇政殿，三篇，日未中而就。言者恶其轻俊，特罢之。然自此以才藻知名。太宗尝与苏易简论唐世文人，叹时无李白。易简曰：'今进士钱易，为歌诗殆不下白。'太宗惊喜曰：'诚然，吾当自布衣召置翰林。'值盗起剑南，遂寝。真宗在东宫，图山水扇，会易作歌，赏爱之。易再举进士，就开封府试第二。自谓当第一，为有司所屈，乃上书言试《朽索之驭六马赋》，意涉讥讽。……易才学赡敏过人，数千百言，援笔立就。又善寻尺大书行草，及喜观佛书，尝校《道藏经》，著《杀生戒》，有《金闺》《瀛州》《西垣制集》一百五十卷，《青云总录》《青云新录》《南部新书》《洞微志》一百三十卷。子彦远、明逸，相继皆以贤良方正应诏。宋兴以来，父子兄弟制策登科者，钱氏一家而已。"（《宋史》卷317）

钱镠第六子钱元璙及其子钱文奉长期担任苏州刺史，他们都很爱好文艺，特别是钱文奉，他"涉猎经史，……延接宾旅，任其所适，自号曰'知常子'。……所聚图籍古器无算，雅有鉴裁，一时名士多依之。"（《十国春秋》卷83）南宋龚明之《中吴纪闻》记云："（钱氏父子）皆为中吴军节度使，开府于苏。时有丁陈范谢四人者，同在宾幕。"丁陈范谢四人指的是丁守节、陈赞明、范梦龄和谢崇礼，他们同为中吴军节度推官（节度使幕僚）。丁守节，其孙丁谓，曾任宰相。陈赞明，其曾孙陈之奇，官至太子中允，与胡瑗、苏舜卿被合称为"吴下三贤人"，家住阊门。范梦龄，其曾孙是范仲淹。谢崇礼，其儿子谢涛，官至太子宾客。因此有不少史学家认为，北宋以后苏州最出人才，与钱元璙、钱文奉幕府有着密切的渊源。

除了爱惜人才外，钱元璙还"好治林圃，酾流以为沼，积土以为山，岛屿峰峦，出于巧思，求致异木，比及积岁，皆为合抱，亭宇台榭，值景而造，所谓三阁，名品甚多，二台、龟首、旋螺之类。"（朱长文《吴郡图经续记》卷上）《吴郡志》载："南园，吴越广陵王元璙之旧圃也。老木皆有抱，流水奇石，参差其间。"可见南园的当日之盛。苏州的名园，如苏舜钦构筑的沧浪亭、范仲淹创建的郡学之庙，都是南园的一部分，南园之大可见一斑。元璙之后，其子文奉袭父职，又继续经营了数十年，从此，苏州以园林享誉海内。

在两宋期间，钱氏家族渐渐播迁江南各地。此后的历朝历代中，吴越钱氏继续昌盛，在各个领域涌现了难以数计的人才，绵延至今，几乎可以称为古往今来最为恢宏、久远的文化世家之一。时至当代，亦有众多政治家和学者出自这个家族，如钱玄同、钱其琛、钱正英、钱学森、钱伟长、钱三强、钱复、钱穆、钱锺书、钱仲联等。钱氏家族不仅人才辈出，而且遍布世界五大洲，堪称中国文化史上的奇迹。

正如钱锺书无锡祖居正堂的匾额所书"绳武堂"所表达的那样，无论钱氏后裔播迁何地，都以绳其祖武为训，钱氏始祖钱镠的大度、远见和魄力；尚文、重教和温情，都是钱氏家族最宝贵的精神财富。钱镠留下来的家训，成为族人世守不违的准则，影响尤大。经过整理的钱氏家训从个人发展、家庭维护、社会参与和报效国家四个方面展开，生动地体现了儒家修齐治平的生命理想。而相对富庶安宁的江南地区，也成为该家族历经千年而生生不息的热土。

在钱镠苦心经营数十年的杭州，至今在西湖南岸涌金门附近还矗立着一座纪念他功绩的钱王祠。北宋神宗熙宁十年（1077年），杭州知州赵抃在龙山（今玉皇山）建表忠观，祀五代吴越钱镠等四位国主，苏轼于元丰元年（1078年）撰文以记此事，后刻碑，即为著名的《表忠观碑》，其碑文曰："故武肃王镠，始以乡兵破走黄巢，名闻江淮，复以八都兵讨刘汉宏，并越州以奉董昌，而自居于杭。及昌以越叛，则诛昌而并越，尽有浙东西之地。传其子文穆王元瓘。至其孙忠献王仁佐，遂破李景兵取福州，而仁佐之弟忠懿王俶，又大出兵攻景，以迎周世宗之师。其后，卒以国入觐，三世四王与五代相终始。天下大乱，豪杰蜂起。方是时，以数州之地盗名字者，不可胜数。既覆其族延及于无辜之民，罔有孑遗。而吴越地方千里，带甲十万，铸山煮海，象犀珠玉之民，甲于天下，然终不失臣节，贡献相望于道。是以其民至于老死不识兵革；四时嬉游，歌鼓之声相闻，至于今不废。其有德于斯民甚厚。皇宋受命，四方僭乱，以次削平。而蜀、江南负其险远，兵至城下，力屈势穷，然后束手。而河东刘氏，百战守死以抗王师，积骸为城，酾血为池，竭天下之力仅乃克之。独吴越不待告命，封府库、籍郡县，请吏于朝，视去其国如去传舍，其有功于朝廷甚大。"苏轼对以钱镠为代表的吴越王室的高度评价，具有深远的历史影响。表忠观后毁于战火，明嘉靖三十九年（1560年）浙

杭州临安钱王陵内的五代石翁仲

杭州西湖南岸的钱王祠

江巡按御史胡宗宪复建于涌金门南灵芝寺（钱氏花园旧址），今天的钱王祠，仍在这个位置，门前立着身着甲胄的钱镠铜像，充满了雄武之气。在钱塘江南岸，还有"钱王射潮"雕塑，其巨大的体量和夸张的造型令人过目难忘；西湖北岸著名的景观保俶塔，也是吴越国时期的历史遗留，更不用说钱镠故乡临安的标志性建筑武肃王陵和功臣塔了。自从杭州在吴越国时期建都之后，钱氏家族与杭州之间的关联，并没有为一千多年的岁月所磨灭，反而历久弥新。

杭州钱塘江边的"钱王射潮"雕像

　　北宋文豪苏轼曾两度任职杭州，除写下"水光潋滟晴方好，山色空蒙雨亦奇。欲把西湖比西子，淡妆浓抹总相宜。"（《饮湖上初晴后雨二首》其二）这样的千古绝唱之外，还遍游杭州各处名胜，留下众多的诗篇文章，为后人所赞叹敬仰，并造就了多处专门的纪念地，如苏堤、望湖楼等。

杭州苏堤南端的苏轼石像

西湖畔的望湖楼，因苏轼《六月二十七日望湖楼醉书》诗闻名

苏轼尝登临安县之玲珑山，并作《登玲珑山》诗云："何年僵立两苍龙，瘦脊盘盘尚倚空。翠浪舞翻红罢亚，白云穿破碧玲珑。三休亭上工延月，九折岩前巧贮风。脚力尽时山更好，莫将有限趁无穷。"

玲珑山上今有卧龙寺，据说唐时就有，寺后有一坟茔，为北宋杭州名妓琴操之墓。琴操之所以葬身玲珑，跟苏轼也有莫大的关系。宋人笔记载："杭之西湖，有一倅闲唱少游《满庭芳》，偶然误举一韵云：'画角声断斜阳。'妓琴操在侧云：'画角声断谯门，非斜阳也。'倅因戏之曰：'尔可改韵否？'琴即改作阳字韵云：'山抹微云，天连衰草，画角声断斜阳。暂停征辔，聊共饮离觞。多少蓬莱旧侣，频回首、烟霭茫茫。孤村里，寒鸦万点，流水绕低墙。魂伤，当此际，轻分罗带，暗解香囊。漫赢得青楼，薄幸名狂。此去何时见也，襟袖上、空有余香。伤心处，长城望断，灯火已昏黄。'东坡闻而称赏之。后因东坡在西湖，戏琴曰：'我作长老，尔试来问。'琴云：'何谓湖中景。'东坡答曰：'秋水共长天一色，落霞与孤鹜齐飞。'琴又云：'何谓景中人。'东坡云：'裙拖六幅潇湘水，鬓軃巫山一段云。'琴又云：'何谓人中意？'东坡云：'惜他杨学士，憋杀鲍参军。'琴又云：'如此究竟如何？'东坡云：'门前冷落车马稀，老大嫁作商人妇。'琴大悟，即削发为尼。"（吴曾《能改斋漫录》卷16《杭妓琴操》）琴操出家的地方，就是临安的玲珑山。《玲珑山志》记载："钱塘才妓琴操，经东坡指点，削发为尼，来玲珑山修行。传操为华亭人，美而慧。少年因家变落籍，来玲珑后青年早逝。东坡为其题墓碑，葬于寺东山坞，今名琴操坞。"

在西湖南岸的孤山，有北宋著名的隐逸诗人林逋隐居之所的遗迹，林逋的墓亦在此。林逋（967—1028年）字君复，杭州人。幼时刻苦好学，通晓经史百家。其性孤高自好，喜恬淡。曾漫游江淮间，后隐居杭州西湖，结庐孤山。林逋常驾小舟遍游西湖诸寺庙，与高僧诗友相往还。每逢客至，叫门童子纵鹤放飞，林逋见鹤必棹舟归来。去世后宋仁宗赐谥号"和靖先生"，世称"林和靖"。其名作《山园小梅》云："众芳摇落独暄妍，占尽风情向小园。疏影横斜水清浅，暗香浮动月黄昏。霜禽欲下先偷眼，粉蝶如知合断魂。幸有微吟可相狎，不须檀板共金樽。"今孤山多植梅树，即由林逋始。

琴操墓

杭州白苏二公祠

西湖孤山林逋墓

　　林逋另有《宿洞霄宫》诗："秋山不可尽，秋思亦无垠。碧涧流红叶，青林点白云。凉阴一鸟下，落日乱蝉分。此夜芭蕉雨，何人枕上闻？"在今临安和余杭的交界线上，深山之中，隐藏着一处历史上曾经极为辉煌的道教圣地，那便是洞霄宫。

　　之所以说洞霄宫曾经辉煌过，并不仅仅因为其历史悠久——早在汉武帝元封三年（公元前 108 年）这里就开始有了道教活动——更因为其曾是吴越国王钱镠、宋高宗赵构的祈福之地。从五代至元朝，洞霄宫一直兴盛不衰，历代文人也多有访幽吟咏之作，使洞霄宫的名声更为远播。洞霄宫的建筑群，原本位于宫里村天柱山和大涤山之间的一块平地上，去此以南里许，有大涤洞。道家称神仙及有道之士栖居之地为"洞天""福地"，"四海之内，凡大小洞天三十有六，福地七十有二，而洞霄咸有一焉。"大涤洞被列为道教第三十四洞

天；天柱山则是第五十七福地。北宋时，洞霄宫"与嵩山崇福（宫）独为天下宫观称首"。（邓牧《洞霄图志》卷1）

关于洞霄宫的发展历程，《临安志》记之甚详："在余杭县西南十八里，汉武帝元封三年，创醮坛于大涤洞前，为投龙祈福之所。唐高宗时迁于前谷，为天柱观。光化二年，钱王更建。国朝大中祥符五年，漕臣陈文惠公尧佐以三异奏（一地泉涌、一祥光现、一枯木荣），赐额为洞霄宫，仍赐田十五顷，复其赋。后毁于兵。"（潜说友等《咸淳临安志》卷75）所谓的"投龙"，即帝王在举行黄箓大斋、金箓大斋之后，为酬谢天地水三官神灵，把写有祈请者消罪祈福愿望的文简和玉璧、金龙、金钮用青丝捆扎起来，分成三简，并取名为山简、土简、水简。山简封投于灵山之诸天洞府绝崖之中，奏告天官上元；土简埋于地里以告地官中元；水简投于潭洞水府以告水官下元，目的都是祈求天地水神灵保护帝王无恙、社稷平安。吴越国王钱镠和宋高宗赵构都曾亲临洞霄宫，祈福后遣使者将龙简投于大涤洞内石井中。

两晋之交的道士郭文和东晋名道士许迈都曾在大涤洞一带修行，郭文逢"晋室乱，乃入余杭大涤山，伐木倚林，苦覆为舍，不置四壁。时猛兽害人，先生独居十余年，无害。"许迈于"永和二年，入临安西山，登岩茹芝，渺然自得，有终焉之志，即今大涤也。"（邓牧《洞霄图志》卷5）唐代，此地有天柱观，当时道士吴筠所撰《天柱山天柱观记》载："自余杭郭，溯溪十里，登陆而南，弄潺湲，入峥嵘，幽径窈窕。才越千步，忽岩势却倚，襟领环掩，而清宫辟焉。于是旁讯有识，稽诸实录，乃知昔高士郭文举创隐于兹。以云林为家，遂长住不复。……自先生阆景潜升，而遗庙斯立。暨我唐弘道元祀，因广仙迹，为天柱之观。有五洞相邻，得其名者，谓之大涤。虽寥邃莫测，盖与林屋、华阳，密通太帝阴宫耳。爰有三泉、二汋、一滥，殊源合流，水旱不易，拥为曲池，萦照轩宇；夏寒而辨沙砾，冬温而育萍藻，既漱而饮之，曲肱而枕之，乐在其中矣。土无沮洳，风木飘历，故栖迟者心畅而寿永。盘礴纡燠，气淳境美，虎不搏，蛇不螫，而况于人乎！贞观初，有许先生曰迈，怀道就闲，荐征不起。后有道士张整、叶法善、朱君绪、司马子微、暨齐物、夏侯子云，皆为高流，继踵不绝，或游或居，穷年忘返。宝应中，群寇蚁聚，焚蓺城邑，荡然煨烬，唯此独存。非神灵扶持，曷以臻是？"

宋仁宗天圣四年（1026年），诏道院详定天下名山洞府，凡二十处，大涤洞在焉，仍命每岁投龙简。洞霄宫逐渐成为游览胜地，苏轼为官杭州时，就曾多次游览洞霄宫，并留下诗作。北宋末年，洞霄宫毁于兵火，南宋绍兴二十五年（1155 年），高宗赵构下旨赐钱重建，历经十余年方成，"一旦告成，金碧之丽，光照林谷，钟磬之作，声摩云霄，见者疑其天降地涌而神运鬼输也，可谓盛矣！"（陆游《渭南文集》卷 16《洞霄宫碑》）乾道二年（1166 年），已是太上皇帝的赵构与太上皇后乘舆到此祷祝，次年，太上皇后复来游。其后南宋历代帝王往往将洞霄宫作为避暑的行宫，南宋自高宗、孝宗至光宗、宁宗、理宗，均赐洞霄宫以御书。有宋一代，亦有章衡、吕惠卿、蔡京、张浚、王炎、朱熹等名臣出任"提举"洞霄宫。极盛时的洞霄宫拥有殿堂、道舍千余间，道士数百人，南宋人宇文十朋云："洞霄发源天目，蕴为洞天福地，大涤、天柱诸山所融结环抱者，止于一区。故其源深流长，本大枝茂，若宫若观若道院，支分派别，远近咸有，羽流之盛，足拟一中郡。"（《洞晨观记》）

宋度宗咸淳十年（1274 年），洞霄宫再遭火焚，此后屡修屡毁，至明末，已"半颓残"，（黄汝亨《洞霄游记》）乾隆三十四年（1769 年）时人记云："昔时三清、无尘诸殿，悉毁兵火，惟是残碑断碣，磊磊于荒草颓垣间也。穿竹林石径而右，历石磴数十级而上，有瓦屋数楹，为道人栖止之所，是当年方丈旧处，墙壁间有前人题咏……"（陈梦说《两游洞霄宫记》）

林逋这首诗，写于洞霄宫的盛时。洞霄一带，风景至今依旧十分优美，尽管高速公路和高架桥早已修到距宫里村口不远处，但身处遗址的中心地带，仍然仿佛置身世外。"碧涧流红叶"的景观虽未见到，但"青林点白云"却是实实在在地展现在眼前。站在洞霄宫的故址上，除了附近的农舍，已经看不到任何成形的建筑，当然也不再有那些曾经生长于宫观深处的碧绿的芭蕉，但这首诗却真切地告诉我们，梅妻鹤子的隐士林和靖，曾经在这里——在眼前的这片荒芜中度过一个难忘的夜晚。末句的那个设问很有意思，谁在与作者共同聆听这蕉叶上的雨滴之声呢？自然是这里的道士了，或者，还有和他一样来此游历、借宿的行人？抑或者，还有诗人思念的友人，作者希望对方也有机会来此寂静之地，与他一起体味这样的妙境？那就真有些"山中何所有？岭上多白云。只可自怡悦，不堪持寄君"（陶弘景《诏问山中何所有赋诗以答》）的玄妙意味了。

鸟啼空谷，云浮叠嶂，洞霄宫陈迹不再，或可曰一无所有，但正坐一无所有，所以反而给人一种怀想的空间。其实汉唐时的旧迹，在林逋前往之时也几已成空，他的另一首写洞霄宫的诗歌写道："风霜唐碣朽，草木汉祠空。"（《洞霄宫》）"今之视昔，亦犹后之视今"（王羲之《兰亭集序》），信夫！古人来到洞霄，多是为了祈福寿、观斋醮，或观赏美景、交往道士，如今唯有这空灵的土地山川展示了她永恒的魅力，令人欣然忘返的也只剩这清静澄澈的自然境界。

杭州临安南宋洞霄宫故址

　　孤山范公亭，是为纪念曾任杭州知州的北宋著名诗人范仲淹而建的。范仲淹字希文。苏州吴县（今苏州）人，北宋杰出的政治家、文学家。范仲淹幼年丧父，因母改嫁长山朱氏，遂更名朱说。大中祥符八年（1015年）进士，授广德军司理参军。后历任兴化县令、秘阁校理、陈州通判、苏州知州、权知开封府等职。天禧元年（1017年）上书改回原姓名。宋夏战争爆发后，康定元年（1040年），与韩琦共任陕西经略安抚招讨副使，采取"屯田久守"的方针，巩固西北边防。后受召回朝，任枢密副使。后拜参知政事，上《答手诏条陈十事》，发起"庆历新政"，推行改革。不久后新政受挫，范仲淹自请出京，历知邠州、邓州、杭州、青州。皇祐四年（1052年），改知颍州，在扶疾上任的途中逝世，累赠太师、中书令兼尚书令、魏国公，谥"文正"。

范仲淹于皇佑元年（1049 年）出任杭州知州，他在杭州任上曾写过《依韵和并州郑宣徽见寄》二首其一云："钱唐作守不为轻，况是全家住翠屏。名品久参卿士月，部封全属斗牛星。仁君未报头先白，故老相看眼倍青。最爱湖山清绝处，晚来云破雨初停。"杭州一年多的为官经历，范仲淹不负"钱唐作守不为轻"的使命，利用自己的智慧再度造福一方。

杭州孤山范公亭

时逢两浙饥荒，范仲淹实施了"救荒三策"，即利用荒年工价低廉而大兴土木，以工代赈；二是利用杭州人好佛事，"纵民竞渡，太守日出宴于湖上，自春至夏，居民空巷出游"，即大搞龙舟比赛，吸引游客，大兴旅游业；抬高米价，吸引四方粮商昼夜进粮，最终导致杭城粮食爆满只好降价，百姓大大得益。然而当时"监司奏劾杭州不恤荒政，嬉游不节，及公私兴造，伤耗民力。文正乃自条叙所以宴游及兴造，皆欲以发有余之财以惠贫者。贸易、饮食、工技、服力之人，仰食于公私者，日无虑数万人，荒政之施，莫此为大。是岁，两浙唯杭州晏然，民不流徙，皆公之惠也。"①

六和塔，又名六合塔，位于杭州钱塘江边的月轮山南坡，是一座砖木混筑的楼阁式塔，始建于北宋开宝三年（970 年），当时钱塘江水患严重，吴越国王钱俶便在月轮山建九层宝塔以镇江潮，取名"六和"，或来源于佛教用语"六和敬"。塔原名"寿宁院"，后改名"开化寺"。因其地理位置醒目，六和塔也成为一座引导来往船只的标志性建筑。宣和三年（1121 年），六和塔在方腊起义中遭灭顶之灾，隆兴元年（1163 年）在原址重建，塔身被改建为 7 层。此后在元元统年间及明嘉靖年间两次重修，重新安装了塔刹。嘉靖十二年（1533 年），六和塔被倭寇纵火焚烧，塔外的木质结构几乎全毁。万历年间再次重修，重建了塔的顶层和塔刹。清代雍正和光绪年间重建塔的外檐。六和塔现高 58.89 米，占地约 900 平方米。塔的底部为八角形塔基，外表用条石砌筑，每边边长 13 米。塔身的外檐为明 7 层、暗 6 层，塔身的柱子和斗拱等为仿木砖结构。内部建有回廊和塔心室。六和塔中的须弥座上有 200 多处砖雕，有佛教神祇、飞天、花鸟虫兽、云纹、回纹、如意等图案。塔外檐每面均开 3 扇窗。塔檐的每一个外角下均挂有一个风铃。塔身顶部呈八角攒尖式，最上部为高 3.55 米的生铁塔刹。除了是一座镇江潮的宝塔之外，六和塔也因《水浒传》的描写而闻名，梁山好汉鲁智深就是在六和塔边坐化，而武松也在六和寺出家。

南宋何宋英《六和塔》诗云："吴国山迎越国山，江流吴越两山间。两山相对各无语，江自奔波山自闲。风帆烟棹知多少，东去西来何日了。江潮淘尽古今人，只有青山长不老。"陆游《过六和塔前江亭小憩》："断岸孤亭日莫时，栏边聊试葛巾敧。偶观挂席乘潮快，便觉悬车纳禄迟。痛饮相如无奈渴，

① 沈括. 梦溪笔谈 [M]. 成都：四川美术出版社，2018.

清言叔宝不胜嬴。年来亲友凋零尽，惟有江山是旧知。"

杭州六和塔

六和塔内宋代砖雕

雷峰塔位于杭州市西湖南岸夕照峰顶，原名"皇妃塔"，"雷峰夕照"为久负盛名的"西湖十景"之一。原塔于 1924 年坍塌，仅存遗址，2002 年在原址重建。雷峰塔最早为五代吴越王钱俶所建供养舍利的佛塔，为砖木结构楼阁式，八面七层。塔内以砖石为芯，可登临，外面是木构檐廊。内壁镶嵌《华严经》石刻并奉藏释迦牟尼佛"佛螺髻发"舍利。最初塔下有塔院，名严显院。院后另有雷峰庵，是当地人雷氏故居。北宋宣和年间，塔院因方腊起义被毁，唯有雷峰塔独存于世。

雷峰塔建成至今 1 000 余年，频遭破坏，命运多舛。宣和二年（1120 年），方腊率军攻陷杭州，烧毁了雷峰塔塔院及塔身木结构。南宋时雷峰塔重修为八面五层。根据张岱《西湖寻梦》记载，雷峰塔在元末再次失火，仅存塔芯，从此再未进行重修。清后期，雷峰塔已失修多年，加上周围居民盛传砖塔能辟邪，盗砖行为屡禁不止，宝塔已岌岌可危。1924 年 9 月 25 日，雷峰塔残余部分终于轰然倒塌，正值孙传芳直系军阀攻入杭州，舆论大哗，鲁迅为此特意写就《论雷峰塔的倒掉》一文，以古喻今，揭示出扼杀人民自由、阻挡社会发展的封建制度必然灭亡的历史规律。雷峰塔在历史上对于中国传统文化颇有影响，尤其是《白蛇传》中法海将白娘子镇压在雷峰塔之下的故事更是家喻户晓。雷峰塔倒掉以后，其原址在 1997 年成为浙江省文物保护单位，但重建之议从 20 世纪 30 年代以来一直不绝于耳，最终于 2002 年完成。

雷峰塔建成后，一直是文人游览西湖的重点景观之一，并多有诗文流传。北宋毛滂《题雷峰塔南山小景》："钱塘门外西湖西，万松深处古招提。孤塔昂昂据要会，湖光滟滟明岩扉。道人安禅日卓午，寺外湖船沸箫鼓。静者习静厌纷喧，游者趋欢穷旦暮。非喧非寂彼何人，孤山诗朋良独清。世间名利不到耳，长与梅花作主盟。嗟我于此无一得，曾向峰前留行迹。天涯暮景盍归来，坐对此图三太息。"南宋陈允平《雷峰少憩》："倚塔看明月，寒光度玉绳。曲堤藏小艇，疏柳见孤灯。水竹映苔石，岩花缘涧藤。香云吹散后，猿鹤伴高僧。"

徐志摩写于 1923 年的《月下雷峰影片》，堪称其代表作之一：

> 我送你一个雷峰塔影，
>
> 满天稠密的黑云与白云；
>
> 我送你一个雷峰塔顶，

明月泻影在眠熟的波心。
深深的黑夜，依依的塔影，
团团的月彩，纤纤的波鳞——
假如你我荡一支无遮的小艇，
假如你我创一个完全的梦境！

雷峰塔与长桥

杭州西湖断桥

在杭州西湖北岸一处不起眼的角落,隐藏着一座南宋诗人的墓冢——孙花翁墓。墓主人孙惟信,字季蕃,号花翁,原籍开封,居婺州(今金华)。以荫入仕,光宗时弃官隐居西湖,长于诗词,与赵师秀、刘克庄等交游甚密。著有《花翁集》,已佚。刘克庄为作《孙花翁墓志铭》,述其生平。其《小院》诗云:"小院无人竹簟铺,昼眠难稳客心孤。窗前嫌怕惊残梦,自掷青梅打鹧鸪。"

杭州孙花翁墓

杭州虽以风景柔媚的西湖闻名于世,但亦不乏英豪之气,西湖之西、北、东,分布着三处历史上著名豪杰的纪念地。其中最有名的当属岳飞庙和墓。岳庙坐落在西湖北面栖霞岭南麓。据史书记载,岳飞当年于大理寺风波亭遇害后,遗体被狱卒隗顺潜负而出,葬于北山之麓。隆兴元年(1163年)孝宗诏复岳飞官爵,改葬栖霞岭。现庙整体分墓区和岳王庙两部分,岳王庙始建于嘉定十四年(1221年),清康熙五十四年(1715年)重建,现主要有忠烈祠、启忠祠等建筑。忠烈祠西面为墓区。

岳庙内有历代诗碑碑廊,其中有一方明代文人文徵明的《满江红》词碑,较为引人注目。文徵明词曰:"拂拭残碑,敕飞字、依稀堪读。慨当初、倚飞何重，后来何酷。岂是功成身合死，可怜事去言难赎。最无辜、堪恨更堪悲，风波狱。岂不念，疆圻蹙。岂不念，徽钦辱。念徽钦既返，此身何属？千载休谈南渡错，当时自怕中原复。笑区区、一桧亦何能？逢其欲。"作者满怀对岳飞的同情、对秦桧等的愤慨，却又指出了造成岳飞悲剧的根本原因是宋高宗赵构的一己私心。

杭州岳庙内的岳飞坐像

杭州岳王庙内文徵明《满江红》词碑

杭州市区的宋代生活场景雕塑

在西湖西南侧的三台山麓，长眠着明代著名的政治家、军事家于谦。于谦字廷益，号节庵，杭州府钱塘县（今杭州市）人。永乐十九年（1421年）登进士第。"土木之变"后，英宗兵败被俘，他力排南迁之议，坚请固守，升任兵部尚书。明代宗（景泰帝）即位，于谦整饬兵备，部署要害，亲自督战，率师二十二万，列阵北京九门外，抵御瓦剌大军。瓦剌太师也先挟英宗逼和，他力争"社稷为重，君为轻"，不许。也先见无隙可乘，被迫释放英宗。朝廷因功加封于谦为"少保"，总督军务，世称"于少保"。与瓦剌和议后，于谦仍积极备战，挑选京军精锐分十团营操练，又遣兵出关屯守，边境得以安宁。当时朝务繁杂，于谦独运征调，合乎机宜。其号令明审，令行政达。他忧国忘身，口不言功，平素生活俭约，但因个性刚直，招致众人忌恨。

天顺元年（1457年），英宗复辟，大将石亨等诬陷于谦谋立襄王之子，致使其含冤遇害。明神宗时，追谥"忠肃"，有《于忠肃集》传世。成化二年（1466年），于谦冤案平反昭雪，弘治二年（1489年），明孝宗表彰其为国效忠的功绩，赐谥"肃愍"，并在墓旁建旌功祠，形成祠墓合一的格局。于谦表达内心坚定气节的诗歌《石灰吟》，至今仍是妇孺皆知的名作。

西湖南侧，苏堤的尽头，有与岳飞、于谦合称"西湖三杰"的张煌言之墓。张煌言（1620—1664年）字玄著，号苍水。浙江鄞县（今浙江省宁波市鄞州区）人。明代军事家、诗人、民族英雄。张煌言于明崇祯十五年（1642年）中举人，官至南明兵部尚书。顺治七年（1650年），张煌言授兵部左侍郎。后数次率兵由长江进逼南京，打击清军。桂王在华南称永历帝，任其为大学士兼兵部尚书。顺治十六年（1659年）五月，张煌言与郑成功分兵北征，攻克芜湖后，连下沿江四府三州二十四县，江淮半壁为之震动。旋因郑成功兵败南京，全师兵溃，潜行二千余里返浙东，召集旧部，重整旗鼓。此后郑成功在台湾病故，永历帝在云南被害，鲁王亦死于金门，张煌言孤立无援。康熙三年（1664年），张煌言与清军海战惨败，后因叛徒出卖被执，坚贞不屈，九月在杭州遇害，死后葬于南屏山下。黄宗羲为其作墓志铭，高度赞扬其一生，称："慷慨赴死易，从容就义难。"张煌言文武兼备，在战斗生涯中留下大量文学作品，反映了一位刚正不阿的孤臣在动荡艰难的时代里的不屈理想和艰难追求，具有很高的文学和历史价值。代表作有《书怀》《饮酒》《北还入浙偶成》等，清全祖望辑有《张苍水全集》。

杭州于谦墓

杭州张苍水墓

在西湖的东南方，有伍公山，上有伍公庙，祭祀春秋时吴国大夫伍子胥。伍子胥原为楚国人，名员，字子胥，出身于贵族世家，曾祖伍参、祖父伍举均为楚国重臣。父伍奢，楚平王授太师，辅侍太子建，敢直谏，为少师费无极构陷谋反，与长子伍尚同被杀。伍子胥逃奔吴国，向吴王僚建言伐楚之利，吴王僚因时谋图宋未许。伍子胥富谋略，见吴王僚的堂兄弟公子光善战多功，有杀吴王僚自立之意，就向公子光举荐了勇士专诸，自己隐居躬耕。后专诸刺杀吴王僚，公子光自立为君，称吴王阖闾，以伍子胥为行人，与谋国事。伍子胥劝阖闾立城郭、设守备、实仓原、治兵库，被阖闾采纳，命伍子胥"相土尝水，象天法地"，[①]主持兴建了阖闾大城。伍子胥还"修法制，下贤良，选练士，习战斗"，[②]并荐齐人孙武、楚人伯嚭于阖闾，整饬内政，富国强兵，吴国因此逐渐强大，成为诸侯一霸。伍子胥跟从吴王阖闾攻楚、伐越、败齐，所至皆捷。尤其是在和孙武带兵攻入楚都后，伍子胥掘楚平王墓，鞭尸三百，以报父兄之仇。

阖闾晚年，诸公子争位，在伍子胥的冒死力争下，夫差被立为太子。后阖闾与越王勾践决战于檇李，伤重身死，伍子胥辅佐夫差继位，教其遵遗命誓复父仇。后夫差于夫椒（今江苏无锡马山）大败越王勾践，破越都会稽，伍子胥力主乘胜灭越，谏阻与越媾和未成，深以为吴之心腹大患，又谏阻夫差伐齐以备越。夫差于艾陵之战败齐后，听信伯嚭谗言，将伍子胥赐死，遗体被投入钱塘江，当地人为其在江边吴山东南一丘坡上立祠，后此山名为"伍公山"。九年后，吴国果为越国所灭，证明了伍子胥的战略眼光。

伍子胥庙吸引了历代文人前往凭吊，白居易《杭州春望》诗曰："望海楼明照曙霞，护江堤白踏晴沙。涛声夜入伍员庙，柳色春藏苏小家。红袖织绫夸柿蒂，青旗沽酒趁梨花。谁开湖寺西南路，草绿裙腰一道斜。"徐凝《题伍员庙》："千载空祠云海头，夫差亡国已千秋。浙波只有灵涛在，拜奠青山人不休。"又北宋王令有《过伍子胥庙》诗云："西风骚客倦游吴，吊古心怀此暂舒。鬼箓久应除佞嚭，民思今果庙神胥。虽然邪正皆归死，奈有忠谗各异书。回首旧江江水在，怒涛犹是不平初。"

---

① 赵晔. 吴越春秋［M］//文渊阁四库全书本.

② 吕不韦. 吕氏春秋［M］//文渊阁四库全书本.

杭州伍公山

在今杭州孩儿巷内，还有一处南宋大诗人陆游的纪念馆，传说是陆游晚年在临安修史时的客居之所，其名作《临安春雨初霁》就写于此："世味年来薄似纱，谁令骑马客京华。小楼一夜听春雨，深巷明朝卖杏花。矮纸斜行闲作草，晴窗细乳戏分茶。素衣莫起风尘叹，犹及清明可到家。"这首诗是陆游晚年的代表之作，表现出浓厚的日常生活情趣，无怪乎文学史这样评价陆游："作为一个大诗人，陆游是很热爱生活的。他热烈地歌唱生活中的美好事物，流露出亲切淳厚而又真挚的情感。他有许多描写山川风物、表现生活情趣的诗作，题材极广泛，可谓'一草一木，一鱼一鸟，无不裁剪入诗'。"①

杭州孩儿巷陆游纪念馆

陆游纪念馆内陆游像

① 万光治，徐安怀. 中国古代文学史［M］. 成都：电子科技大学出版社，1994.

复原的南宋德寿宫宫门

　　临安本为杭州城西的县名，建炎三年（1129 年）闰八月，宋室南迁杭州为行在所。南宋朝廷感念吴越国王钱镠纳土归宋对宋朝的功绩和对杭州的历史贡献，以其故里"临安"为府名升杭州为"临安府"。绍兴八年（1138 年）正式定都于临安府。

　　杭州城以北的皋亭山，因南宋名臣文天祥曾于此与南下的元相伯颜抗辩而名垂青史。南宋德祐元年（1275 年）正月，蒙古军南下侵宋，文天祥尽以家资为军费，领兵抗元，被召入京赴临安。次年，又于危难之中受命任右丞相兼枢密使，其时元军包围临安，文天祥自请出使军前向元军"请和"。据《宋史》载，文天祥临难不苟，"与大元丞相伯颜抗论皋亭山，丞相怒拘之。"[①]后文天祥于押解北上途中逃归，继续组织抗元斗争，直至最后牺牲。文天祥在皋亭山上的义举，极大震慑了元军，使其不敢遽然轻视看似文弱的南宋军民。今皋亭山上建有文天祥皋亭抗论纪念台。

————————————

　　① 脱脱. 宋史［M］//文渊阁四库全书本.

杭州皋亭山文天祥皋亭抗论纪念台

与皋亭山紧邻的黄鹤山，曾经是元末明初著名画家王蒙（号黄鹤山樵）隐居之所，王蒙是吴兴（今浙江湖州）人，出身艺术世家，自幼受到良好的艺术熏陶。早年深受外祖父赵孟頫的影响，之后与黄公望、倪瓒等名家交往甚密。元末弃官归隐黄鹤山，入明后出山，于洪武年间任山东泰安知州。常观画于胡惟庸府第，不久胡惟庸伏法，王蒙坐事入狱。洪武十八年（1385年）九月，瘐死狱中。明初学者陶宗仪有诗云："黄鹤山中凤著声，丹青文学有师承。前身直是王摩诘，佳句还宗杜少陵。"（《送王蒙赵廷采到南村还黄鹤山》）

黄鹤山还是另一位大画家的归宿，那便是清代的金农。金农（1687—1763年）字寿门，号冬心先生、稽留山民、曲江外史、昔耶居士等，钱塘（今浙江杭州）人。布衣，好游历，博学问，工诗文鉴识，居扬州卖书画自给。书法工隶、楷，又融隶入楷，竖轻横重，扁方运笔，别具奇趣，自谓"漆书"。画极不凡，所作梅、竹、佛像、人物、鞍马、山水，皆拙朴醇厚，逸气内守，当时画坛无人可望其项背，亦善题咏。与汪士慎、李鱓、李方膺、黄慎、高翔、郑燮、罗聘等为扬州画派的代表人物，合称"八怪"，著有《冬心先生集》。

金农晚年借居寺庙，生活拮据，去世后由好友集资，学生罗聘扶柩归葬杭州之黄鹤山。然而时过境迁，至今已然无处寻访金农之墓，仅在黄鹤山山腰由好事者建一亭以资纪念，并依金农别号命名为"耻春亭"，亭上楹联为金农漆书："论古不居秦以下，游心多在物之初。"

关于"耻春翁"这一别号，其《题自画江梅小立轴》云："耻春翁，画野梅，无数花枝颠倒开。舍南舍北，处处石黏苔。最难写，天寒欲雪，水际小楼台。但见冻禽上下，啼香弄影，不见有人来。"

世人皆爱春，文人尤是，可自号"冬心"的金农并不喜欢春天，他说："野梅如棘满江津，别有风光不爱春。""横斜梅影古墙西，八九分花开已齐。偏是东风多狡狯，乱吹乱落乱沾泥。"（《梅》）"雪比精神略瘦些，二三冷朵尚矜夸。近来老丑无人赏，耻向春风开好花。"（《枯梅庵梅花》）并说："吾家有耻春亭，因自称为耻春翁。亭左右前后种老梅三十本，每当天寒作雪，冻萼一枝，不待东风吹动而吐花也。今侨居邗上，结想江头，漫想横斜小幅。未知亭中窥人明月，比旧如何，须于清梦去时问之。"[①]

杭州黄鹤山"耻春亭"

---

① 金农. 冬心画谱 [M]. 济南：山东画报出版社，2010.

　　杭州城站附近的马坡巷，有清代思想家、文学家龚自珍的纪念馆，原为清代"小米园"旧址。纪念馆主体是一座清代风格的两层楼房，上下五开间，兼有耳房，雕梁画栋，古朴典雅。龚自珍（1792—1841 年）字璱人，号定盦，清代思想家、诗人、文学家和改良主义的先驱者。

　　龚自珍出身于书香门第，祖父龚禔身，与同胞兄弟龚敬身同为乾隆三十四年（1769 年）进士，官至内阁中书、军机处行走；龚敬身曾任吏部员外郎，后任云南楚雄知府。龚自珍的父亲龚丽正，幼年过继给龚敬身为子，是嘉庆元年（1796 年）进士，官至江南苏松太兵备道，署江苏按察使。龚自珍外祖父段玉裁，是经学家、文字音韵训诂学家，《说文解字注》的作者，包括龚自珍的母亲段驯在内，都著有诗集、文集传世。

　　龚自珍曾任内阁中书、宗人府主事和礼部主事等官职。他主张革除弊政，抵制外国侵略，曾全力支持林则徐禁除鸦片。48 岁辞官南归，次年卒于江苏丹阳云阳书院。龚自珍的诗文主张"更法""改图"，揭露清统治者的腐朽，洋溢着爱国热情，柳亚子《论诗三绝句·定庵集》论曰："三百年来第一流，飞仙剑侠古无俦。只愁孤负灵箫意，北驾南舣到白头。"遗著后人辑为《龚自珍全集》。

杭州龚自珍纪念馆

杭州龚自珍纪念馆内的龚自珍半身像

西溪是杭州西郊重要的名胜地，古称河渚、南漳湖，"西溪"之名始自唐代，北宋杭州通判杨蟠写诗云："为爱西溪好，长忧溪水穷。山源春更落，散入野田中。"南宋初年，宋高宗为方便前往洞霄宫，专门开辟了一条"辇道"，使得西溪一带通往杭州城的交通更为便捷。西溪附近地名为"留下"，始自南宋初。明万历《杭州府志》载："西溪，在武林山之西，相传宋高宗欲都其地，后得凤凰山，乃云'西溪且留下'，俗称留下云。"明末，西溪建秋雪庵，在此地赏芦花成为风俗，遗民张岱在《西湖梦寻》中写道："其地有秋雪庵，一片芦花，明月映之，白如积雪，大是奇景。"①

————————

① 张岱. 西湖梦寻［M］. 上海：上海古籍出版社，2022.

杭州西溪

西溪景区内复建的清平山堂

西溪还是杭州当地较为显赫的洪氏家族的世居之地。南宋建炎三年（1129年），洪皓以代理礼部尚书的身份出使金国，不料被扣留15年，虽艰苦备尝，然持节不屈，终得放还，时人称之为"宋之苏武"。朝廷作为表彰，封魏国忠宣公，赐第杭州葛岭，赐田西溪，洪皓便成了钱塘洪氏之始迁祖。洪皓有八子，长子洪适，累官至尚书右仆射、同中书门下平章事兼枢密使，并且是金石学大家；次子洪遵，累官至翰林学士承旨、同知枢密院事、端明殿学士、提举太平兴国宫；三子洪迈，字景庐，官至翰林院学士、资政大夫、端明殿学士，著有文集《野处类稿》、志怪笔记小说《夷坚志》，编纂的《万首唐人绝句》、笔记《容斋随笔》等，流传至今，颇有影响；其余五子，皆有功名。

洪氏族人洪有恒于元末明初举家从上虞迁回钱塘西溪洪家埭，成为西溪洪氏始祖。洪钟为明成化十一年（1475年）进士。历任刑部主事、安抚史、按察使、左都御史、刑部尚书、工部尚书等，晚年在五常洪家埭建"洪园"。明代洪氏名人还有洪瞻祖、洪楩等人。洪瞻祖所著《西溪志》是最早的西溪乡土志。洪楩是藏书家，也是明代重要的出版家，刊刻了宋元话本，至今保留在《清平山堂话本》中。

西溪洪氏繁衍到清代，出现了著名的戏曲家洪昇。洪昇字昉思，号稗畦，他一生创作了四十余部戏曲作品，代表作为传奇《长生殿》和杂剧《四婵娟》。本世纪初，几乎湮没无闻的西溪湿地再度得到重视，洪氏家族在西溪的遗迹部分得到了恢复，如洪园和清平山堂等。1935年，作家郁达夫在细雨中游西溪，并写下著名的散文《西溪的晴雨》。

在西溪湿地景区内，还有两浙词人祠和厉杭二公祠，两浙词人祠祭祀张志和以下历代两浙词人（以张先、周邦彦、吴文英、周密、张炎、王沂孙等为代表）、宦游词人、流寓词人、方外词人、闺阁词人共千余人，厉杭二公祠则是为了纪念清代两位杭州籍文人厉鹗和杭世骏而建的。厉鹗字太鸿，号樊榭，是"浙西词派"中坚人物，终身布衣，著有《樊榭山房集》《宋诗纪事》《辽史拾遗》《东城杂记》《南宋杂事诗》等书。杭世骏字大宗，号堇浦，为经学家、史学家、文学家、藏书家，雍正二年（1724年）举人，乾隆元年（1736年）举博学鸿词科，授编修，官御史。晚年致力于书院讲学，先后主持粤东、扬州书院。杭世骏工书，善写梅竹、山水小品，丰于著述，有《道古堂集》《榕桂堂集》等。

西溪厉杭二公祠内厉鹗、杭世骏像

在西湖以西的群山中，有一处著名的景观虎跑泉，唐宪宗元和十四年（819年），僧性空居此山，苦无水，将去。忽有神人告曰："师毋患水，南岳有童子泉，当遣二虎驱来。"①翌日，果见有二虎来跑山出泉。性空因留，建寺。后有人自南岳来，性空问童子泉如何，答曰：涸矣。北宋苏轼有《虎跑泉》诗云："亭亭石塔东峰上，此老初来百神仰。虎移泉眼趁行脚，龙作浪花供抚掌。至今游人盥濯罢，卧听空阶环玦响。故知此老如此泉，莫作人间去来想。"南宋范成大《独游虎跑泉小庵》："苔径弯环入，茅斋取次成。蔓花缘壁起，闲草上阶生。宿雨松篁色，新晴燕雀声。筒泉烹御米，聊共老僧倾。"

---

① 张岱. 西湖梦寻［M］. 上海：上海古籍出版社，2022.

杭州虎跑梦泉

虎跑李叔同纪念馆

虎跑滴翠崖，有弘一法师灵骨塔。弘一法师法名演音，俗名李叔同，浙江平湖人，生于天津，曾留学日本学习音乐和美术，并主导参与中国最早的现代话剧演出，是新文化运动的先驱，在书画、音乐、戏剧等方面造诣颇深。李叔同中年看破红尘，在杭州虎跑寺出家为僧，后来成为律宗高僧，1942年圆寂于泉州不二祠温陵养老院晚晴室。后人依其遗言在泉州清源山和杭州虎跑两地分别建筑灵骨塔。虎跑景区内还有李叔同弘一法师纪念馆。

杭州三台山有晚清学者俞曲园墓，俞曲园（1821—1907年），名樾，字荫甫，号曲园，浙江德清人。曾官翰林院编修、河南学政，曾主讲杭州诂经精舍三十余年，博通经学、易学、文学，平生著书颇丰，有经学大师之誉。墓附近原有右台仙馆，为俞曲园所建。俞曲园夫人姚氏殁后葬于三台山之右台山，俞曲园于墓旁置地筑屋，取名"右台仙馆"，并曾著有《右台仙馆笔记》。俞樾有不少诗词都是记录自己的家庭生活的，如《瑶华慢·十月十日与内子坐小舟泛西湖看月》："风清月白，如此良宵，算人生能几。扁舟一叶，云水外、摇过湖心亭子。橹声轧轧，把鸥鹭、联翩惊起。隔暮烟、回望红窗，认得读书灯是。天边何处琼楼，叹一落红尘，光景弹指。今宵明月，应笑我、换了鬓青眉翠。嫦娥休妒，让我辈、人间游戏。倚绮窗、共玩冰轮，约略前生犹记。"

杭州俞樾墓

杭州九溪，为当地名胜，其水回转曲折，故名"九溪十八涧"。南宋周文璞《九溪十八涧》诗云："九溪十八涧，冷见帝青苔。洗足僧书石，临流客放杯。案头松叶响，身畔野花开。百六辞歌吹，清游始一回。"俞樾尝有"重重叠叠山，曲曲环环路，丁丁东东泉，高高下下树"①的诗句形容之，传为佳话。

九溪近钱塘江出口处的茶园内，有晚清著名诗人陈三立及其子画家陈师曾合葬之墓。陈三立（1853—1937年）字伯严，号散原，江西义宁（今修水）人。光绪十五年（1889年）进士，官吏部主事。维新变法时期，协助其父湖南巡抚陈宝箴推行新政，革除时弊，兴办实业。戊戌政变之后，父子同被革职，渐将家国之感寄情诗文。晚年目睹山河破碎，不胜悲愤，绝食而死。著有《散原精舍诗集》，《散原精舍文集》等。

陈三立的家教甚好，后代中多有成名者，长子陈衡恪又名师曾，画家、艺术教育家；次子陈隆恪为诗人；三子陈寅恪著名历史学家、古典文学研究家、语言学家；四子陈方恪为编辑、诗人；幼子陈登恪为词人；孙子陈封怀（陈衡恪次子）为著名植物学家，中国植物园创始人之一。

杭州九溪烟树

① 王国平. 西湖文献集成：历代西湖文选专辑［M］. 杭州：杭州出版社，2004.

杭州多山，气候湿润，素以产茶闻名，其中最著名的是龙井茶，产于西湖龙井村周围群山，并因此得名。杭州产茶，始于唐代以前，茶叶多制成"龙团"。至宋代，出现散茶——"旗枪"。宋代以后，再改制成现在形状的龙井茶。唐代"茶圣"陆羽《茶经》"八之出"，谈到杭州天竺和灵隐产茶。唐长庆二年（822 年），白居易出任杭州刺史，在任期间政务之余，常游于湖山之间，自称"在郡六百日，入山十二回。"（《留题天竺灵隐两寺》）白居易与灵隐寺后巢驹坞的韬光寺开山和尚韬光禅师相交游，探讨佛学。曾经以诗相邀，请韬光禅师入城，韬光作诗婉谢，白居易就策马进山，与韬光禅师汲泉烹茗，吟诗论道。现韬光寺内"观海亭"后、吕公（洞宾）岩前香案下，即为当年"烹茗井"遗迹。

杭州韬光寺

杭州天竺有上、中、下三座天竺寺，自古与灵隐寺相提并论，宋时宝云茶、垂云茶、香林茶、白云茶均属于唐时陆羽《茶经》所记载"天竺、灵隐二寺"①所产茶系。后世龙井茶，其前身是宋代香林茶、白云茶，其起源当是唐代天竺、灵隐二寺茶，属于寺僧栽种之佛门山茶。龙井茶的始植之祖是北宋著名僧人元净，又名辩才。北宋元丰二年（1079年），有"铁面御史"之称的赵抃（浙江衢州人），因反对"王安石变法"，以参知政事改知杭州。赵抃曾与苏轼、秦观游西湖诸山，宿龙井圣寿院，元净特意煮本院自种之茶相待，这在赵抃与元净和诗中有记载："余元丰己未仲春甲寅以守杭得请归田，出游南山，宿龙井佛祠。今岁甲子六月朔旦复来，六年于兹矣。老僧辩才登龙泓亭烹小龙茶以迓予，因作四句云：湖山深处梵王家，半纪重来两鬓华。珍重老师迎意厚，龙泓亭上点龙茶。"（《重游龙井》）

明代，老龙井一带所产茶颇负盛名，记载渐多。田汝成《西湖游览志》载："龙井之上，为老龙井。老龙井有水一泓，寒碧异常，泯泯丛薄间。幽僻清奥，杳出尘寰⋯⋯其地产茶，为两山绝品，郡志称宝云、香林、白云诸茶，乃在灵竺、葛岭之间，未若龙井之清馥隽永也。"②

杭州老龙井

---

① 朱自振，郑培凯. 中国历代茶书汇编校注本 [M]. 香港：商务印书馆，2007.
② 田汝成. 西湖游览志 [M]. 北京：东方出版社，2012.

　　清代乾隆帝多次来到西湖龙井茶区观看茶叶采制，品茶赋诗。胡公庙前的十八棵茶树还被封为"御茶"。按照早年的说法，西湖龙井的核心产区可以划分成"狮、龙、云、虎、梅"五个片区。"狮"是狮峰，公认西湖龙井中最好的产区，产地以狮子峰为中心，包括胡公庙（老龙井）、龙井村（部分地区）、棋盘山、上天竺等地。狮峰的龙井群体种茶树是西湖龙井中最具代表性的，也备受老茶客追捧。"龙"是指龙井村、翁家山、杨梅岭、满觉陇、白鹤峰一带。"云"是云栖，中国农科院茶叶研究所就在云栖。"虎"是虎跑，有著名的虎跑泉，虎跑马儿山的龙井群体种也别具特色，花香清扬。"梅"是梅家坞，梅家坞工艺的精致度高，采工好、茶青齐整，做出来的干茶色泽偏绿。龙井茶的茶山景观，也成为西湖景区的重要组成部分，吸引众多游客慕名而来。

龙井茶园

　　魏源（1794—1857年）名远达，字默深。近代著名学者，启蒙思想家，湖南邵阳隆回人，道光二十五年（1845年）进士，历官内阁中书，江苏东台、兴化县知县，两淮盐运司海州分司运判。淮北实行票盐时，曾以经营盐业获利。咸丰元年（1851年）授高邮州知州，公余整理著述，咸丰三年（1853年）完成了《元史新编》。后以"迟误驿报""玩视军机"革职。晚年弃官归隐，潜

狮峰茶山

杭州魏源墓

心佛学，法名"承贯"，辑有《净土四经》。魏源是近代中国"睁眼看世界"的首批知识分子的优秀代表，他认为论学应以"经世致用"为宗旨，提出"变古愈尽，便民愈甚"的变法主张，倡导学习西方先进科学技术，并由此提出了"师夷长技以制夷"的主张，开启了了解世界、向西方学习的新潮流，是中国思想从传统转向近代的重要标志。

魏源学识渊博，著作很多，有《书古微》《诗古微》《默觚》《老子本义》《圣武记》《元史新编》和《海国图志》等。代表作《海国图志》是其中有较大影响的一部。魏源于咸丰七年（1857 年）三月一日，殁于杭州东园僧舍，葬杭州南屏山方家峪，后几经战乱，魏源墓逐渐荒废，几近湮塞，近年重修。

魏源墓旁的魏源像

在杭州西湖柳浪闻莺公园正门的对面，有一处以石砌高墙为屏障的旧式院落。院内有一被称为"勾山"的小坡，勾山又称竹园山，高数十级，上有一井一泉。清代著名学者陈兆仑（字星斋，号勾山）曾筑宅第于此，并名其屋为"勾山樵舍"。陈兆仑，杭州人，雍正八年（1730年）进士，官至通政司副使、太仆寺卿，曾任《续文献通考》纂修官总裁。陈兆仑诗文淳古高雅，在当时颇有名望，著有《紫竹山房文集》二十卷，《紫竹山房诗集》十二卷。当然，勾山樵舍之所以闻名，更大的原因是这里是陈兆仑的孙女陈端生（字云贞）的出生地。陈端生自幼受到良好教育，学识出众，著有《绘影阁诗集》，其弹词作品《再生缘》是一部影响深广的文学杰作。《再生缘》讲述元成宗时尚书之女孟丽君与都督之子皇甫少华的悲欢离合的故事。原作共17卷，近60万字，为完成而作者卒，杭州女诗人梁德绳与其夫许宗彦续写3卷，终二十卷之篇。《再生缘》之后多被地方剧种和曲艺所改编、搬演，其女主角孟丽君堪称是文学史上的奇女子。

杭州勾山樵舍"再生缘"刻石

杭州最大的寺庙灵隐寺，背靠北高峰，面朝飞来峰，始建于东晋咸和元年（326年），开山祖师为西印度僧慧理和尚。至南朝梁武帝赐田并扩建，其规模稍有可观。唐大历六年（771 年），作全面修茸，香火旺盛。唐武宗会昌五年（845 年）"会昌法难"，寺毁僧散。直至五代吴越时，永明延寿大师重兴开拓，新建石幢、佛阁、法堂及百尺弥勒阁。南宋都杭州，灵隐寺被列为江南禅宗"五山"之一。清顺治年间，具德和尚住持灵隐，广筹资金，立志重建，其规模跃居东南之冠。

作为禅宗五山之首，灵隐寺前的飞来峰石刻造像是我国南方石窟艺术的重要作品，这些雕琢于石灰岩上的佛像时代跨度从五代十国至明，保存至今的有四百余尊。其中年代最早的是青林洞入口靠右弥陀、观音、大势至等三尊佛像，为公元 951 年所造。而最著名的莫过于雕刻于南宋的大肚弥勒和十八罗汉群像。另有元代的百余尊汉、藏风格的石刻，为佛教艺术之瑰宝。

由于灵隐寺声名远播，故历代来此礼佛游赏的名人甚多，白居易、张祜、宋之问、綦毋潜、方干、林逋、苏轼、方回、程敏政、顾璘、徐祯卿、黄省曾、李攀龙、徐渭、王世贞、胡应麟、袁宏道、李流芳、谭元春等人皆有题咏，可谓杭州除西湖外最吸引游客的所在。

杭州灵隐寺

飞来峰刻石

第二节　天下独绝：富阳、桐庐、建德、淳安

从杭州溯钱塘江而上，先后为富阳、桐庐和建德，这一段江面及两岸景色秀丽，是著名的旅游胜地。钱塘江源出安徽休宁县的率山，始为率水，合吉阳水后称屯溪（流经今安徽省黄山市境内），至歙县合练溪水，向东南流为新安江。萧士赟在李白《清溪行》中"借问新安江，见底何如此"一句下注云："新安即今徽州，在唐为歙州，在隋为新安郡。凡水发源于徽者皆曰新安江。自歙者出黟山，自休宁者出率山，自绩溪者出大嶂山，自婺源者出浙山。自浙江溯休宁为滩三百六十。"[①]

新安江进入浙江淳安县境内称青溪（唐人称清溪），在建德境内称为建德江，流至梅城东南二里与兰江汇合，自此以下至桐庐县桐君山下称桐江，在富阳境内称富春江，流经杭州南部，东进入海。

富阳自古山水秀美、人杰地灵，南朝梁时吴均《与朱元思书》中写道："风

---

① 王琦注. 李白诗歌全集［M］. 北京：今日中国出版社，1997.

烟俱净，天山共色。从流飘荡，任意东西。自富阳至桐庐，一百许里，奇山异水，天下独绝。水皆缥碧，千丈见底。游鱼细石，直视无碍。急湍甚箭，猛浪若奔。夹岸高山，皆生寒树。负势竞上，互相轩邈；争高直指，千百成峰。泉水激石，泠泠作响；好鸟相鸣，嘤嘤成韵。蝉则千转不穷，猿则百叫无绝。鸢飞戾天者，望峰息心；经纶世务者，窥谷忘反。横柯上蔽，在昼犹昏；疏条交映，有时见日。"

吴均（469—520 年）是吴兴故鄣（今浙江安吉）人。家贫好学，有俊才。梁武帝天监初年，为郡主簿。因私撰《齐春秋》免官，后奉旨撰写《通史》，未成书即去世。其诗文深受沈约的称赞。《梁书》本传说他"文体清拔有古气，好事者效之，号为'吴均体'"。有《吴均集》，已亡佚。《与朱元思书》以简洁而传神的文笔，描写富春江两岸清朗秀丽景色，读后令人如亲临其境，故而名传千古。

富阳渌渚镇富春江春色

桐庐县富春江"小三峡"

富阳新登镇城墙

新登是唐代诗人罗隐的家乡。罗隐（833—910年）字昭谏，本名横，十试进士不第，遂更名。咸通十一年（870年）始为衡阳主簿。僖宗乾符三年（876年）因父殁丁忧回乡。除服又往游京师，广明中遇黄巢攻陷长安，归隐于池州梅根浦。梁太祖（朱全忠）曾以谏议召，不至。依镇海节度使钱镠，光启三年（887年），表奏为钱塘令，迁著作郎、掌书记，天祐三年（906年）充节度判官。后梁开平二年（908年）授给事中，次年迁盐铁发运副使。罗隐擅长小品文，多讽世之作，其《谗书》5卷颇负盛名。诗与宗人罗虬、罗邺齐名，称"江东三罗"。又与杜荀鹤、陆龟蒙、吴融、郑谷等以诗往还。诗风近于元白，雄丽坦直，通俗俊爽，诗句脍炙人口，如"今朝有酒今朝醉"（《自遣》）、"为谁辛苦为谁甜"（《蜂》）等，至今传为口语。擅长咏史，各体中尤工七律。洪亮吉云："七律至唐末造，惟罗昭谏最感慨悲凉，沉郁顿挫，实可远绍浣花（杜甫），近俪玉溪（李商隐），……迥非他人所及。"[①]七绝亦有特色。

富阳新登镇双江村"罗隐读书处"

---

① 洪亮吉. 北江诗话［M］. 北京：人民文学出版社，1983.

富阳新登贤明山罗隐碑林

　　富阳龙门古镇，地处秀丽的富春江南岸，环境优美，交通区位优势明显。龙门古镇为三国东吴帝孙权故里，历史悠久，文化积淀深厚，留存着浓郁的宗族氛围和独特的民俗风情，至今完好地保存着规模宏大的明清古建筑群。古镇北依剡溪，龙门溪与剡溪呈丁字相交穿越古镇，周围峰峦四起，围出一片绿野田园。古镇以防御性极强的发散状街巷为骨架，以宗祠、厅堂为中心筑成迷宫般的传统民居聚落。

　　古镇背靠龙门山，山势巍峨雄浑，主峰杏梅尖雄伟峻拔，树木葱郁茂盛。发源于龙门山瀑布的龙门溪穿村而过。对于龙门瀑布，郁达夫在《龙门山题壁》诗中赞曰："天外银河一道斜，四山飞瀑尽鸣蛙。明朝我欲扶桑去，可许矶边泛钓槎。"

　　郁达夫（1896—1945年）原名郁文，字达夫，富阳人，现代作家。早年留学日本，毕业于名古屋第八高等学校（现名古屋大学）和东京帝国大学（现东京大学）。郁达夫是新文学团体"创造社"的发起人之一，一位为抗日救国而殉难的爱国主义作家。在文学创作的同时，还积极参加各种反帝抗日组织，先后在上海、武汉、福州等地从事抗日救国宣传活动，其文学代表作有《沉沦》《故都的秋》《春风沉醉的晚上》《过去》《迟桂花》等，其格律诗造诣极

富阳龙门古镇

高，堪称民国第一流的大诗人。1945 年 9 月，郁达夫被日军杀害于苏门答腊岛丛林。1952 年，中华人民共和国中央人民政府追认郁达夫为革命烈士。

郁达夫虽常年漂泊各地，但对故乡富阳却有着深厚的感情，在其带有自叙传性质的代表作《沉沦》中他写道："他的故乡，是富春江上的一个小市，去杭州水程不过八九十里。这一条江水，发源安徽，贯流全浙，江形曲折，风景常新，唐朝有一个诗人赞这条江水说'一川如画'。他十四岁的时候，请了一位先生写了这四个字，贴在他的书斋里，因为他的书斋的小窗，是朝着江面的。虽则这书斋结构不大，然而风雨晦明，春秋朝夕的风景，也还抵得过滕王高阁。"在小说《烟影》中，他又这样描绘富春江的美景："一江秋水，依旧是澄蓝澈底。两岸的秋山，依旧在袅娜迎人。苍江几曲，就有几簇苇丛，几弯村落，在那里点缀。你坐在轮船舱里，只须抬一抬头，劈面就有江岸乌柏树的红叶和去天不远的青山向你招呼。"

画家刘海粟这样评价郁达夫的家乡书写："达夫的散文，如行云流水中映着霞绮。他和古代写景抒情之作不相蹈袭，而又得其神髓。写到山水，尤其他故乡富阳一带风光，不愧是一位大画师。他把诗人的灵感赋予了每一朵浪花、每一片绿叶、每一块巉岩，每一株小草，让大自然的一切具有性格和情味，再把风俗人情穿插其间，浓淡疏密，无笔不美，灵动浑成，功力惊人。"①

郁达夫的家乡：富春江畔

富阳郁达夫故居前的少年郁达夫铜像

① 刘海粟艺术随笔［M］. 上海：上海文艺出版社，2001.

郁达夫杭州寓所"风雨茅庐"

在富阳的贤德村，尚有唐代诗人施肩吾的故乡纪念地。施肩吾，字希圣，睦州人，据初编于万历三十三年（1605 年）的贤德《施氏宗谱》载，施肩吾生于唐德宗建中元年（780 年），卒于唐懿宗咸通二年（861 年）。曾数次应试不第，元和十年（815 年）方成进士，因性僻，未就官，慕仙迹，隐居豫章（今江西省南昌市）西山，著有《辨疑论》等道书，另有诗集《西山集》。

关于施肩吾生平的资料很少，今存两百余首诗作，风格多变。关于隐居后的生活，他自己是这样说的："二十年辛苦烟萝松月之下，或时学龟息，饮而不食，肠胃无滓，形神益清，见天地六合之奥。凡奇兆异状，阅乎心目者，锐思一搜，皆落我文字网中。"（《〈西山集〉自序》）在与同里好友徐凝的书信中他说："仆虽幸忝成名，自知命薄，遂栖心玄门，养性林壑。赖先圣扶持，虽年迫迟莫，幸免龙钟。观其所得，如此而已。"（《与徐凝书》）施肩吾似乎是一个很矛盾的人，他后来一心修道，却写过很多艳诗，"皆善于言情，哀艳宛转，绝不类隐者之语。"故清代人余成教会发出"岂学仙不讳言情，而情之浅者，亦不足以成仙欤"[①]的感叹。

---

① 陈伯海. 唐诗汇评［M］. 杭州：浙江教育出版社，1995.

富阳施肩吾故里葛溪风光

富阳贤德村"施肩吾故里"碑

施肩吾故里的"色块农田"

施肩吾写得较好的除了少数情诗以外，还属隐逸之作，但绝无王维的空灵，甚至还没有刘长卿等人超脱，他的山水诗总有人迹，所以给人不够沉寂之感，实在令人联想到作者所处的时代，是并不安分的中唐。施肩吾的故乡亦是群山环绕，间有平田，今贤德村对面山上建有望台阁，为登高望远之佳处。如今山下是大片稻田，当地农民利用不同品种水稻的叶片颜色的差异，在田地中营造出丰富的色彩和各种图案，"色块农田"成为当地的一大特色，吸引观光客前来登高欣赏。这曾经深山里的乡村，早已脱去了沉静与荒疏，呈现出工业文明时期特有的斑斓与璀璨。

与富阳毗邻的桐庐县，亦以富春江风光闻名，唐代诗人皮日休《钓侣二章》（其二）诗云："严陵滩势似云崩，钓具归来放石层。烟浪溅篷寒不睡，更将枯蚌点渔灯。"唐末五代诗人韦庄《桐庐县作》云："钱塘江尽到桐庐，水碧山青画不如。白羽鸟飞严子濑，绿蓑人钓季鹰鱼。潭心倒影时开合，谷口闲云自卷舒。此境只应词客爱，投文空吊木玄虚。" 北宋大诗人范仲淹被贬至睦州，曾作《萧洒桐庐郡十绝》，使得这座江城更平添了一丝韵致，南宋杨万里诗云："潇洒桐庐县，寒江缭一湾。朱楼隔绿柳，白塔映青山。稚子排窗出，舟人买菜还。峰头好亭子，不得一跻攀。"（《舟过桐庐三首》其一）

在唐代，相对偏僻的桐庐出现了众多有影响力的诗人，这一点是较为引人注目的。徐凝，生卒年不详，睦州分水（今浙江桐庐县分水镇）人。徐凝颇有诗才，与里人施肩吾日夕吟咏。长庆三年（823 年）至杭州谒白居易求解；又尝至越州，投谒元稹。尝自云："一生所遇惟元白，天下无人重布衣。欲别朱门泪先尽，白头游子白身归。"（《自鄂渚至河南将归江外留辞侍郎》）抨击了当时只重名望，不重真才实学的社会现象。竟不成名，遂归里，优悠诗酒以终。但《唐诗纪事》中则记载，唐元和中，举进士，官至金部侍郎。

白居易任杭州刺史时，尝于杭州开元寺观牡丹，见徐凝题牡丹诗一首，大为赞赏，邀与同饮，尽醉而归。唐人记载徐凝《题开元寺牡丹》诗的本事："致仕尚书白舍人初到钱塘，令访牡丹花，独开元寺僧慧澄近于京师得此花栽，始植于庭，栏围甚密，他处未之有也。时春景方深，惠澄设油幕以覆其上。牡丹至此东越分而种之也。会徐凝自富春来，未识白公，先题诗曰：'此花南地知难种，惭愧僧闲用意栽。海燕解怜频睥睨，胡蜂未识更徘徊。虚生芍药徒劳妒，羞杀玫瑰不敢开。唯有数苞红蜡在，含芳只待舍人来。'"[①]白居易、徐凝两人相见，谈起长安牡丹和往事，甚感相见恨晚，说笑甚欢。更为奇巧的是，就在此时寺僧忽报诗人张祜来了。后徐与颇负诗名的张祜较量诗艺，祜自愧勿如，白居易判凝优胜题牡丹诗，元稹亦为奖掖，诗名遂振于元和间。

徐凝名作甚多，在唐代诗坛自有一席之地。其《忆扬州》诗云："萧娘脸下难胜泪，桃叶眉头易得愁。天下三分明月夜，二分无赖是扬州。"因这首诗，尤其是后两句非常有名，故扬州城有一座城门，被命名为"徐凝门"，以示纪念之意，至今尚存"徐凝门大街"。

桐庐"三章"，指唐代章八元、章孝标、章碣祖孙三代，是桐庐最重要的文学世家之一。"三章"是睦州桐庐县常乐乡（今桐庐县横村镇）人。章八元字虞贤，少时为诗人严维所看重，从其学。大历六年（771 年）进士，贞元中调句容（今江苏句容县）主簿，后升迁协律郎等职。为同里诗人方干的外祖父。

章八元是"睦州诗派"的重要人物，长于写景，其寄赠恩师严维的《归桐庐旧居寄严长史》诗云："昨辞夫子棹归舟，家在桐庐忆旧丘。三月暖时花竞发，两溪分处水争流。近闻江老传乡语，遥见家山减旅愁。或在醉中逢夜雪，怀贤应向剡川游。"

---

① 辽宁教育出版社. 唐五代宋笔记十五种［M］. 沈阳：辽宁教育出版社，2000.

江苏省扬州市徐凝门大街

桐庐县分水镇柏山村徐凝像

　　章孝标是章八元之子，字道正，元和十四年（819 年）进士，官终任秘书省正字。有诗集一卷。韦庄编的《又玄集》录其《归海上旧居》《长安春日》两首，称其深得诗律之精义。章孝标与著名文人李绅的轶事颇为有名。章孝标进士及第后曾有一诗《寄淮南李相公绅》："及第全胜十政官，金鞍镀了出长安。马头渐入扬州郭，为报时人洗眼看。"流露了高中后得意自矜的心理。李绅收到诗后，便以一位师长和朋友的身份，写下了《答章孝标》，对其进行了规劝："假金方用真金镀，若是真金不镀金。十载长安得一第，何须空腹用高心？"

　　章碣字丽山，孝标之子，乾符三年（876 年）进士。章碣首创"变体诗"，在律诗中，一变通常只需偶句押韵的格律，要求偶句、单句平仄声各自为韵，时人竞起效仿。有《章碣集》一卷传世，其《焚书坑》一诗，千百年来一直脍炙人口："竹帛烟消帝业虚，关河空锁祖龙居。坑灰未冷山东乱，刘项元来不读书。"与同里方干、罗隐友善，方干在《赠进士章碣》一诗中称赞他的刻苦为诗："织锦虽云用旧机，抽梭起样更新奇。何如且破望中叶，未可便攀低处枝。藉地落花春半后，打窗斜雪夜深时。此时才子吟应苦，吟苦鬼神知不知。"

桐庐县富春江风光

　　方干（836—888 年），字雄飞，桐庐人。每见人则三拜，曰礼数有三，时人呼为"方三拜"。徐凝器之，授以诗律。唐宪宗元和三年（808 年）举进士。钱塘太守姚合视其貌陋，缺唇，卑之。懿宗咸通中，隐居会稽镜湖。方干擅长律诗，清润小巧，且多警句。其诗有的反映社会动乱，同情人民疾苦；有的抒发怀才不遇，求名未遂的感怀。文德元年（888 年），方干客死会稽，归葬桐江。门人相与论德，谥曰"玄英先生"，并搜集他的遗诗 370 余篇，编成《方干诗集》传世。《全唐诗》编有方干诗 6 卷。北宋景佑年间，范仲淹守睦州，绘方干像于严陵祠配享。

桐庐富春江镇芦茨村方干像

　　桐庐县城有桐君山，位于分水汇入富春江处，风景秀丽。山上有桐君祠，是为纪念"药圣"桐君所修，桐君传为黄帝时人，著有《桐君采药录》传世。其书依草木金石性味，定三品药物，以"君"（主药）、"臣"（辅药）、"佐"（佐药）、"使"（引药）四格，制定中药药方，其法沿用至今，而被尊为"中药鼻祖"。后人将其与春秋战国时扁鹊、东汉张仲景、三国华陀、东晋葛洪、唐代孙思邈、宋代王维一、明代李时珍、清代王清任并尊为中国历史上的九大名医。又有传说，黄帝时有老者结庐炼丹于此山，悬壶济世，不收报酬，乡人感念，问姓名，不答，指桐为名，当地人遂称"桐君老人"，后世尊其为中药鼻祖，以此山为药祖圣地，并以"桐君"命名，县则称"桐庐"。苏辙曾有《舟过严陵滩将谒祠登台舟人夜解及明已远至桐庐望桐君山寺缥缈可爱遂以小舟游之二绝》其二诗云："严公钓濑不容看，犹喜桐君有故山。多病未须寻药录，从今学取衲僧闲。"郁达夫则写有著名的游记《桐君山的再到》。

桐庐桐君山

　　桐庐第一古迹，当属严子陵钓台。严子陵钓台位于富春山麓，此地曾是东汉严子陵隐居处。严子陵，名光，字子陵，会稽余姚人，东汉初年隐士。少时曾与刘秀同游学。刘秀即位后，严子陵不愿出仕，遂更名隐居，"披羊裘钓泽中"，刘秀再三盛礼相邀，授谏议大夫，仍"不屈，乃耕于富春山。"[①]后

---

　　① 范晔. 后汉书［M］//文渊阁四库全书本.

老死于家，年八十。严子陵钓台有东台、西台、严先生祠等著名景观。

钓台分为东西两处，均为高约七十米半山上的磐石，相距八十余米，西台亦称谢翱台，南宋遗民谢翱于至元二十六年（1289 年）在此面北痛哭，奠祭爱国英雄文天祥。继之泛舟江上，以竹如意击石，唱《楚辞》为文招魂，并撰《西台恸哭记》以述其事。谢氏殁后，葬于钓台之南。

历代不少文化名人如李白、范仲淹、孟浩然、苏轼、陆游、李清照、朱熹、张浚、康有为、郁达夫等来过钓台，并留下不少诗文佳作，主旨多是赞颂严光拒仕的气节和清高的品质。范仲淹于明道二年（1033 年）冬被贬为睦州知州，其间重修了严子陵祠，并在《严先生祠堂记》中写道："云山苍苍，江水泱泱，先生之风，山高水长。"南宋林亦之《题严子陵钓台》："莫向金门傲冕旒，归来却要著羊裘。乾坤不是刘文叔，那得长竿钓白头。"南宋末诗人陈贯道《题严子陵钓台》："足加帝腹似痴顽，讵肯折腰求好官。明主莫将臣子待，故人只作友朋看。"

桐庐严子陵钓台

钓台下望富春江

西台谢翱哭文天祥处

桐庐县范仲淹纪念馆内的范仲淹像

桐庐县城西北四十五里的骆驼山，有著名的喀斯特溶洞瑶琳洞，亦称"瑶琳仙境"，其纵深 1 千米，总面积达 28 000 平方米，以其神奇的地势地貌和瑰丽多姿的钟乳石景闻名，早在南宋时，当地诗人柯约斋就把此洞比作仙境，其《瑶琳洞》诗云："仙境尘寰咫尺分，壶中别是一乾坤。风雷不识为云雨，星斗何曾见晓昏。仿佛梦疑蓬岛路，分明人在武陵村。桃花洞口门长掩，暴楚强秦任并吞。"[①]

清光绪十二年（1886 年）桐庐知县杨葆彝题名为"瑶琳仙境"。据清乾隆《桐庐县志》载："瑶琳洞，在县西北四十五里，洞口阔二丈许，梯级而下五

---

① 王樟松. 桐庐经典古诗词赏析［M］. 上海：文汇出版社，2019.

丈余，有崖、有地、有潭、有穴，壁有五彩，状若云霞，盖神仙游集之所也。"
①民国诗人李仲林《瑶琳仙境》诗亦赞曰："揽胜瑶琳胜景奇，洞深径曲眼迷
离。巍巍峭壁攀登险，兀兀山崖难步移。钟乳悬垂从顶挂，深渊涌道逐心机。
凌云潜谷天工妙，百赏神怡不感疲。"

桐庐瑶琳洞

　　桐庐樟坞村慈祥岭山脚有晚清知县杨葆彝题写的"慈祥岭"碑，此地原
名"刺子岭"，又名"弃子岭"。传说唐末，钟山山脚罗家村有一女子随在军
中的丈夫生活，在一次战斗中，丈夫牺牲了，女子则裹着怀里的婴儿逃出了
重围。她往老家方向一直逃了七天七夜，最后来到了一座山岭上。眼看敌人
就要追上来了，她将写有血书的绸子塞进婴儿衣服里，将婴儿藏在树林之中，
返身就死。藏在树林中的婴儿因好心人相救，被抚养成人。于是人们便称这
座山岭为弃子岭。杨葆彝是江苏武进人，光绪十二年（1886 年），被任命为桐
庐县知县。杨知县到钟山弃子岭以后，便将此岭改为"慈祥岭"，并为之题字。
然据说，当地仍有很多人至今仍然称此岭为"弃子岭"。

---

　　① 中国自然资源丛书编撰委员会. 中国自然资源丛书：旅游卷 [M]. 北京：中国环境科学出版
社，1996.

"慈祥岭"碑

桐庐再上游为建德和淳安，即故睦州（后改严州）的主要辖区。唐时，睦州管辖建德、寿昌、桐庐、分水、遂安、还淳（后改淳安）六县。睦州的治所在今天的建德市梅城镇，此处为富春江和兰江交汇之所，水运十分便利，且风景优美，孟浩然《宿建德江》写道："移舟泊烟渚，日暮客愁新。野旷天低树，江清月近人。"

唐会昌六年（846年），杜牧由池州刺史调任睦州刺史，杜牧长期在江南做官，此次来到浙西，心境却十分复杂。自从会昌二年（842年）春离开长安到黄州做刺史，至今已有近五年的时间，而由黄州到池州又到睦州，一路往东，离既是都城又是家乡的长安渐行渐远，而且路上也不太平，到了睦州，发现此地的荒僻，更甚于池州："东下京江，南走千里。曲屈越障，如入洞穴。惊涛触舟，几至倾没。万山环合，才千余家。夜有哭鸟，昼有毒雾。病无与医，饥不兼食。抑暗逼塞，行少卧多。逐者纷纷，归轸相接。唯牧远弃，其道益艰。"（《祭周相公文》）

来到梅城的杜牧，漂泊无依之感越发强烈，初到睦州那年冬天，他写了一首伤感的小诗《初冬夜饮》："淮阳多病偶求欢，客袖侵霜与烛盘。砌下梨花一堆雪，明年谁此凭阑干？"以西汉名臣汲黯自比，汲黯"为人性倨，少礼，面折，不能容人之过。合己者善待之，不合己者不能忍见。"[1]是一个耿

直之士，虽然不讨朝廷贵重的喜欢，但富远见、有政声。汲黯一生体弱多病，晚年被外放为淮阳太守，他力辞不得，只得上任，七年而卒于任上。杜牧在此以汲黯自比，恐怕也蕴涵着些许绝望的情绪，尤其是三、四两句，让人联想到杜甫的名句"明年此会知谁健？醉把茱萸仔细看。"（《九日蓝田崔氏庄》）与杜牧早年在扬州、湖州时的风流潇洒，以及在池州时的故作闲适，境界都大为不同，尽管那一年的杜牧才四十四岁。

梅城杜牧像

杜牧在梅城停留了两年，此间他的心情并不好，自谓："拘挛莫伸，抑郁谁诉？每逢时移节换，家远身孤，吊影自伤，向隅独泣。"（《上吏部高尚书状》）并云："睦州治所，在万山之中，终日昏氛，侵染衰病。自量忝官已过，不敢率然请告，唯念满岁，得保生还。"（《上周相公启》）《睦州四韵》是为数不多的风格较为轻快的作品："州在钓台边，溪山实可怜。有家皆掩映，无处不潺湲。好树鸣幽鸟，晴楼入野烟。残春杜陵客，中酒落花前。"梅城的风景其实是非常美的，尤其是新安江与兰江的交汇处，近水远山，层峦叠嶂，云遮雾绕，十分秀丽，正所谓"溪山实可怜"。

建德新安江风光

梅城距离严子陵钓台的距离并不算近，沿江而上，水路有五十里左右，杜牧在诗里说"州在钓台边"，恐怕也是掩饰晚唐时期的睦州缺乏人文遗迹的事实。从"有家皆掩映，无处不潺湲。好树鸣幽鸟，晴楼入野烟"这样的描写来看，睦州当时确实还是一个环境清旷、人烟稀少的所在。这与杜牧之前所生活的长安、扬州这样的繁华都市确实反差极大，甚至不如人文荟萃的宣州、黄州等地，对此，杜牧内心其实是颇感无奈的，故有了最后两句："残春杜陵客，中酒落花前"。杜牧在睦州时一直很怀念家乡风物和自己在长安的居舍，其《新定途中》诗云："无端偶效张文纪，下杜乡园别五秋。重过江南更千里，万山深处一孤舟。"张文纪就是东汉的直臣张纲，因弹劾权贵被贬为广陵太守。下杜又名杜城，周初成王迁唐杜氏于此，故名杜，秦因置杜县，汉宣帝杜陵建于其东，并设陵邑，改称原杜县为下杜城，杜城、杜陵、杜曲一带，为京兆杜氏世居之地，也是杜牧的故乡。杜牧出身富贵，他的旧宅在长安城里的安仁坊，在下杜樊乡朱坡则拥有别墅，为其祖父杜佑所辟，是杜牧青少年时代常去的居所，在外放期间，朱坡别墅一直是杜牧思念的故乡，于睦州所写的《朱坡绝句》云："故国池塘倚御渠，江城三诏换鱼书。贾生辞赋恨流落，只向长沙住岁余。"自己三次在外州做刺史，甚至还不如西汉的贾谊被贬长沙——他毕竟只在长沙待了一年多就被召还了！最后两句诗中的"残春""客""中酒""落花"等字眼，映衬了杜牧这一时期寥落的心境，与在池州时所写的"尘世难逢开口笑，菊花须插满头归"（《九日齐山登高》）形成巨大的反差。

北宋词人柳永，于景祐元年（1034 年）三月，通过恩科登进士第。五月，即出任睦州团练使推官，至景祐四年（1037 年），柳永调任余杭县令。其写桐庐一带富春江风光的词《满江红》，就是在这一时期创作的："暮雨初收，长川静、征帆夜落。临岛屿、蓼烟疏淡，苇风萧索。几许渔人飞短艇，尽将灯火归村落。遣行客、当此念回程，伤漂泊。桐江好，烟漠漠。波似染，山如削。绕严陵滩畔，鹭飞鱼跃。游宦区区成底事，平生况有云泉约。归去来、一曲仲宣吟，从军乐。"

淳熙十三年（1186 年），朝廷起用家居多年的陆游为严州知州，直到淳熙十五年（1188 年）七月任满。陆游不仅在严州任上编订了《剑南诗稿》的主体部分，也写了不少诗作。《秋夜登千峰榭待晓》："万里秋风夜艾时，剡川孤客不胜悲。读书眼暗定谁许，忧国涕零空自知。欲坠高梧先策策，渐低北斗正离离。倚阑不觉鸡号晓，剪烛题诗寄所思。"《严州图经》卷一记："千峰榭，州宅北偏东，跨子城上，自唐有之，久废。景祐中，范文正公即旧基重建。经方腊之乱，不存。后人重建，易名泠风台。绍兴二年，知州潘良贵复旧名。"①由于梅城古城遭受了严重的破坏，因此千峰榭早已难觅其踪。

---

① 方韦. 严州史话［M］. 天津：天津古籍出版社，2008.

梅城西湖

严州古城福运门

位于州城之北的乌龙山，是睦（严）州的名胜，因山石乌黑，山体巍峨，蜿蜒如龙而得名，又名乌山。乌龙山主体呈扇形，主峰海拔 909 米，拔地而起，高临江岸，气势十分雄伟，成为严州的象征。陆游作于严州的《秋兴二首》其一诗中有"东馆烟波秋渐瘦，北山雾雨昼多昏"之句，其中之"北山"即指乌龙山。山上最著名的是始建于唐代的玉泉寺，位于乌龙山南麓石佛坳，唐德宗贞元十年（794 年），由净土宗五祖少康大师创建，北宋时易名玉泉庵，自古以来就是浙西名刹。范仲淹治睦州时尝作《游乌龙山寺》诗："高岚指天近，远溜出山迟。万事不到处，白云无尽时。异花啼鸟乐，灵草隐人知。信是栖真地，林僧半雪眉。"里人江公著《玉泉庵》诗云："风暖客衣轻，山行眼乍明。人非少年事，泉作旧时声。草屦春游倦，茶瓯午睡清。不教身自在，城郭莫烟生。"

梅城陆游像

建德的寿昌，三国吴黄武四年（225 年），析富春县置新昌县，属吴郡，故治在今大同乡。西晋太康元年（280 年），改名寿昌县。隋开皇九年（589 年），并寿昌入始新县。唐永昌元年（689 年），复置寿昌县，不久又废。唐神龙元年（705 年）再置，县治郭邑里（今寿昌镇），属睦州。北宋宣和三年（1121

建德梅城乌龙山

寿昌古城

寿昌西湖

年）属严州。南宋咸淳元年（1265年），属建德府。元属建德路，明、清属严州府。1958年废寿昌县制，并入建德县，成为寿昌镇。今有寿昌古镇景区，是一座典型的江南山城。南宋刘克庄《寿昌》诗云："山路泥深雪未乾，病身初怕浙西寒。新年台历无人寄，且就村翁壁上看。"南宋葛立方《寿昌道中壁间有乌石寺诗和其韵》："钟情翠巘倚崚嶒，付与芒鞋与瘦藤。君赐一麾方作吏，天融万壑却输僧。拟将矩矱追廉杜，未许机锋嗣秀能。投帻它年应未晚，与君曲室话三乘。"

建德上游的淳安县，南接衢州，西靠安徽省黄山市，系1958年由淳安、遂安两县合并而成，著名的千岛湖即新安江水库的主体部分位于淳安，而淳安的旧县城贺城和遂安的旧县城狮城则被水库淹没，新成立的淳安县治改迁排岭镇，1991年，排岭镇改设千岛湖镇。

淳安第一名人当属明代的商辂，辂字弘载，号素庵，于明代宣德十年（1435年）乡试、正统十年（1445年）会试及殿试皆第一名，即所谓的"连中三元"，被授予翰林院修撰。景泰元年（1450年），商辂作为朝廷的代表接英宗回京。终景泰一朝，商辂一直在内阁任职。景泰七年（1456年），升太常寺卿，尽力辅助景帝处理军政大事。夺门之变后，商辂被诬革职下狱，因英宗对其印象较好，故处分较轻，安然回乡。成化三年（1467 年），以兵部左侍郎兼翰林院学士入内阁，后历任兵部尚书、户部尚书、吏部尚书等职。次年，进谨身殿大学士。因宦官汪直专权擅政，其不愿同流合污，再度辞官归田。成化二十二年（1486 年）去世。

商辂的家乡位于淳安县里商乡里商村，里商村山清水秀，村中有商氏宗祠和商辂墓等遗迹。商辂《山水》诗云："云山叠叠树高低，景色苍茫望欲迷。江上有舟人荡桨，林间无路石成蹊。柴门昼掩车尘杳，茅屋春来野鸟啼。昭代徵贤勤束帛，高才未许学幽栖。"

商辂像

唐代诗人皇甫松，字子奇，自号檀栾子，睦州新安（今浙江淳安）人。他是工部侍郎皇甫湜之子，自己却终身未做过官。皇甫松工诗词，《花间集》

录其词十二首,《全唐诗》存诗十三首。皇甫松的诗风雅淡清丽,代表作《江上送别》云:"祖席驻征棹,开帆候信潮。隔筵桃叶泣,吹管杏花飘。船去鸥飞阁,人归尘上桥。别离惆怅泪,江路湿红蕉。"又《忆江南》词二首云:"兰烬落,屏上暗红蕉。闲梦江南梅熟日,夜船吹笛雨潇潇,人语驿边桥。""楼上寝,残月下帘旌。梦见秣陵惆怅事,桃花柳絮满江城,双髻坐吹笙。"

淳安乡村景色

在淳安县姜家镇郭村境内,有瀛山书院遗址,此书院历史悠久。北宋熙宁年间,时任浦江主簿的邑人詹安辟建书堂于山之冈,初称"银峰书堂",并凿方塘于麓,结庐引泉,以作群族子弟教化之地。宣和六年(1124年),詹安五个儿子(林、至、厚、柽、械)俱登科第,遂建"传桂堂"于方塘之上,易"银峰书堂"为"双桂堂"。至南宋,詹安之孙詹仪之大力发展书院。

詹仪之于绍兴二十一年（1151 年）中进士，官至礼部侍郎。彼时，詹氏家族还有很多成员在朝中为官，其伯父詹大方为工部尚书、枢密院使、参知政事；另一伯父詹大和为桐庐、临川等郡守。他们均与时任宰相、南宋力主抗金的朝廷重臣张浚交厚。张浚有子张栻精于理学，为湖湘学派集大成者，与詹仪之为世交。时徽州婺源人朱松为秘书省正字，与张浚都是主战派，私交也很深。朱松之子、理学大师朱熹与张栻也早就志同道合，结为挚友。

绍兴二十一年（1151 年），朱熹入临安铨试中等，授左迪功郎、泉州同安主簿。此时，詹仪之也到临安参加会试，会试后，到张浚家拜访，与朱熹结识。乾道五年（1169 年），张栻调任严州知府，理学大家、婺学创始人吕祖谦任严州州学教授。彼时的朱熹、张栻、吕祖谦三人，学著东南，被推崇为"东南三贤"。赋闲在家的詹仪之大喜过望，随即赶赴严州与张、吕"日以问学为事"。是年秋，朱熹率弟子来访严州张栻、吕祖谦、詹仪之，一时名士雅集。

绍兴二十三年（1153 年），詹仪之于传桂堂西建虚舟斋，作为在家研习易经、理学之处。乾道七年（1171 年）、九年（1173 年），詹仪之两次邀朱熹来瀛山书院讲学，当时学子闻风纷至沓来。据说，朱熹著名的诗歌《观书有感》二首其一就是写于瀛山书院的方塘之畔，诗云："半亩方塘一鉴开，天光云影共徘徊。问渠那得清如许，为有源头活水来。"

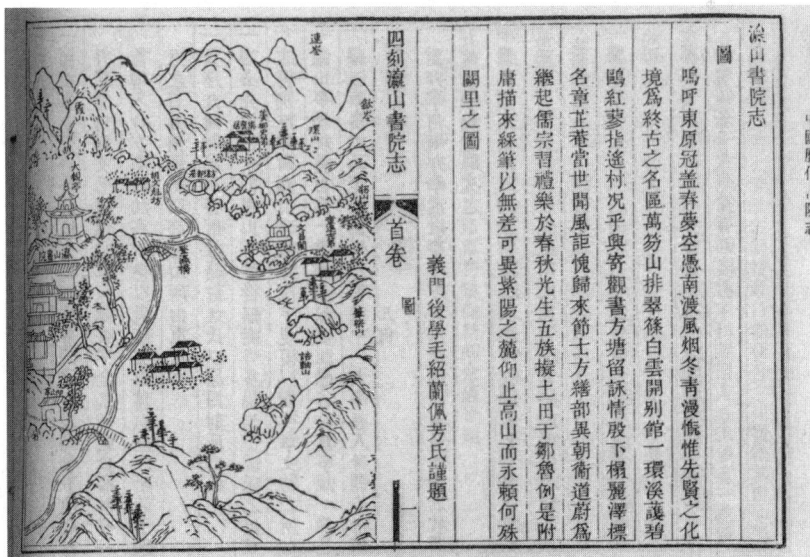

《四刻瀛山书院志》 瀛山书院图

淳熙二年（1175年），詹仪之迁信州（今江西上饶）知府，六月，在吕祖谦的极力周旋和詹仪之的大力支持下，闽派理学代表朱熹与江西心学代表陆九龄、陆九渊兄弟先后到达江西铅山的鹅湖寺，围绕中心议题"教人之法"，也即"为学之方"举行了三天三夜的辩论，这就是著名的"鹅湖之会"，参与的相关学者、门生人数达一百五十余人。瀛山书院中堂题额曰"格致"，并有明嘉靖进士、监察御史詹理所书楹联一副："紫阳问学当千古，白鹿规模又一天。"把瀛山书院与白鹿洞书院相提并论。清人詹铨吉《瀛山怀古》诗云："仰止高贤游息地，郁然千载诗书城。光联村火繁星动，响答空山宿鸟惊。雨洗断碑看蚓结，草深半亩叱牛耕。鹅湖白鹿皆员峤，鳌戴何须憾不平。"

淳安，素以山水风光著称，唐代吴巩《白云溪》诗云："山径入修篁，深林蔽日光。夏云生嶂远，瀑水引溪长。秀迹逢皆胜，清芬坐转凉。回看玉樽夕，归路赏前忘。"白云溪"即云溪，俗称云源，在今淳安宋村郑中乡境内。源出老竹岭，至双溪口受九龙山支流，西流百余里，南注新安江。"[1]

明徐楚《青溪古渡》："江水新安渡，晴虹百丈浮。乘槎何处客？题柱昔年游。近市人喧渡，烟空月照楼。临高频望远，鱼鸟思悠悠。"青溪为淳安地区的古县名。徐楚字世望，明淳安蜀阜人。嘉靖十七年（1538年）进士，官至四川参政。

清代诗人程廷楫《青溪道中杂咏》二首："一滩高比一滩高，水急声喧上小舠。只有渔翁眼不起，饶他鸥梦骇飞涛。""几阵西风掠客桅，蒲帆今日未曾开。下滩莫羡来舟驶，我亦曾从上水来。"因新安江此段上下游落差极大，故江中多滩。清代浦为琛《遂阳道中》："是山皆雨暗，无地不泉飞。新犊黄田岸，深林黑树衣。寺桥烟里出，城堞望中微。即目苍凉甚，巢空燕未归。"亦写出此地奇景。

嘉靖三十七年（1558年），海瑞被任命为淳安知县。他在这里重新清丈土地，规定赋税，减轻了农民的负担，外出逃亡的民户又回到故乡。海瑞在淳安还推行保甲法、明断疑难案件、兴办社学等。史料载："海令为母寿，市肉二斤矣。"[2]至今在海瑞祠中，仍立有一方海瑞手书的寿字碑，据说其中暗含

---

① 申屠丹荣，姚朝其，方财荣. 桐庐与名人［M］. 北京：中国档案出版社，2006.
② 郝时晋，梁光玉，萧祥剑. 群书治要续编［M］. 北京：团结出版社，2021.

"生母七十"四字。海瑞在淳安为政三年多,得到当地人民的肯定,他离任后,为建海公祠以示纪念。今之海瑞祠系新建,位于千岛湖中的龙山岛。明人徐楚《海公祠》云:"垣屋萧萧锦水崖,舟人指点海公祠。风波自不惊三黜,暮夜谁能枉四知?虎口脱离濒死日,龙颜回顾再生时。百年借寇天阍远,惟有棠阴系去思。"与海瑞同时代的里人徐楚,返乡时沿新安江逆流而上,途经海公祠时有感而发,运用了"四知""借寇""棠阴"等典故,海瑞的形象跃然纸上。

千岛湖海瑞手书寿字碑

第三节　泛舟双溪：兰溪、金华

由建德梅城溯兰江而上，可直通兰溪。兰江古名兰溪、瀫水，上游两水汇合于兰溪市西南的兰阴山下，因岩多兰茝，故名兰溪。水文上一般将其上游马金溪、常山港、衢江和兰江统称为兰江。马金溪源出安徽省休宁县南部，至衢州市双港口纳江山港称常山港，衢州市至兰溪段称衢江（或衢港、信安江），沿途接纳乌溪江、芝溪、灵山港等溪流，至兰溪与金华江汇合后称兰江，自南向北流，至三河埠进入建德市，向北流经三河、麻车、大洋、洋尾、三都等乡镇，出金衢盆地，在梅城东关与新安江汇合。

兰溪市，以城西南兰阴山下有溪，崖岸多兰茝，溪以兰名，县以溪名，故名兰溪。位于金衢盆地北缘，市境内江河皆属钱塘江水系。兰溪这座城，有山有水，亦是文人辈出之地，于金华市下辖诸县中，独具清雅。

兰溪城城西十八千米的诸葛村，古称"高隆"，为诸葛亮后裔的聚居村落，诸葛亮14世孙诸葛利五代时宦游江南，曾任寿昌县令，卒于寿昌。其子青由寿昌徙兰溪西陲砚山下，传至南宋末年的诸葛大狮，因原址局面狭窄，觅得地形独特的高隆岗，不惜以重金从王姓手中购得土地，以先祖诸葛亮九宫八卦阵布局营建村落。从此诸葛亮后裔们便聚族于斯、瓜瓞绵延。到明代后半叶，已形成一个建筑独特、人口众多、规模庞大的村落。村落格局按九宫八卦图式而建，整体布局以钟池为中心，全村房屋呈放射性排列，向外延伸八条弄堂，将全村分为八块。诸葛村现有保存完好，建于明代的大公堂、大经堂、丞相祠堂等建筑，村中民居多建于明清时期，1996年被批准列入国家重点文物保护单位名录。

告天台位于兰溪古城中的天福山上，台高9米，四面环廊，上筑殿阁，飞檐斗拱，雄伟壮观。该建筑系当地赵氏家族的祠庙，建于嘉靖四十四年（1565年），是赵氏十九世孙赵佑卿（官至广东雷州同知）为祭祀始祖赵抃所建，赵抃生前"日所为事，夜必衣冠露香拜手以告于天，不可告者，则不为也"，[1]故名，原名"望衢楼"，因赵抃是衢州人，故整座台西向衢州，以示不忘故土之意。

---

① 吴玉贵，华飞. 四库全书精品文存：言行龟鉴［M］. 北京：团结出版社，1997.

赵抃为北宋名臣、著名文学家，宋仁宗景祐元年（1034 年）进士，为武安军节度推官。历知崇安、海陵、江原三县，通判泗州。至和元年（1054 年），为殿中侍御史。赵抃弹劾不避权幸，京师目为"铁面御史"。嘉祐元年（1056年）出知睦州，移梓州路转运使，旋改益州。召为右司谏，因论事出知虔州。英宗即位后，赵抃奉使契丹。还朝后进河北都转运使。治平元年（1064 年），出知成都。神宗即位后，以知谏院召还，拜参知政事。熙宁三年（1070 年），因反对"青苗法"去位。外知杭州、青州等地。熙宁十年（1077 年），再知杭州。元丰二年（1079 年），以太子少保致仕居乡。元丰七年（1084 年）去世，谥"清献"，善诗文，著有《清献集》十卷。

赵氏自南宋时始迁兰溪，并成为当地望族。族人中有赵志皋，为隆庆二年（1568 年）进士第三人，万历二十二年（1594 年）出任内阁首辅，累进少傅，加太子太傅，去世后谥号"文懿"。

兰溪告天台

　　六洞山位于兰溪市区东郊，山呈长方形，海拔 370 米，为金华北山西行之余脉，后枕层峦，前俯平川，内富溶洞，为兰溪自古以来的名胜。六洞山古称灵洞山，又名洞源山、洞岩山、上洞山，因有白云、紫霞、涌雪、无底、呵呵、漏斗等六洞而得名。其中涌雪洞又称"地下长河"，为海内一绝。徐霞客于崇祯九年（1636 年）十月间来此游览考察，对涌雪洞作了很高评价，并记入《浙游日记》。

　　六洞山山巅有古刹栖真寺，栖真寺始建于后唐长兴年间，北宋太平兴国八年（983 年）僧如契重建，明万历十九年（1591 年）再度重建。寺中建藏经楼，原珍藏明英宗永乐至正统年间钦定内府刻本《大藏经》6367 卷，当时全国仅刊行三部。现由浙江图书馆收藏。《光绪兰溪县志》载："乔松龙蟠，

兰溪栖真寺

怪石虎踞，石木参天，修竹拂云，山势环抱，奇峰屹然"。[①]寺旁有石高数十米，类似一片孤云从天外飞来，称小飞来峰。又有泉从地中涌出，清澈可鉴，名"天池"。栖真寺后有小三苏墓，葬北宋著名文人苏辙长子苏迟、迟之子苏简、孙苏林。苏迟，曾任婺州太守，生前钟情洞源山水之美，嘱葬于寺后。

栖真寺是历代文人墨客所好之地，民国时期，郁达夫游兰溪时，也曾来此，并在寺壁上题写了一首极为出色的格律诗："红叶清溪水急流，兰江风物最宜秋。月明洲畔琵琶响，绝似浔阳夜泊舟。"[②]

在兰溪城内，过东门牌坊，见城东南的大云山，郁达夫在其游记中也曾提到过此山。现在的大云山上并没有见到他所说的"山上山下两个塔"，然登上云山新村后面的山，虽然并不太高，可景致颇幽，前面是一片老的居民区，东眺兰江隐隐，下望古城，山上有能仁塔，始建于北宋治平二年（1065 年），塔基刻有五代禅月诗僧贯休的《十六罗汉图》。贯休（832—912 年）俗姓姜，字德隐，兰溪人，有诗名，与齐己齐名，五代入前蜀，王建赐号"禅月"，著《西岳集》十卷。贯休善书画，"皆怪古不媚，草书尤奇崛。"（《宣和画谱》）[③]

金华贯休像

① 中国人民政治协商会议浙江省金华市委员会文史资料工作委员会. 金华文史资料：金华名胜古迹［M］. 杭州：浙江人民出版社，1988.

② 郁达夫. 郁达夫游记集［M］. 长春：吉林出版集团股份有限公司，2017.

③ 王士祯，郑方坤. 五代诗话［M］. 北京：书目文献出版社，1989.

穿过兰溪的西城门，便到了兰江边，有浮桥通江心的中洲，江边尚有朱家码头城楼，原为兰江上重要的客运码头，可由此顺兰江往梅城等地。自兰荫宾馆内一小路可上兰荫山，山腰里有兰阴寺，建于元大德年间，寺左石壁上"兰阴深处"四个大字十分醒目，系明武宗朱厚照的手笔。附近有聚利塔，内有环梯，可登九层塔顶，西可望兰荫尽染，北可望栉比兰城，东可见中洲横卧，南可望衢江隐隐，风景各异。诚如郁达夫游记中所言，衢江自西南而来，婺江自东南迎上，于兰荫山下形成一个天然的直角，越过中洲的隔阻，汇为兰江，北上而成富春江曼妙之景，故兰江实在是富春山水的源头。

兰溪也是李渔的家乡，其纪念地芥子园，位于兰溪市兰荫山麓，袭用李渔生前在江宁孝侯台旁创建之庭园名。李渔（1611—1680年），字谪凡，号笠翁，兰溪夏李村人，明末清初文学家、戏曲家。18岁补博士弟子员，在明代中过秀才，入清后无意仕进，从事著述和指导戏剧演出。后居南京，把居所命名为"芥子园"，并开设书铺，编刻图籍，广交达官贵人、文坛名流，除了众多戏曲作品以外，其《闲情偶寄》也极受欢迎。

兰溪沿北山而东，即至金华。金华古称婺州，为浙中最重要的城市，古属越国地，秦入会稽郡，因其"地处金星与婺女两星争华之处"得名，三国吴宝鼎元年（266年）始设东阳郡，历史十分悠久，名胜古迹众多，也是浙江省最重要的交通枢纽之一。

旧金华火车站内景（金华铁路文化馆陈列）

北山双龙洞，历来是金华胜迹，由双龙、冰壶、朝真等诸多洞穴组成，明代徐霞客曾至此，亦因作家叶圣陶的记游散文入选中学教科书而闻名天下。双龙洞海拔约 520 米，由内洞、外洞及耳洞组成，洞口轩朗，两侧分悬的钟乳石一青一黄，酷似两龙头，两龙头在外洞，而龙身却藏在内洞，故名。双龙洞外洞高大明亮，高约 66 米，宽约 30 米，深约 33 米，面积约 1 200 平方米，四壁石质腻洁，纹如肌理，洞壁有大量历代题刻。

从外洞进入内洞，必须坐船，且有巨石横其上，必须仰卧轻舟，方能入内。双龙洞内洞广约 2 100 平方米，满目钟乳，洞底平坦，顶平壁陡，石质腻洁。洞内泉水清澈，徐霞客曾描写进入此洞的经历："流水自洞后穿内门西出，经外洞而去。俯视其所出处，低覆仅余尺五，正如洞庭左衽之墟，须帖地而入，第彼下以土，此下以水为异耳。瑞峰为余借浴盆于潘姥家，姥饷以茶果。乃解衣置盆中，赤身伏水，推盆而进隘。隘五六丈，辄穹然高广，一石板平庋洞中，离地数尺，大数十丈，薄仅数寸。其左则石乳下垂，色润形幻，若琼柱宝幢，横列洞中。其下分门剖隙，宛转玲珑。溯水再进，水窦愈伏，无可容入矣。窦侧石畔一窍如注，孔大仅容指，水从中出，以口承之，甘冷殊异，约内洞之深广更甚于外洞也。"[①]

与双龙洞相连的冰壶洞，洞深 120 米左右，洞口朝天，垂直而下，为一倾斜而下的竖井状的落水洞，洞口小、肚大、身长，进洞如入壶中，故名。洞内有一瀑布悬空倾泻而下，从洞顶右侧石隙中飞泻而出，落差达 20 余米，其势甚为雄壮，南宋末年诗人金履祥《洞山十咏》其四《双龙洞》云："天镜鬼凿匪人间，涌雪轰雷震地寒。石上双龙盖形似，更深须有老龙蟠。"

婺江是金华最重要的河流，又名金华江。上游东阳江是婺江的主源，又名东江。在东阳境内通称北江，流入义乌后，义乌境内称义乌江，在金华城东接纳最大支流武义江，流经烟溪进入兰溪市境，于马公滩入兰江。

唐代大诗人李白虽未到过金华，却写过送行诗《见京兆韦参军量移东阳》二首，其二云："闻说金华渡，东连五百滩。全胜若耶好，莫道此行难。猿啸千溪合，松风五月寒。他年一携手，摇艇入新安。"五百滩，在浙江金华

---

① 徐弘祖. 徐霞客游记：浙游日记［M］. 上海：上海古籍出版社，2016.

西五里双溪中，是一个狭长的岛屿，盘亘甚大，舟行牵挽，须五百人可渡，故名。

金华冰壶洞内悬瀑

　　五百滩在金华府城以南，是古代汤溪和龙游通往金华府的必经之地，在通济桥建成之前，人们只能乘渡船过江。据《金华市风俗简志》，旧时金华在横跨江河必经之处或水涨桥毁时均设置渡口，多为民间群众自发组织管理的"民渡"，一般由有声望的当地人任"渡头"，承办雇工、修船等事宜。平常人们摆渡不用付渡船费，艄公逢端午、中秋、春节可到邻近村子讨粽子、馒头、大米等食物，渡船的修理等费用由渡口附近的村落分摊。今之婺江，金华渡、五百滩犹在，却全然看不出李白笔下的险要了。

婺江边的"金华渡"

金华五百滩

婺江之畔，有八咏楼，是当地著名的古迹，原名玄畅楼，系南朝齐隆昌元年（494 年），东阳郡太守、著名史学家和文学家沈约建造。竣工后沈约曾多次登楼赋诗，其中有一首《登玄畅楼》云："危峰带北阜，高顶出南岑。中有陵风榭，回望川之阴。岸险每增减，湍平互浅深。水流本三派，台高乃四临。上有离群客，客有慕归心。落晖映长浦，焕景烛中浔。云生岭乍黑，日下溪半阴。信美非吾土，何事不抽簪。"并在此基础上又增写了八首诗歌，称为《八咏》诗，是当时文坛上的长篇杰作，后遂以诗名改玄畅楼为八咏楼。南宋淳熙十四年（1187 年）扩建八咏楼，将沈约的八咏诗勒于石碑。现存八咏楼为清嘉庆年间重建。

金华八咏楼内的沈约与高僧慧约像

虽然沈约之后，历代文人在八咏楼多有题咏，然最著名者，当属南宋绍兴四年（1134 年）九月李清照的题诗。当时正值金兵南下，李清照避难金华，投奔当时在婺州任太守的赵明诚之妹婿李擢，卜居酒坊巷陈氏第。次年三月，李清照登楼远眺，作《婺州八咏楼》诗："千古风流八咏楼，江山留与后人愁。水通南国三千里，气压江城十四州。"悲宋室之不振，慨江山之难守，又表达了对重振国势的期待。

金华八咏楼内的李清照像

八咏楼北临婺江双溪合流处，李清照在此还作有著名的《武陵春》词："风住尘香花已尽，日晚倦梳头。物是人非事事休，欲语泪先流。闻说双溪春尚好，也拟泛轻舟。只恐双溪舴艋舟，载不动，许多愁。"感叹辗转漂泊、无家可归的悲惨身世，表达国破家亡和嫠妇生活的愁苦。所谓"双溪"，即是东阳江（亦名义乌江）与武义江合流而成婺江之处，在两江汇合处有一片三角洲，名燕尾洲。

金华的赤松镇一带，是道教人物黄初平兄弟的家乡。自古以来，不少文人到金华，都会去北山的赤松观游览，至今，赤松一带还有二仙桥、二仙庙等遗迹。两宋之交的兰溪人范浚《游赤松观》诗云："灵祠丹井馀真迹，祠下老松森百尺。仙子骑鲸去不归，痴人犹问山中石。"南宋于石《赤松宫》："几人学道得成仙，兄弟俱仙世所难。白石不随秋草烂，赤松长锁暮云寒。月涵古井一泓碧，云护空山半粒丹。我欲乘风蜕凡骨，愿随鸡犬事刘安。"

金华"双溪"：左（北）为东阳江，右（南）为武义江，
中间草木生长处为燕尾洲的尖端

金华市赤松镇

金华是当代著名诗人艾青的家乡。艾青故里位于傅村镇畈田蒋村，现保存有艾青故居、大堰河墓等遗迹。大堰河本姓曹氏，童养媳，是艾青的乳母，"大堰河"是其家乡村落名"大叶荷"的谐音。1933年，艾青在狱中，写下成

名作《大堰河——我的保姆》，从此，大堰河的名字成为底层中国劳动妇女的代表，而她的家乡大叶荷村，距离艾青的故居约七千米。除了艾青故居外，在金华市内还有多处艾青纪念地，如艾青文化公园、艾青纪念馆、艾青公园等。

金华火车站月台艾青诗墙

艾青文化公园内根据艾青诗作《光的赞歌》创作的主题雕塑

艾青故居步行 1 千米左右的禅定寺附近，有明代政治家宋濂的潜溪故居遗址，宋濂就出生于此，其《萝山迁居志》云："余世居金华孝善里之潜溪，其地在县东七十里禅定院侧。"①

元顺帝元统三年（1335 年）正月，在浦江义门郑德璋创立的东明精舍执教的吴莱告病，并向郑德璋之子郑文融举荐宋濂接替自己主讲，宋濂就此迁居浦江，浦江遂成为宋氏寄籍之地。宋濂敦本立教，一时文人如方孝孺、楼琏等人均负笈游学至此。东明精舍明末毁于兵火，乾隆年间迁址重修，并易名为东明书院。郑义门聚居地东北有宋濂青萝山故居。

郑氏为浦江巨族，其家族历宋、元、明三代聚居之地之古建筑群，位于浦江县郑宅镇，以郑氏宗祠为中心，另有十桥九闸、文井、圣谕楼、老佛社、昌三公祠、九世同居碑及孝感泉等。宋濂曾经任教的东明书院遗址尚存，郑氏宗祠内还有宋濂手植柏。郑义门古建筑群，现为全国重点文物保护单位。

金华潜溪宋濂故居遗址

郑氏家族从南宋初年至明代中叶，举族同居共食三百六十余年，时称义门郑氏而屡受旌表。明初，传说孝文帝落难时曾避居于郑家，现悬挂于郑义门祠堂的"孝义家"匾额为其所书，两边柱联为："江南风土薄，惟愿子孙贤"。现昌三公祠内的阁楼，据说是建文帝避难之所。现祠后有建文帝和当时保护、藏匿他的郑氏族人雕像，中间的皇帝俨然是和尚打扮。这一传说的来源，主

---

① 宋濂. 宋濂全集［M］. 杭州：浙江古籍出版社，2014.

要是《光绪浦江县志》和史仲彬的《致身录》，谓当时的翰林院待诏郑洽携建文帝至家中，朱棣派人追至，帝藏匿井中得脱，现井位于民宅中，名"建文井"。郑洽又随建文帝出逃西南，途中帝发须皆白。后万历帝昭雪靖难死节者，随驾出逃者始得平反。郑氏后人画"老佛像"悬于昌三公祠正位，意在悼念建文帝，当时有楹联一副："枯井念章龙隐迹，合村富社凤来仪"，因此昌三公祠又名"老佛社"。郑义门中尚有"一门尚义九世同居"石碑，高约两米，碑身完好，字迹清楚，为元代至正年间朝廷旌表后所立。

浦江县郑义门

金华的永康，是南宋词人陈亮的故乡。在永康第一名胜方岩，有著名的五峰书院，旁临飞瀑，书院依天然岩洞而建，很有特点，陈亮曾于此讲学。陈亮字同甫，号龙川，绍熙四年（1193 年）状元，授签书建康府判官公事，未及就任而逝，享年五十二岁。宋理宗时，追谥"文毅"。陈亮倡导经世济民的"事功之学"，提出"盈宇宙者无非物，日用之间无非事"，指摘理学家空谈"道德性命"，创立永康学派。所作政论气势纵横，笔锋犀利。词作也感情激越，风格豪放，显示其政治抱负，是宋词中"豪放派"的主要人物之一。著有《龙川文集》《龙川词》等。

郑义门明建文帝像

陈亮是大词人辛弃疾的好友，著名的辛词《破阵子·为陈同甫赋壮词以寄之》就是寄赠陈亮的作品。陈亮自己创作的词的代表作，则当属气势磅礴充满民族自信的《水调歌头·送章德茂大卿使虏》。

在金华市武义县的山间，有延福寺，是目前江南仅存的三座元代建筑之一。从武义县汽车站乘坐前往宣平的汽车，延福寺位于距此六十六里外的桃溪镇。武义的山大气雄浑，多有大如覆盘者，山坳中往往集中着村落。从王宅到桃溪，随着车行，山势也不停地轮转，不时看到有的山从山腰起就层层敷设梯田，种植茶叶和其他作物。汽车在宽平的山脚下飞驰，奇大的山体迎面缓缓推近，又缓缓地移过眼前去。快近桃溪镇时，汽车陡然爬上盘山道，山弯里是个大村，民房密密麻麻。又数里即至桃溪，镇上有石桥名"晋济桥"，出桃溪镇左拐有条上山的支路，上坡一里左右即是延福寺。寺院创建于后晋天福二年（937年），初名福田寺，南宋时改名延福寺，明正统年间毁于兵火，现在保存下来的正殿，为元延祐四年（1317年）的木构斗拱建筑，其余则为明清及以后重修。

永康五峰书院

永康方岩地貌

延福寺的中轴，初进为山门，其后依次为第一进殿、大殿、观音阁，观音阁背靠福平山。山门之后的第一进殿，原称天王殿，与山门一样，都是雍正十三年（1735年）重建，全殿檐以下墙面以上四面镂空，有雕梁相架，通风散气。大殿是全寺的精华部分，重檐歇山顶木构，呈正方形。据说下面一层檐是明天顺年间加上去的。柱子除了重檐的外檐柱为明代更换的以外，其余均为"梭柱"，即上下两段都有收分。柱础有两种形式，一种是雕有宝相花的覆盆柱础，上加石枋，另一种是櫍形柱础。在檐柱上梁枋的交接处，嵌有多个斗拱，将飞檐向上前方托起、延伸，增加出檐的深度。匠人们为了使建筑更为美观雄伟，还在屋脊上饰以鸱尾，在博风板上镶悬鱼。大殿的这种建筑形式源于汉朝，兴于唐宋，可见此殿不仅反映了元代木构斗拱建筑的特色，而且继承了宋代木构建筑的风格，价值是极高的。殿内房梁榫卯相接，尤其四个角上，堆聚起的木质构件群，技巧工细，颇具精丽之美。大殿内的墙壁上，保存了十几幅画，皆水墨，画有山水田园莲荷墨竹，画笔较工丽，每幅画均有题诗，其一云："柳絮飞时别洛阳，梅花发后在三湘。世情已逐浮云散，离恨空随江水长。"大殿当心间正中是粉底彩绘天花画，添于乾隆年间。

武义延福寺大殿

义乌是唐代大诗人骆宾王的家乡。有几个中国人不是以那首脍炙人口的《咏鹅》作为自己与文学接触的开端的呢？根据南宋计有功《唐诗纪事》里的记载，写《咏鹅》时的骆宾王年方七岁，照此说来，真的堪称神童。但这首诗固绝妙，然只是摹写，并无寄兴，看来是少年时所作无疑。

谁料这个曾写下千古名篇《咏鹅》的神童，长大后命运却并不如意。少年时期的骆宾王，可能有些恃才傲物，又因为其门第不高，父亲早亡，生活过得也比较困顿。他先是在父亲的任所山东一带徘徊，后来又去投奔道王李元庆，得了一个太常寺奉礼郎的职务，后改东台详正学士，都是负责朝会祭祀时礼仪校正的低微官职，骆宾王当时还很年轻，可能干得也不太投入，被人家捉住了错漏，被贬到西域戍边。后来他又流落到四川，入姚州道大总管李义的幕府，为其起草文书。其后，骆宾王先后调任武功主簿、长安主簿，转侍御史，负责对朝官的监察。此时已是武后当政，所谓"牝鸡司晨"的时期，骆宾王内心的骚动狂傲的火苗再次吐舌，他忍不住多次上书讥刺当局，终于在仪凤三年（678年）被罗织罪名关入大狱，著名的《在狱咏蝉》，就写于监禁期间。

第二年，骆宾王被赦免出狱，又过了一年，被起用为临海县丞，后人也因此称他为"骆临海"。但骆宾王明显不喜欢这个带有一定惩罚性的微小边远的官职，不久就弃官而去，游于广陵（今江苏扬州市）。嗣圣元年（684年），武则天废中宗自立，是年九月，徐敬业在扬州起兵反抗。徐敬业是唐初名将李勣之孙，李勣这个人一生改过两次姓名，他本名徐世勣，归顺唐朝后，唐高祖李渊赐姓国姓，改姓李，遂为李世勣。唐太宗李世民登基后，为避讳皇帝名字中的"世"字，又被迫改名，把"世"字去掉，就成了李勣，所以徐敬业是恢复了本姓，要跟武则天为皇帝的李唐王朝（当时武则天尚未更改国号）斗到底。骆宾王当时为徐的府属，被任为艺文令，掌管文书机要。他起草了著名的《为徐敬业讨武曌檄》，文字慷慨激烈，动人心魄，连武则天看了都十分欣赏，责备下属说："宰相安得失此人！"然而起义只坚持了两个月便宣告失败，《新唐书》本传说骆宾王"亡命不知所之"，孟棨的《本事诗》则说徐敬业和骆宾王都得以逃生，两人都做了僧人。骆宾王遍游名山，圆寂于杭州的灵隐寺。唐中宗时，曾下诏搜罗骆宾王的诗文，共得数百篇。骆宾王一生命运多舛，但他的文采风流却得到了人们的一致推崇，他的家乡义乌和传说中的流亡地南通，都保有他的墓冢，义乌今天虽然已经成了贸易都市，却还没有忘记这位乡梓第一名人，当地不仅有宾王路，还有"骆宾王公园""宾王市场"。

义乌骆宾王公园内的骆宾王像

紧邻义乌的东阳，亦是山水秀丽之地，南宋词人辛弃疾《鹧鸪天·东阳道中》云："扑面征尘去路遥。香篝渐觉水沉销。山无重数周遭碧，花不知名分外娇。人历历，马萧萧。旌旗又过小红桥。愁边剩有相思句，摇断吟鞭碧玉梢。"东阳最著名的古迹是卢氏家族旧宅建筑群，曾经规模庞大，据说卢氏鼎盛时，宅地范围曾西起东门外叱驭桥，东至还珠亭，几乎有半个县城吴宁镇大小，可见其富甲一方的豪奢。

临海东湖上的骆临海祠

从明代永乐十九年（1421 年）起，东阳卢氏家族自卢睿登进士第之后，科第绵延，乡试中举二十八人，其中夺魁即解元有两人；进士八人；其余荐举恩封者一百五十余人，成为东阳最大的世家望族。据《雅溪卢氏家乘》记载，卢氏源自河北涿州（古称范阳），原是齐太公姜尚之后，其卢员甫一支于南宋初年迁至雅溪，并于此地建宅。景泰至万历年间，族人卢洪澜及其子孙大规模扩建宅邸，一直建到清中叶，他们在雅溪旁及其周围的山丘上，以肃雍堂为中心，先后建起了宪臣第、乐寿堂、大雅堂、复荆堂等数十个厅堂及千百间庐舍，并豸山书院、荷亭书院、雅溪书院等学校和菽水园、日涉园等多个园林。建筑纵横相间，祭祀厅堂与生活用房依次排列，构成百余组院落。

关于卢氏住宅的辉煌，家谱中有这样的描述："雅溪去邑东三里，而近山川，庐舍、桥梁、台榭灿然森列，居里考知聚族之盛⋯⋯邑之东郊是雅溪，距廊门数里许，川原毓秀，树木郁葱，祠宇翚飞，绰楔鳞次。"[①]卢宅建筑群至今仍牌坊林立，房屋多用马头墙分割，目前留存的部分，屋深九进，堂宽

---

① 中国人民政治协商会议浙江省金华市委员会文史资料工作委员会. 金华文史资料：金华名胜古迹 [M]. 杭州：浙江人民出版社，1988.

五间，密布于长五百余米的卢宅老街以北，形成仍可称壮观的家族建筑群。原来的总体布局以卢氏大宗祠为中心，由多条南北向轴线构成，其主体有复荆堂、肃雍堂和树德堂三大建筑，周围又有方伯第、柱史第、大夫第、世进士第、五台堂、龙尾厅等六组建筑环列，其他四十余处园林书院寺观及二十余座牌坊点缀其间。现存的肃雍堂主体建筑群，是九进院落组成的工字型布局，集中于肃雍堂轴线两侧，可谓庭院深深，有明末武定府知府族人卢懋鼎之妻王氏的春游诗云："春郊云起锁愁烟，野陌风凄上翠钿。此际伤心问何处？夕阳花雨听啼鹃。"

东阳的建筑木雕极为著名，肃雍堂斗拱梁枋檩，及牛腿、雀替、门窗家具，均施以精细的雕工，精丽异常，内容包括人物、山水、花卉、动物、器皿、纹饰，甚至人物神态都有所展现。另有各处砖雕、石雕、彩绘泥塑等，与木雕相映。有一"九狮戏球"梁，以直径近两米的千年古樟雕成，球雕成镂空，深雕、浮雕、圆雕、透雕相济。另有百工橱、衣帽架等，亦考究之至。肃雍堂起建于景泰丙子，天顺壬午落成，前后历六年。

卢氏风雅，文徵明、董其昌、刘墉、章懋等人或流寓或讲学，为卢宅作了大量的谱序、像赞、匾额等，肃雍堂大厅内即有三十余匾额联牌。善庆堂门坊背面的水墨麒麟图及书法，传为文徵明所作，可惜大半已经被石灰抹去了。

在国光门向南望去，笔架山恰好位于头门的门框以内，恰如一幅青山图。族谱云："三峰峙其南，两水环其北，前有蔬圃，后有甫田。"[1]夹雅溪而居的卢家，河东肇自蒋家尖西，谓之"来龙"。村落中心大宗祠为地势低洼处，形似荷花心。村落内的主要厅堂依"画屏、环水、枕山"理想的阳宅模式布局，南以东西岘峰为屏，门框内的笔架山，被认为是文脉所在，历来严禁有所遮挡，而甬道的三转两折、入口的八字照壁，用以"藏风纳气"。环抱卢宅的雅溪之上构筑多座石桥，是为"锁阴"。雅溪汇至宅后，族人又辟一"月塘"滞纳其流，并用一座人工筑山避免宅后失之空旷。

古人视水为财源和吉利的象征，以"荫地脉，养真气"，要求住宅进口开敞，出口宜关闭紧密，月塘之置于宅后，乃是"水口收藏积万金"，泄口建一跌坡，溪流弯曲，不至于直去无收，其上建石桥一座，形同关锁，其后又建

---

① 梁昭. 历史建筑与文化创意产业［M］. 北京：中国统计出版社，2010.

文林阁坐镇，以扼住关口，固一方之真气。卢宅的总体建构，为古代堪舆学理论之经典诠释。

东阳卢宅

第四节 浙西要冲：衢州、龙游、江山

南宋诗人曾几有诗云："梅子黄时日日晴，小溪泛尽却山行。绿阴不减来时路，添得黄鹂四五声。"（《三衢道中》）这首诗写的是浙江衢州地区的美景。从金华沿浙赣线西行，为衢州市，衢州是历史文化名城，始建于东汉初平三年（192 年），有江南地区保存最好的古代州级城池衢州府城、全国重点文物保护单位衢州府城墙，复建的天王塔院、文昌阁等历史文化古迹。

衢州最著名的盛概，当属烂柯山，地处城南二十余里的乌溪江畔，搭乘公共汽车约需半小时。从斗潭到烂柯山脚下，向四周一望，已是群山环抱之中，不远处的山岩上镌着斗大的一个"仙"字。从山脚趋上百余步，为梅岩，乃山崖间一个长长的缝隙，内高不过丈余。烂柯山原名石室山，又名石桥山，梁代任昉《述异记》载，晋人王质入山伐薪，见二童子对弈，旁观未终局，回首斧柯（斧头柄）已经朽坏，故今山前有一穴，名"樵隐岩"，内有二仙童对弈的雕塑，这穴与梅岩相仿，但要小一些，穴前有诗碑云："樵子遇仙不升天，归真返朴隐山岩。黄鹤飞去千年事，烂柯仙地留此间。"

烂柯山南麓有宝岩寺，又名石桥寺，过寺上山，即见天生石梁，跨于目前。石梁下几株老树，一弯碧天。梁拱之上，有细细的一痕凹进，即"一线天"，石梁的脊背上亦可攀登，且十分平坦，在上面可观远近群山叠翠，及乌溪江九曲盘旋，黄坛口水库的闪烁晶莹。穴内壁上有多处古人题刻，此处为道教"青霞第八洞天"之所在。

衢州烂柯山

衢州城中，还有南方最大的孔氏家庙。北宋末年，孔子四十八世嫡长孙衍圣公孔端友负子贡手摹孔子及亓官氏楷木像从赵构南渡，于建炎三年（1129年）春赐居衢州，因祭祀祖先而建家庙，历六代衍圣公后，元至元十九年（1282年），五十三世孙衍圣公孔洙让爵于曲阜族弟孔治。明正德元年（1506年），五十九世嫡长孙孔彦绳复爵翰林院五经博士，由此，孔子后裔为南北两宗，凡十五世，至清同治三年（1864 年），七十三世嫡长孙孔庆仪为翰林院五经博士，清亡后，改五经博士为奉祀官。民国三十三年（1944 年），七十五世嫡长孙孔祥楷袭任，自端友至祥楷，共于衢州繁衍二十八代。

现存的孔氏南宗家庙凡三进，大成殿内供三米高的孔子坐像，至于孔子夫妇的楷木像，后返回故里，现珍藏于山东省曲阜市文物局。孔庙之左，为孔府宅地，有两间数进，主要建筑有世思堂、退省堂、五支祠等，后有花园，假山水池，亦有趣致。

衢州孔氏家庙内的孔子像

衢州与金华之间，尚有小城龙游，胜迹亦不少。龙游县历史悠久，春秋时期"姑蔑"古国建都于此，秦王嬴政二十五年（前 222 年），置太末县。五代吴越宝正六年（931 年），改称龙游。唐代诗人孟郊《姑蔑城》诗云："劲越既成土，强吴亦为墟。皇风一已被，兹邑信平居。抚俗观旧迹，行春布新书。兴亡意何在，绵叹空踌躅。"

在龙游的湖镇，有著名的舍利塔，始建于南朝陈光大二年（568 年）。湖镇舍利塔为六面七层仿木楼阁式实心砖塔，高 27 米余。每层皆砌出平座、柱枋、斗栱形式，每面中央设壶门式壁龛，内供佛像；该塔下大上小，略呈锥状，塔身修长。北宋著名文人赵抃曾先后为舍利塔院和舍利塔撰文作记，并有碑刻，今存。2001 年，湖镇舍利塔被公布为全国重点文物保护单位。

龙游县舍利塔

在衢州和龙游之间，原有一个古老的县城盈川，县治地在今衢州市衢江区东部的高家、云溪、莲花等乡镇及龙游县西乡的部分地区。"初唐四杰"之一的杨炯，就曾担任盈川县令，今该地仍有杨炯祠。杨炯，字令明，世称杨盈川,华阴人,自幼聪明博学,高宗显庆四年(659年)举神童。上元三年(676年),杨炯应制举及第。补校书郎,累迁詹事司直。武后垂拱元年(685年),坐从祖弟杨神让参与徐敬业起兵,出为梓州司法参军。天授元年(690年),杨炯任教于洛阳宫中习艺馆,迁盈川令,卒于官。杨炯与王勃、卢照邻共同反对宫体诗风,主张"骨气""刚健"的文风。其诗也如"四杰"中其他诗人一样,在内容和艺术风格上以突破齐梁"宫体"诗风为特色,在诗歌的发展史上起到了承前启后的作用。

衢州杨炯祠

在龙游县城,尚有两大奇观,一为鸡鸣山一带的龙游民居苑,一为石室乡的小南海石窟。鸡鸣山民居苑,以鸡鸣山上建于明代嘉靖年间鸡鸣塔为中心,依山势而建,南、北、东三个方向按不同年代、不同风格展示了照壁、祠堂、书院、民居、店铺、公共休憩亭、过街楼等各类典型的龙游地区明清古建筑。

1991年,鸡鸣山民居苑工程开工,该年至1995年,共搬迁复建古建筑6座,其中明代和清代建筑各3座,分别是巫氏厅、邵氏民居、翊秀亭和高冈起凤、汪氏民居、灵山花厅。2002年至2005年,又搬迁复建古建筑20座,其中明代建筑 9 座，清代建筑 10 座，民国初期建筑 1 座。龙游民居苑边建设边开放，成为集文物保护、学术研究、旅游休闲为一体的民居建筑群，在古建筑异地保护模式方面很有借鉴意义，2013 年被公布为第七批全国重点文物保护单位。

龙游县鸡鸣山民居苑

小南海石室，为一地下石室群，分布于龙游县小南海镇和湖镇境内衢江北岸。共有石室 60 座左右。小南海石室数量多，构造奇。自古以来，石室有翠光岩、梵鹭岩、激波岩等名。元人张正道《翠光岩》诗云："百尺苍崖水气昏，我来避暑动吟魂。千年尽露波涛色，万古犹存斧凿痕。倒跨苍龙探月窟，醉骑老鹤蹑云根。天心水面无穷意，日日乘舟到洞门。"目前已开发的石室单个规模最大者是 2 号、4 号洞室。2 号洞室底部长约 35 米，宽约 33 米，面积近 1 200 平方米。每座洞室皆预留有二至五根三角形巨型撑柱。

衢州的江山，作为浙江西南部的门户，有世界自然遗产江郎山和仙霞关等重要诗路遗存。江郎山古称玉郎山、金纯山，在江山市石门镇境内。2010年 8 月作为"中国丹霞"的系列提名地之一列入世界自然遗产名录。三巨石拔地冲天而起，高三百六十余米。形似石笋，状如刀砍斧劈，自北向南呈"川"字形排列，郎峰峭壁上有明代理学家湛若水摩崖题刻"壁立万仞"四字。江郎山是浙江的著名自然景观，历代文人题咏众多，北宋诗人王禹偁《江郎山》：

龙游县小南海石室

"三茅遗迹在金陵，又见江郎好弟兄。谢朓门前山色好，一时分付与岩扃。"南宋诗人杨万里《江郎峰三石山在江山县南三十五里礼贤镇望之极正里人又呼为郎峰》："走遍名山脚不停，见渠令我眼偏明。郎峰好处端何似，笋剥三竿紫水精。"

仙霞关位于江山市保安乡西南，地处福建、浙江、江西三省交界处，历为浙、闽交通要冲，古人称"两浙之锁钥，入闽之咽喉"，历来为兵家必争之地。唐末乾符五年（878 年），黄巢起义军进军福建，辟径道七百里直趋建州，始成隘路。隘路周围百里为崇山峻岭，山高谷深，地形险要，易守难攻。明清时，此地战事频繁，隘路日显重要，戍守者遂依势于仙霞岭方圆近百里的安民、二渡、木城、黄坞、六石等处陆续筑关设卡，与仙霞合称"六关"。每处有关门两道，均为条石构建，成拱券顶。仙霞关是六关中最险要的关隘，门高 3.2 米，宽 2.4 米，倚山而筑，两侧墙体厚 5 米，左侧有"仙霞关"匾额一块，右侧立有一碑，镌刻岭关历史。明末清初，唐王朱聿键在福州称帝，拟据仙霞之险阻击清兵，后因明将郑芝龙秘密降清，清军遂从浙越关入闽，攻灭南明隆武政权。今古关遗址仅存残垣断壁。仙霞古道、雄关，曾吸引了不少文人墨客，陆游、朱熹、刘基、徐渭、徐霞客、查慎行、周亮工、郁达

江郎山

江山仙霞关

夫等均曾来游览。查慎行《度仙霞关题天雨庵壁》："虎啸猿啼万壑哀，北风吹雨过山来。人从井底盘旋上（句下自注：岭下有龙井），天向关门豁达开。地险昔曾资剧贼，时平谁敢说雄才。一茶好领闲僧意，知是芒鞋到几回。"

　　清漾毛氏是江山著名的望族，其聚居地在江山市石门镇南部清漾村。史料载东晋时毛璩因平定恒玄有功，被归乡公，食邑信安（今衢州）。毛璩后裔毛元琼字公远，号清漾，于梁武帝大同年间从衢州迁入须江，清漾因其号而得名。清漾毛氏家族耕读传家，人文荟萃，历代涌现了诸多优秀人才。如北宋著名词人毛滂，南宋大儒毛晃、毛居正父子，南宋开禧元年（1205 年）状元毛自知，明代高官毛恺等。

清漾村入口牌坊

　　毛滂字泽民，号东堂居士，筠州知州毛维瞻子。元丰年间，维瞻知筠州，苏辙贬监筠州盐酒税，滂得以受知于苏辙兄弟。毛滂以父荫入仕，神宗元丰七年（1084 年），官郿州长寿尉。哲宗元祐中，为杭州司法参军，移饶州。绍圣四年（1097 年），知武康县。徽宗崇宁初，召为删定官，为言者所论，罢去。大观年间居杭州。政和四年（1114 年），以祠部员外郎知秀州。著有《东堂集》。其在武康县令任上写的山水诗《下渚湖》云："春渚连天阔，春风夹岸香。飞花渡水急，垂柳向人长。远岫分苍紫，澄波映渺茫。此身萍梗尔，泊处即吾乡。"

第二章　大运河诗路

第一节　江南运河

江南运河，为京杭运河的南段，北宋称运河，南宋称浙西运河，后人称江南运河，因其位置在长江以南而得名。春秋战国时代开始，历代开凿、疏浚，至隋炀帝大业六年（610年）重新疏凿和拓宽长江以南运河古道，形成今江南运河。

作为京杭大运河的一部分的江南运河浙江段，目前主要分为三条。东线是元末形成的旧航线，由江苏吴江的平望入浙，经嘉兴、石门、崇福、大麻、塘栖至杭州北新桥，航程约130千米；20世纪70年代建成的新航线，从平望入浙后，循澜溪塘，经乌镇、练市、新市、塘栖、武林头至杭州，航程得以缩短至107千米，是现代江南运河浙江段的主航道。另有西线，即頔塘，是江苏通往湖州的分支。

江南运河的主要支流有頔塘、澜溪塘、上塘河、长山河等。頔塘为京杭运河西线，原名荻塘，处于杭嘉湖平原西北隅，由湖州经南浔至江苏平望，全长58.7千米，在历史上是一条集有防洪、排涝、灌溉、航运等综合效益的河道。澜溪塘又名烂溪塘，南起桐乡市金牛塘、白马塘交汇处，向北穿乌镇市河至嘉兴市秀洲区鸭子坝进入江苏省。上塘河，是杭嘉湖平原南部的一条河道，原为江南运河之南段，因河床高于下塘河，需筑塘护水，船只经此得翻坝上塘方能入河，故称上塘河，是平原河网的高水区。自杭州艮山门至海宁的盐官镇，北缘筑有堤防和闸堰，控制上塘河区水位；南缘临钱塘江海塘。

长山河，出口的控制工程长山闸，建在海盐县澉浦镇东南长山西南麓，河也因此得名。河道西起桐乡市洲泉镇，东穿运河至屠甸镇，折东南海宁市硖石镇，经海盐县百步、石泉、通元至澉浦长山闸入杭州湾。汇入长山河的主要河道有长山塘、洛塘河、硖石市河、袁化支河。

运河浙江段的形成历史久远，春秋后期已有百尺渎，从今苏州向南，通过吴江、平望、嘉兴、崇德，直达钱塘江边。秦时，从由拳（今嘉兴）至钱唐（今杭州）的运渠已经开通，且与浙江（今钱塘江）相通。汉武帝时为便于征调浙、闽贡赋，沿今太湖东缘吴江南北的沼泽地带开河一百余里，与秦所开嘉兴至杭州运河贯通。

隋大业六年（610 年），炀帝欲东巡会稽，据《资治通鉴·隋纪四》记载："大业六年冬十二月，敕穿江南河，自京口至余杭，八百余里，广十余丈。使可通龙舟，并置驿宫，草顿，欲东巡会稽。""自始以后，南北渡者皆以京口为通津。"①京口即今镇江。隋代江南河是在秦汉以来历代所凿运河的基础上修整而成，其浙江段由平望入嘉兴，折向西南经石门、崇福、长安、临平，循上塘河至杭州西南的大通桥与钱塘江相通，其主要水源是长江和太湖。江南河开通后，北过长江接邗沟，再过淮河接通济渠，再过黄河接永济渠，中国历史上第一次形成以隋东都（今洛阳）为中心，西通京都（今西安），北至涿郡（今河北涿州），南抵余杭，长达两千五百多千米的大运河。

运河为保持航道水深，满足通航需要，必须补给水源和调节水位。历代为此建设了很多的调控工程，即所谓的堰、埭、闸、坝。运河浙江段早期的控水设施主要是筑堰，以渠化河段，保持通航水深，但船只过堰颇为不便。北宋元祐以后，逐步发展成为以堰制水、以闸泄水，以复闸通航的格局。运河浙江段的主要通航闸，自北而南有杉青闸、长安闸、奉口闸、清湖闸等。

杉青闸是运河入浙第一道堰闸，位于今嘉兴市区落帆亭附近，相传创建于秦、汉，堰改闸时间则未见记载。据《宋史·河渠志》，北宋熙宁元年（1068 年）十月，"诏杭之长安、秀之杉青、常之望亭三堰监护使臣，并以'管干河塘'系衔，常同所属令佐巡视修固，以时启闭。"②彼时的杉青闸已被列为江南运河三大堰之一，设专职官员巡视、修固、启闭。熙宁五年（1072 年）日本僧人成寻有过杉树堰复闸记述。由于南来北往过闸船只不断，樯帆如林，商旅与过客多有停留，因此闸口甚为繁华，并建有馆所，在闸西建有落帆亭。明弘治元年（1488 年）朝鲜人崔溥在《漂海录》中尚有二月初五过杉青闸的

---

① 司马光等. 资治通鉴［M］//文渊阁四库全书本.

② 脱脱等. 宋史［M］//文渊阁四库全书本.

记述。杉青闸目前已废，现除落帆亭遗址外，尚存有杉青闸路路名。

由于大运河的重要交通属性，杉青闸一带的景观也成为文人墨客在嘉兴的重要吟咏之地，清代嘉兴籍大诗人朱彝尊有《杉青闸别佟学士（法海）》诗："玵珂题纨扇，湾洄住绿舲。合并曾几日，相送落帆亭。"其著名的组诗《鸳鸯湖棹歌一百首》其五十五云："秋泾极望水平堤，历历杉青古闸西。夜半呕哑柔橹拨，亭前灯火落帆齐。"秋泾桥位于旧闸前街东端（现闸前街已经拆除），原名迎春桥，东西向跨于秋泾河，曾为周边地区前往嘉兴城内的必经之桥。现桥为明崇祯十四年（1641年）重建，拱券顶部龙门石有"崇祯拾肆年辛巳春重建"字样，清嘉庆十一年（1806年）重修。

杉青闸旧址附近今存落帆亭、羞墓等景观。清代诗人张三省《落帆亭》诗云："离歌催处拂征衣，古道闲亭入翠微。鸦杂野僧云脚度，叶随行客马头飞。买臣墓近秋声老，少伯舟空月色稀。回首孤城烟渺未，晚江渔唱几人归。"诗中提到了朱买臣墓，明末清初大诗人吴伟业《过朱买臣墓》诗题下自注："在嘉兴东塔雷音阁后即广福讲院。"朱买臣是西汉时会稽郡吴县人，家贫好学，靠卖柴生活，常负薪读书。其妻难耐清贫，离他而去。朱买臣后经同乡，时任中大夫的严助荐举，拜中大夫。向汉武帝进献平定东越的计策，获得信任，出任会稽太守。平定东越叛乱有功，授主爵都尉，位列九卿。数年后，因事犯法，坐罪免职。不久，复任丞相长史。元鼎二年（前115年），参与诬陷御史大夫张汤，下狱处死。

传说朱买臣出任会稽太守后，在众人的拥簇下，乘了高车驷马，受到沿途官员和百姓的迎送，车队经过吴地时，与前妻相遇，有传说，其妻欲求复合，被买臣马前泼水，晓以"覆水难收"之理。不久，前妻羞愤自尽，其墓在嘉兴杉青闸之侧，后人称为"羞墓"。南宋诗人林景熙《羞墓》诗云："远望车尘汗雨流，自知覆水已难收。为君富贵妾羞死，富贵如君不自羞。"元代著名画家吴镇《忆馀杭·嘉禾八景》其六："杉闸奔湍，一塘远接吴淞水，两行垂柳绿如云。今古送人行。买妻耻醮藏羞墓。秋茂邮亭递书处。路逢樵子莫呼名。惊起墓中灵。"

朱买臣的故事流传甚广，《三字经》中"如负薪"和成语"负薪挂角"，说的都是朱买臣苦读的故事。还有围绕朱买臣的婚姻故事而演绎出的元杂剧《渔樵记》及明清年间的《朱买臣》《烂柯山》《马前泼水》等著名戏剧。

嘉兴秋泾桥

嘉兴杉青闸、落帆亭附近运河

落帆亭

嘉兴落帆亭羞墓遗址碑记

　　唐代大诗人刘禹锡，自称是西汉中山靖王刘胜之后，但综合诸多史料判断，他应该有胡人血统。其七世祖刘亮是北魏名将，随孝文帝迁都洛阳，遂占籍焉。刘禹锡的祖上多居官，父亲刘绪，天宝末年中进士，为避安史之乱，举族东迁江南，刘禹锡的童年时代就在那里度过，他跟着父亲在今天的浙江、安徽、江苏一带流转，在浙江嘉兴的环城河边，尚有刘禹锡的雕像一座，可惜面容过于忧郁，雕刻者并没有抓住梦得乐观疏放的特质，像旁立一碑，上刻其名作《陋室铭》，当然《陋室铭》是在其任和州（今安徽和县）刺史时所作，但从"忆得当年识君处，嘉禾驿后联墙住。垂钩钓得王馀鱼，踏芳共登苏小墓"（《送裴处士应制举诗》）这样诗句来看，刘禹锡少年时曾在嘉兴居住过，是确有其事的。

嘉兴运河边的刘禹锡像

　　王江泾镇位于嘉兴北部，与江苏吴江相接，位于镇上的长虹桥是嘉兴最大的石拱桥，建于晚明时期，是运河进入嘉兴境内的重要标志性建筑。长虹桥是巨型三孔实腹石拱桥，桥全长为72.8米，桥面宽4.9米，东西桥阶斜长为30米，各有台阶57级，用长条石砌置。桥拱三孔，是纵联分节并列砌筑法的半圆形石拱，整体造型如长虹卧波，2006年公布为全国重点文物保护单位。清代嘉兴籍诗人钱载《长虹桥下买银鱼》诗云："急溜桥门阻，轻船女手将。出于丝网活，看比寸针长。恰及抛钱候，奚须斫鲙方。雨来莺脰近，今岁始鲜尝。"

嘉兴王江泾长虹桥

位于今嘉兴市中心的子城，是嘉兴最早的城垣，始建于三国吴黄龙三年（231年）。城内历为县、府、军、路的衙署。唐末由于子城外兴建了罗城，故原城改称子城。元代在子城正门上建一楼，明代两次重建。现存子城谯楼及东西两侧城墙为清光绪三十四年（1908年）重修。城楼西墙嵌有《重修嘉兴府治碑记》。

北宋著名的词人张先，曾在嘉兴任通判，张先的词，以"三影"著名，其中的"云破月来花弄影"，出自其名作《天仙子》，该词的创作之地，就在他当时工作的嘉兴府城："水调数声持酒听，午醉醒来愁未醒。送春春去几时回，临晚镜。伤流景。往事后期空记省。沙上并禽池上暝。云破月来花弄影。重重帘幕密遮灯，风不定。人初静。明日落红应满径。"其词题下记："时为嘉禾小倅，以病眠，不赴府会。"南宋陆游《入蜀记》中曾记："五日早抵秀州。……六日，赴郡，集于倅廨中。坐花月亭，有小碑，乃张先子野'云破月来花弄影'乐章，云得句于此亭也。"①清诗人朱彝尊《鸳鸯湖棹歌》之八十五云："怀苏亭子草成蹊，六鹤空堂旧迹迷。唯有清香楼上月，夜深长照子城西。"

嘉兴府城遗址

朱彝尊（1629—1709 年），字锡鬯，号竹垞，秀水（今嘉兴市）人，其故居曝书亭位于王店镇。清代文学家、词人、学者、藏书家。朱彝尊早年为布衣时，专注于学问，博览群书，客游南北，专事搜剔金石录。顺治十三年（1656年），接受广东高要知县杨雍建的礼聘，选录《岭南诗选》。此后，漫游于江浙、陕西、山东、京师各地，以佐幕为生。康熙十八年（1679 年），参加博学鸿词科考试，授翰林院检讨，参修《明史》。康熙二十年（1681 年），出典江南乡试，入直南书房。康熙二十三年（1684 年），私携仆入内廷抄书，受劾罢官。康熙三十一年（1692 年），辞官回乡，专事著述。八十一岁时去世。

朱彝尊博赡渊雅，学术贡献遍及经学、史地学、文学以及目录学等各领

---

① 陆游. 入蜀记［M］//文渊阁四库全书本.

域，所撰《经义考》，是中国古代第一部经学专科目录。在诗、词、文的创作实践以及理论上更是成就卓著，深刻影响后世。其诗以才藻魄力称盛，为浙派诗开山祖师，与查慎行同为浙派初期两大家。其词讲求醇雅，力挽明词颓风，与陈维崧合称"朱陈"，曾合刊《朱陈村词》，并开创浙西词派，在清代词坛居于领袖地位。

嘉兴市王店镇朱彝尊故居"曝书亭"

晚明张岱《陶庵梦忆》云："嘉兴人开口烟雨楼，天下笑之。然烟雨楼固自佳。楼襟对鸳泽湖，涳涳蒙蒙，时带雨意。长芦高柳，能与湖为浅深。湖多精舫，美人航之。载书画茶酒，与客期于烟雨楼。客至，则载之去，舣舟于烟波缥缈。态度幽闲，茗炉相对，意之所安，经旬不返。"[1]烟雨楼位于嘉兴南湖湖心岛上，因唐朝诗人杜牧"南朝四百八十寺，多少楼台烟雨中"的诗意而得名。始建于五代后晋年间，初位于南湖之滨，明嘉靖二十七年（1548年）嘉兴知府赵瀛疏浚市河，所挖河泥填入湖中，遂成湖心小岛。第二年仿"烟雨楼"旧貌，建楼于岛上，后经过扩建、重建，逐渐成为具有显著园林特色的江南名楼。承德避暑山庄的同名楼宇，就是乾隆帝下令仿照南湖烟雨楼

---

① 张岱. 陶庵梦忆 [M]. 合肥：黄山书社，2016.

建造的。

　　烟雨楼历史上就是嘉兴最重要的名胜，历代文人多所吟咏。南宋大诗人杨万里《烟雨楼》诗云："轻烟漠漠雨疏疏，碧瓦朱甍照水隅。幸有园林依燕第，不妨蓑笠钓鸳湖。渔歌欸乃声高下，远树溟濛色有无。徙倚阑干衫袖冷，令人归兴忆莼鲈。"明代内阁首辅申时行《登烟雨楼》诗中写道："湖心杰阁敞云扉，双屐凌高一振衣。雨外菰蒲青黯黯，烟中杨柳绿依依。平沙水漫鱼争跃，远浦天长鸟倦飞。恍惚潇湘看暮景，凭轩徙倚欲忘归。"

嘉兴南湖湖心岛

　　嘉兴梅湾街，有现代著名翻译家、诗人朱生豪的故居。朱生豪曾就读于之江大学中国文学系和英语系，1933 年大学毕业后，在上海世界书局任英文编辑，并进行诗歌创作。1936 年春着手翻译《莎士比亚戏剧全集》，打破了英国牛津版按写作年代编排的次序，分为喜剧、悲剧、史剧、杂剧四类编排，更利于中国读者接受。1937 年因日军侵华而辗转流徙，贫病交加，仍坚持翻译，先后译有莎剧 31 种，后因劳累过度患肺病早逝。朱生豪是中国较早翻译莎士比亚作品的翻译家之一，译文质量高，1978 年人民文学出版社出版《莎士比亚全集》，内收朱译 31 部剧本。

朱生豪的诗词虽留存不多，但也有韵致，尤其是写给其妻宋清如的作品，和那些书信一样动人。其《浣溪沙·偶成》云："珍重年时罨画溪，水云潋滟石桥低。燕归芳草碧萋萋。莫道无恨相望久，一汪儿泪没人知。落花深处暗寒衣。"

嘉兴朱生豪故居前朱生豪、宋清如夫妇雕像

朱生豪故居以西不远处，有范蠡湖，湖面虽不大，但与著名的历史故事有关。在辅佐越王勾践灭吴复仇后，相传范蠡为避害偕西施在此地隐居，西施每日妆后，将水倾入湖中，湖里螺蛳吃了脂粉水，变成了五彩螺。范蠡湖还有"西施冢"之称，相传西施死于此，葬湖中。朱彝尊的《鸳鸯湖棹歌》其四十八云："落花三月葬西施，寂寞城隅范蠡祠。水底尽传螺五色，湖边空挂网千丝。"南宋诗人张尧同《嘉禾百咏》其十四《范蠡湖》："少伯曾居此，螺纹吐绿丝。一奁秋镜好，犹可照西施。"范蠡湖今仍存"西施妆台"。

范蠡湖

嘉兴市内的运河边，有血印禅寺，俗称"血印和尚庙"，门前保存有石牌坊一座，上有"司宪"字样，系明正德年间立，牌坊西柱为花岗岩，上有一红褐色人形，应系天然形成，人称"血印柱"。据清康熙《嘉兴府志·艺文》"血印禅僧传"记述，清顺治二年（1645年）清兵入禾时，抢掠妇女数十人因于岳王祠中，祠内和尚仗义营救，被清兵乱箭射死，血沁入石，留下痕迹。后人在血印柱旁搭草棚，置塑像奉祀。民国十四年（1925年）建血印禅院，并勒碑赞颂。如今的血印寺很小，只有一进的规模。

血印寺往西数十米即见一石坊，额镌"茶禅夕照"四字，系同治九年（1870年）嘉兴知府许瑶光所题。古运河边的三座石塔，一高两低。此处原为白龙潭，常发生船只倾覆的事故，唐贞观时有一异僧经过，便募建了这三座石塔以镇急流，后三塔屡有兴废，光绪二年（1876年）重建之塔，1971年又被毁了，今塔系1999年重建。

沿运河西行折北，可见一双层八角的"夕照亭"，倚栏望河，恰亭下有潮来，水势不小，在堤坝的折角处碰撞出声。于此回望三塔在夕阳下的影子，颇觉方才所见石坊上"禅门磬尽茶泛香，古塔河光同浸影"联语之妙。

苏东坡曾三次造访嘉兴，访同一地，遇同一人，但是三次境遇却各不同。

熙宁四年（1071 年）六月，苏轼离京赴任杭州通判时，曾途经嘉兴，在城西运河之畔的永乐乡，有一唐代禅院，名"报本禅院"（后改"本觉寺"），方丈文及和苏轼为同乡。苏东坡与文长老汲泉煮茶，共叙乡情，并赠诗一首："万里家山一梦中，吴音渐已变儿童。每逢蜀叟谈终日，便觉峨眉翠扫空。师已忘言真有道，我除搜句百无功。明年采药天台去，更欲题诗满浙东。"（《秀州报本禅院乡僧文长老方丈》）熙宁六年（1073 年）十一月，苏轼赴常州赈济灾民，又过秀州，夜经报本禅院，这时文及已卧病，苏轼又作《夜至永乐文长老院文时卧病退院》："夜闻巴叟卧荒村，来打三更月下门。往事过年如昨日，此身未死得重论。老非怀土情相得，病不开堂道益尊。惟有孤栖旧时鹤，举头见客似长言。"次年五月返回杭州，再过报本禅院，文及已圆寂，因而又写了这首悼诗："初惊鹤瘦不可识，旋觉云归无处寻。三过门间老病死，一弹指顷去来今。存亡惯见浑无泪，乡井难忘尚有心。欲向钱塘访圆泽，葛洪川畔待秋深。"（《过永乐文长老已卒》）

　　清代乾隆帝曾为这个三过本觉寺的故事所着迷，途经嘉兴时，曾专程造访本觉寺并为题额，又造访三塔下的景德寺，并题匾额为"茶禅寺"。

嘉兴运河三塔

在嘉兴的市中心，还有清末民国诗人、书法家沈曾植的故居。沈曾植字子培，号乙庵，又号寐叟。光绪六年（1880年）进士，历官刑部贵州司主事、郎中、总理衙门章京等职。光绪二十一年（1895年），与康有为、梁启超等参与成立"强学会"。光绪二十四年（1898年），因丁忧离职，后应湖广总督张之洞之邀，在两湖书院主讲史学，后曾赴日本考察教育制度。宣统二年（1910年），因病乞休，从此侨寓上海，号其楼为"海日"，以遗老自居。一生著述繁富，有《海日楼诗集》《海日楼文集》《海日楼札丛》《海日楼题跋》等。

沈曾植故居内铜像

沪杭铁路进入浙江省境内的第一个具规模的驿站，是嘉善站，嘉善与嘉兴紧邻，是浙江与上海之间的门户。嘉善县历史并不长，系明宣德五年（1430年）由嘉兴县析置，治今址。

嘉善有梅花庵，是元代大画家吴镇故居及墓地所在。吴镇字仲圭，生性喜爱梅花，自号梅花道人，也称"梅沙弥"或"梅花和尚"，嘉善人。吴镇与黄公望、倪瓒、王蒙合称"元四家"，以擅画山水和墨竹著称。吴镇一生深居简出，为人抗简孤洁，一生清贫，以教书、卖卜等为生。晚年心系佛门，始自称"梅沙弥"，殁前自选生圹，自书碑文："梅花和尚之塔"。

嘉善梅花庵

梅花庵吴镇像

　　嘉善北接苏州吴江，明朝时，在苏浙交界的汾湖地区曾生活着一位对后世有深远影响的文人袁了凡。了凡本名袁黄，字庆远，少颖悟，万历十四年（1586 年）进士，出任河北宝坻（今属天津）知县，后升为兵部职方司主事。万历二十年（1592 年），适日本侵略朝鲜，明朝出兵援救，袁黄在援朝军队中担任兵部参赞军事。罢归家居后，闭户著书，有《历法新书》《皇都水利》《宝坻劝农书》《了凡四训》等著述。

　　袁了凡亦能诗，有诗集《两行斋集》，多说理，亦抒发隐逸之兴，如《八月十四夜月》："争传十五中秋月，我道今宵月倍清。光到夜阑逾觉胜，魄从虚体转生明。玉轮尚缺偏含采，桂影将圆正戒盈。满处不如亏处好，笑看岩畔欲逃名。"又《初夏》："昨日江头钓暮晖，朝来风雨失渔矶。黄鹂对语村村晓，紫燕寻春树树稀。竹径烟生钟乍寂，松林露滴蕨初肥。香山明月方招侣，为问白云归未归。"①

嘉善县袁了凡像

①　嘉善县地方志编委会办公室. 袁了凡文集［M］. 北京：线装书局，2006.

　　江南运河在桐乡石门一带有一九十度突转，因此当地被称为"石门湾"，这个小镇是近代画家丰子恺的故乡，今有其故居"缘缘堂"。桐乡另一著名古镇乌镇，也在运河之畔。乌镇地处江浙两省的交界，春秋时是吴、越两国的边界，秦以后建制又多以此为界分治，曾分属湖州、嘉兴、苏州三府管辖，这一特殊的地理位置和建制使乌镇常常处于政府权力的真空状态，以致治安十分复杂。所以，明清时朝廷在乌镇特别设立浙直分署和江浙分署，以一小镇而行使相当于府衙的职能，在江南众多古镇中绝无仅有。

丰子恺故居"缘缘堂"

　　乌镇现存清代和民国的建筑有一万多平方米。据记载，鼎盛时的乌镇有八大街、四十坊、六十八巷之规模。乌镇的古桥亦闻名，最多时达一百二十多座，最著名的是"桥里桥"，由通济桥和仁济桥组合而成，两桥一呈南北走向，一呈东西走向，直角相连，所以无论站在哪一座桥边，均可以透过桥洞看到另一座桥。乌镇不仅风光优美，且人杰地灵，近代以来，作家沈雁冰（茅盾）、报人兼作家严独鹤、画家兼诗人木心，是其中的代表。

　　经历过靖康之难的南宋诗人陈与义，在客居青墩（乌镇曾以栅河为界，东为青墩，西为乌墩）寿圣禅院无住庵时，曾写过一首伤感的小诗《牡丹》："一自胡尘入汉关，十年伊洛路漫漫。青墩溪畔龙钟客，独立东风看牡丹。"在江南的异乡回望北方的故土，山河破碎的悲哀浮上心头，人也随着心态变得老迈不堪。南宋宋伯仁《夜过乌镇》诗写当时景致云："望极模糊古树林，弯弯溪港似难寻。荻芦花重霜初下，桑柘阴移月未沉。恨别情怀虽恋酒，送衣时节怕闻砧。夜行船上山歌意，说尽还家一片心。"

桐乡乌镇

　　桐乡崇福镇，是晚明学者、思想家、文学家吕留良（1629—1683 年）的故乡。吕留良原名光轮，字庄生、用晦，号晚村，别号耻翁、南阳布衣、吕医山人等，暮年削发为僧，名耐可，字不昧，号何求老人。浙江崇德县（今桐乡市崇福镇）人。

吕留良出生于明代世家望族，祖上多居官，他自幼接受良好的儒家教育，十三岁时的吕留良即能凭借出色的诗文广受时人赞赏。根据记载，当时崇德澄社的骨干孙子度视吕留良为"畏友"。二十四岁时，吕留良应科举，为邑诸生，表现优异。

明亡后，吕留良与侄子吕宣忠加入抗清义师，后兵败，宣忠就义，亲戚接连过世，家道中落，为了避免清廷迫害，吕留良于顺治年间化名参加科考，中过秀才，但他后悔莫及，认为自己是"失脚俗尘"，于是抛弃功名，固守节气。他在《题如此江山图》中追思故国："尝谓生逢洪武初，如瞽忽瞳跛可履。山川开雾故壁完，何处登临不狂喜？"清廷多次开设博学鸿词科，吕留良因才名屡被举荐，坚持不出。康熙时，吕留良又被推举，他严正拒绝以至于吐血，毅然披上袈裟，削发为僧，隐居于吴兴妙山的风雨庵，以此避世，晚年讲学传道，终了余生。

雍正五年（1727 年），落魄秀才曾静的门徒张熙购书时路过浙江，听闻吕家所传的《题如此江山图》和《钱墓松歌》，后又得读吕留良的时文评选，如获至宝，悔大义之不能早闻。其师曾静亦受其影响，加之科举不顺、家境贫寒，见吕留良书中多反清复明之意，曾静愈加倾信，形成了强烈的反清思想。雍正六年，张熙投书于当时的川陕总督，即岳飞后裔岳钟琪，劝其起兵，以覆灭清朝，为宋明复仇。岳钟琪见书中皆大逆不道之语，颇为震惊，遂假意听从以笼络张熙，诱导张熙供出曾静、吕毅中、严鸿逵等人，将其逮捕进京。

曾静案发时吕留良早已过世，但是雍正帝执意清算吕留良的思想影响，吕留良被剖棺戮尸，并殃及门生弟子，次子毅中斩立决，吕氏一族流放宁古塔为奴，其他受牵连者甚众。吕留良的诗集、文稿被清廷严令禁毁，成为清初影响最大的文字狱之一。今在吕留良的家乡崇福镇的中山公园内，辟有吕留良的纪念地"吕园"，内有"吕晚村纪念亭"，亭内碑文及楹联系由蔡元培题写。

桐乡位于春秋时吴越两国的交界处，著名的檇李之战就发生在今嘉兴以西与桐乡交界的地带。公元前 510 年，吴伐越国，吴王阖闾破越军于檇里。公元前 496 年，越王允常死，其子勾践即位。吴国趁机伐越，两军战于檇李，

桐乡崇福镇吕晚村纪念亭

桐乡市屠甸镇的槜李园

勾践派罪人三行在吴军前自刎，吴军大惊，越军趁机冲锋，吴军遂溃，吴王阖闾被击伤脚趾，在回师途中死去。历代诗人至檇李古战场，多有怀古之作，如北宋韩维《寄题秀州檇李亭》："云水浩无极，兹亭安在哉。传名落人间，犹使尘抱开。昔为干戈地，今以游观来。物变未始穷，千年一浮埃。何时江山秀，旷然当酒杯。"檇李既是地名，又出产一种优质美味的李子，如今在这片曾经金戈铁马的古战场，最为醉人的就是春天花开如海的李林，和初夏硕果累累的水果收获场景。

嘉兴以西的湖州，虽以太湖得名，却也是大运河的主线所在，境内运河全长有四十三千米，在航运方面发挥着重要作用。湖州南二十七里的荻港，就是一个典型的运河古镇，此地因河港纵横，溪岸荻草丛生得名，古称荻冈。据光绪十年陆心源的《归安县志》记载："荻港镇，在县南三十里，一作荻冈，统上堡袤五里广二里，宋元时市聚上堡，明嘉靖间倭寇警至，居民北徙下堡，里外行埭临水设廛，圜圆纵横，国朝自雍正后甲科接踵，民物浩穰，遂称镇。"[1]南宋诗人王质《夜泊荻港》二首云："落日人家已半扉，隔篱问答语声微。桑枝亚路蝉争噪，一似南村割稻归。""野火参差度暗光，萧萧蒲稗自生凉。夜深云上无星斗，古树阴沉觉许长。"

荻港一度鱼行聚集，曾是浙北地区水产品交易的中心之一，清代《荻溪章氏诗存》中收录的《春日苕溪舟中》，更是被镌刻在荻港老街紧邻运河的墙壁之上："春来到处惜芳菲，且卸轻帆敞板扉。野岸桃花斜照里，声声唤卖鳜鱼肥。"该地水路交通兴盛时，各类店铺、商行皆聚于此。

桑基鱼塘是荻港的代表性农业设施。桑基鱼塘这种农、桑、鱼结合的模式起源于春秋时期，荻港人充分利用湿地资源，绿树成荫，鱼塘连片，将蚕桑业和渔业养殖紧密结合在一起，塘养鱼，埂种桑，桑养蚕，蚕沙喂鱼，塘底淤泥肥桑，逐渐形成了桑、鱼、塘相互依存、相互利用的良性循环传统生态产业模式——桑基鱼塘。2017年，荻港境内桑基鱼塘系统还获评为"全球重要农业文化遗产"。

---

① 周颖. 荻港散记［M］. 武汉：华中师范大学出版社，2006.

大运河湖州段

湖州荻港桑基鱼塘

唐代湖州籍诗人沈亚之字下贤，元和十年（815年）进士，泾原节度使李汇辟掌书记，后入为秘书省正字。长庆初，补栎阳尉，转福建团练副使，又擢殿中侍御史。大和三年（829年），为沧德行营使柏耆判官，柏耆擅斩李同捷，亚之亦坐贬虔州南康尉，量移郢州掾，卒。亚之尝游韩愈门，工古文，为中唐重要传奇作者，作有《湘中怨辞》《异梦录》《秦梦记》等。亦擅诗，与杜牧、李商隐交，著有《沈下贤集》十二卷行世，《全唐诗》收诗一卷。其诗风孤冷，《村居》诗云："有树巢宿鸟，无酒共客醉。月上蝉韵残，梧桐阴绕地。独出村舍门，吟剧微风起。萧萧芦荻丛，叫啸如山鬼。应缘我憔悴，为我哭秋思。"杜牧在湖州曾作《沈下贤》诗吊之云："斯人清唱何人和？草径苔芜不可寻。一夕小敷山下梦，水如环佩月如襟。"诗中的"小敷山"是沈亚之旧居之地，在乌程县西南二十里。

湖州练市镇京杭大运河

湖州也拥有浙北最重要的茶区之一，自古以来以产出名茶而引以为豪，唐代的贡茶就产于湖州的长兴，这里还出产明代文人趋之若鹜的芥茶，长兴的顾渚山一带不仅出产名茶，还有金沙泉这样的名泉。因此被后世奉为茶圣的陆羽，也选择在此地长期生活，并在这里写下一生最重要的茶学著作《茶经》。

长兴古称雉州、长城，五代时吴越国主钱镠为避后梁太祖朱温父亲朱诚讳，改长城为长兴。长兴濒临太湖，位于苏浙皖三省交界处，唐朝时，曾以出产贡茶著名。杜牧任湖州刺史时，督造贡茶也是其重要工作之一，为此他还写过《题茶山诗》："山实东吴秀，茶称瑞草魁。剖符虽俗吏，修贡亦仙才。溪尽停蛮棹，旗张卓翠苔。柳村穿窈窕，松涧渡喧豗。等级云峰峻，宽平洞府开。拂天闻笑语，特地见楼台。泉嫩黄金涌（山有金沙泉，修贡出，罢贡即绝），牙香紫璧裁。拜章期沃日，轻骑疾奔雷。舞袖岚侵涧，歌声谷答回。磬音藏叶鸟，雪艳照潭梅。好是全家到，兼为奉诏来。树阴香作帐，花径落成堆。景物残三月，登临怆一杯。重游难自克，俛首入尘埃。"

陆羽，复州竟陵（今湖北天门）人，唐肃宗至德初年，为逃避安史之乱而移居江南。上元年间隐居于苕溪（今浙江湖州），在此期间与诗僧皎然、文人张志和、孟郊、皇甫冉等往来酬唱，又与湖州刺史颜真卿有过比较深入的交往，贞元末卒。陆羽和皎然生前是相知的好友，死后也同葬于湖州的杼山。

湖州杼山陆羽墓

陆羽平生嗜茶，人称"一生为墨客，几世做茶仙。"（耿湋《连句多暇赠陆三山人》）其一生著述博杂，涉猎颇广，然多数已佚，今存《全唐文》收录的《游惠山记》《僧怀素传》《陆文学自传》和《论徐颜二家书》四篇散文，及《全唐诗》收录的诗二首，句三条，参与联句十四首。但除《茶经》而外，影响都不大。宋人陈师道在《茶经序》中说："夫茶之著书，自羽始，其用于世，亦自羽始，羽诚有功于茶者也。"又说"上自宫省，下迨邑里，外及戎夷蛮狄。宾祀燕享，预陈于前。山泽以成市，商贾以起家，又有功于人者也，可谓智矣。"（陈师道《茶经序》）用这样的话来评价陆羽为中国文化作出的贡献，其实并不过分，因为就在陆羽生活的唐代，他已经被贩茶的商人当作"茶神"来加以崇拜，《新唐书》本传说："羽嗜茶，著《经》三篇，言茶之源、之法、之具尤备，天下益知饮茶矣。时鬻茶者，至陶羽形置炀突间，祀为茶神。"正如这部正史所言，陆羽之所以在当时和后世拥有如此崇高的地位，就是因为《茶经》的写作。

湖州杼山皎然和尚之塔

陆羽尝自云："上元初，结庐于苕溪之湄，闭关对书，不杂非类，名僧高士，谈宴永日。常扁舟往山寺，随身惟纱巾、藤鞋、短褐、犊鼻。往往独行野中，诵佛经，吟古诗，杖击林木，手弄流水，夷犹徘徊，自曙达暮，至日黑兴尽，号泣而归。故楚人相谓，陆羽盖今之接舆也。"性格方面，陆羽"为人才辩，为性褊噪，多自用意，朋友规谏，豁然不惑。凡与人宴处，意有所适，不言而去。人或疑之，谓生多嗔。"（陆羽《陆文学自传》）安史乱后，陆羽去楚入吴，在吴兴山中继续隐居，他虽然承认因为他性格的乖僻，"俗人多忌之。"（陆羽《陆文学自传》）但事实上，他也非常积极地融入当地文人群体，其中最具代表性的，便是参与了以颜真卿为核心的大历浙西文人的联唱活动。

《元和郡县志》云："顾渚与义兴接，唐代宗以其岁造数多，遂命长兴均贡，自大历五年始分山析造，岁有定额，鬻有禁令，诸乡茶芽，置焙于顾渚，以刺史主之，观察史和之。"唐代宗始创的贡茶院是中国最早的官办茶场。大历七年（772年）九月，颜真卿授湖州刺史，次年正月到任，即开始着手续编大历三年（768年）他任湖州刺史时就开始编纂的《韵海镜源》，而编写《韵海镜源》也成为该群体进行诗歌创作和讨论的契机。颜真卿在《湖州乌程县杼山妙喜寺碑铭并序》中述："大历七年，真卿蒙刺是邦，时浙江西观察判官殿中侍御史袁君高巡部至州，会于此土。真卿遂立亭于东南，陆处士以癸丑岁冬十月癸卯朔二十一日癸亥建，因名之曰三癸亭。西北于蒙桂之间创桂棚，左右数百步，有芳林茂树，悉产丹青紫三桂，而华叶各异。树桂之有支径，以袁君步焉，因呼为御史径。真卿自典校时，即考五代祖隋外史府君与法言所定切韵，引《说文》《苍雅》诸字书，穷其训解，次以经史子集中两字已上成句者，广而编之，故曰《韵海》。以其镜照原本，无所不见，故曰《镜源》。天宝末，真卿出守平原，已与郡人渤海封绍高箹、族弟今太子通事舍人浑等修之，裁成二百卷。属安禄山作乱，止具四分之一。及刺抚州，与州人左辅元、姜加璧等增而广之，成五百卷。事物婴扰，未遑刊削。大历壬子岁，真卿叨刺于湖。公务之隙，乃与金陵沙门法海、前殿中侍御史李萼、陆羽、国子助教州人褚冲、评事汤某、清河丞太祝柳察、长城丞潘述、县尉裴循、常熟主簿萧存、嘉兴尉陆士修、后进杨遂初、崔宏、杨德元、胡仲、南阳汤涉、颜祭、韦介、左兴宗、颜策，以季夏于州学及放生池日相讨论。至冬，徙于兹山东偏。来年春，遂终其事。前是，颜浑、正字殷佐明、魏县尉刘茂、括州录事参军卢锷、江宁丞韦宁、寿州仓曹朱弇、后进周愿、颜暄、沈殷、李莆亦尝同修，未毕，各以事去。而起居郎裴郁、秘书郎蒋志、评事吕渭、魏理、沈益、刘全白、沈仲昌、摄御史陆向、沈祖山、周阆、司议邱悌、临川令沈咸、右卫兵曹张著、兄谟、弟荐、荐，校书郎权器、兴平丞韦桓尼、后进房夔、崔密、崔万、窦叔蒙、裴继、侄男超、岘、愚子頵、顾，往来登历。时杼山大德僧皎然工于文什，惠达、灵煜味于禅诵，相与言曰：'昔庐山东林，谢客有遗民之会；襄阳南岘，羊公流润甫之词。况乎兹山深邃，群士响集，若无记述，何以示将来？'乃左顾以来蒙，俾记词而藏事。"当时参与颜真卿所倡起之文会的，除与修《韵海镜源》者外，还有浙西观察使判官袁高等二十余人，而陆羽及其方外好友皎然不仅参与其中，而且扮演了重要的角色。

陆羽和颜真卿的交游很可能始于李齐物，后者在出任竟陵太守时结识陆羽，并提供了其很多文教方面的帮助，而颜真卿与李齐物友善，故《颜真卿年谱》这样描述颜、陆之初识："天宝五载，颜真卿友人州牧李齐物教（羽——引者按）以诗书，始为士人。"颜、陆在湖州一见如故，故李因云二人"素相厚善"（李肇《唐国史补》卷中）。颜真卿素有隐逸之志，最爱陶渊明，自然对陆羽这样的真隐士青眼有加，《唐才子传》卷四《皎然》载，陆羽"与灵彻、陆羽同居妙喜寺。羽于寺旁创亭，以癸丑岁癸卯癸亥日落成，湖州刺史颜真卿名以'三癸'，皎然赋诗，时称三绝。"从颜真卿的诗句"欻构三癸亭，实为陆生故"（颜真卿《题杼山癸亭得暮字》）来推断，此亭的落成应少不了颜真卿的帮助。由此可见，陆羽曾在以颜真卿为核心人物的大历浙西文人群体活动中十分活跃。在颜真卿第二次任湖州刺史的四年半时间里，组织了多次诗会，号为"浙西联唱"，与会者有数十人之多，陆羽是其中的核心人物之一，作为长居湖州的隐士，他自始至终参加了联唱活动。这一时期联唱诗人群的作品由颜真卿集为《吴兴集》十卷，虽已散佚，然仍可辑考者尚有五十余首。这些诗作清新朴雅，充满文人意趣，同时又由于有了皎然、尘外、法海等方外人士，自幼生长于寺庙的陆羽，雅好佛事的潘述、汤衡、崔子向等人的参与，诗中时常流露佛意，亦多隐逸之趣，在联句中，除五、六、七言之外，又多了三言联句体，拓展了联句的艺术境界。

湖州"杼山问茶"塑像，表现了颜真卿、陆羽、皎然等人的茶事

　　陆羽在湖州隐居期间，最重要的交游是与诗僧皎然的来往。陆羽自幼在寺庙长大，由曾在长安参与义净禅师主导的译经工作的智积禅师抚养长大，虽未入佛门，但受其影响甚巨，周愿《牧守竟陵因游西塔著三感说》一文有云："羽之出处，无宗祊之籍，始自赤子，洎乎冠岁，为竟陵苾蒭之所生活。老奉其教，如声闻辟支，以尊乎竺乾圣人也。"晚唐诗僧齐己也说他"佯狂未必轻儒业，高尚何妨诵佛书。"（《过陆鸿渐旧居》）陆羽在湖州杼山时，曾一度居于山阳之妙喜寺，与僧人皎然、灵澈等为伍，日探讨诗文和佛法。陆羽比皎然年轻十四岁，故自云两人为"缁素忘年之交"。（陆羽《陆文学自传》）皎然俗姓谢，湖州人，据《唐才子传》的说法，是南朝大诗人谢灵运的十世孙。《宋高僧传》则说他"清净其志，高迈其心，浮名薄利所不能啖，唯事林峦，与道者游，故终身无惰色。"显然他的言行非常符合陆羽心目中"精行俭德"（陆羽《茶经·一之源》）的茶人本色，这也是两人交好的基础。由于陆羽的诗歌存世太少，关于两人的交游情况，我们只能从皎然的诗集中窥见一二。

　　对茶的共同爱好显然是促成皎然与陆羽忘年之交的首要原因。作为一代名僧，皎然精于茶事，且多见于诗歌，其《顾渚行寄裴方舟》云："我有云泉邻渚山，山中茶事颇相关。鹍鸠鸣时芳草死，山家渐欲收茶子。伯劳飞日芳草滋，山僧又是采茶时。由来惯采无近远，阴岭长兮阳崖浅。大寒山下叶未生，小寒山中叶初卷。吴婉携笼上翠微，蒙蒙香刺冒春衣。迷山乍被落花乱，度水时惊啼鸟飞。家园不远乘露摘，归时露彩犹滴沥。初看怕出欺玉英，更取煎来胜金液。昨夜西峰雨色过，朝寻新茗复如何。女宫露涩青芽老，尧市人稀紫笋多。紫笋青芽谁得识，日暮采之长太息。清泠真人待子元，贮此芳香思何极。"从诗中可知，皎然在顾渚山一带辟有茶园，种植名品紫笋。对于茶的品饮，皎然也颇有自己独到的见解，其《饮茶歌诮崔石使君》诗中写道："越人遗我剡溪茗，采得金牙爨金鼎。素瓷雪色缥沫香，何似诸仙琼蕊浆。一饮涤昏寐，情来朗爽满天地；再饮清我神，忽如飞雨洒轻尘，三饮便得道，何须苦心破烦恼？此物清高世莫知，世人饮酒多自欺。愁看毕卓瓮间夜，笑向陶潜篱下时。崔侯啜之意不已，狂歌一曲惊人耳。孰知茶道全尔真，唯有丹丘得如此。"皎然在诗中指出，饮茶能祛疲、清神、得道、全真，在他的诗中，饮茶的境界十分超拔。

皎然集中与陆羽有关的诗作甚多，其中也有不少描述两人品茶的作品，如入选《唐诗三百首的》的《九日与陆处士羽饮茶》："九日山僧院，东篱菊也黄。俗人多泛酒，谁解助茶香？"但更多的是隐逸题材的诗歌。皎然《赠韦早陆羽》一诗云："只将陶与谢，终日可忘情。不欲多相识，逢人懒道名。"将陆羽等人比作陶渊明、谢灵运之类隐逸空灵之高士，突显了僧侣与隐士之间高尚而朴雅的友谊与情操。又《同李侍御萼李判官集陆处士羽新宅》："素风千户敌，新语陆生能。借宅心常远，移篱力更弘。钓丝初种竹，衣带近裁藤。戎佐推兄弟，诗流得友朋。柳阴容过客，花径许招僧。不为墙东隐，人家到未曾。"从皎然的这些记述中，我们可以看到陆羽当时在湖州居所的概貌和日常生活的枯淡与平和。

由于陆羽此时遍访江南考察茶山和名泉，行踪不定，从皎然《同李司直题武丘寺兼留诸公与陆羽之无锡》（《全唐诗》卷818）这首诗来看，他与陆羽还曾共同造访过苏州虎丘山，并游历苏城诸景，顺道去了无锡，闻名天下的惠山泉自然在此次考察的范围中。可见陆羽在湖州时虽是隐居，但对茶事和品水的痴迷和著书立说的志向，使他对周边地区茶事的考察极为勤奋。正因为如此，陆羽的友人前往探访之时，常常寻人不遇，皎然《访陆处士羽》便云："太湖东西路，吴主古山前。所思不可见，归鸿自翩翩。何山赏春茗，何处弄春泉？莫是沧浪子，悠悠一钓船。"此类作品，还有《往丹阳寻陆处士不遇》《寻陆鸿渐不遇》等。

陆羽的新居虽离城不远，但十分幽静，顺着荒野的小径前往，直走到桑麻丛中，颇能见其隐者之风。正值初秋，篱边的菊花尚未开放。叩打柴门，不仅不闻人声，连犬吠都没有，问一问附近的邻居，回答说，陆处士往山中去了，按照他往常的习惯，恐怕要到太阳西下的时候才能回来。一个"每"（《寻陆鸿渐不遇》）字，说明陆羽平居出行的频繁和归来的迟延，从而勾画出陆羽不为世俗所拘的逸性与高怀。

陆羽和皎然生前是相知的好友，死后也同埋杼山。我先是在湖州西南郊的妙西镇杼山上找到了三癸亭、陆羽墓和皎然塔，又去长兴顾渚山深处的贡茶院寻访了寿圣寺、吉祥寺、金沙泉等名迹，贡茶院虽为新建，但高大的陆羽阁巍峨耸立，里面供奉的陆羽像是我认为最像陆羽的一尊。

长兴顾渚山大唐贡茶院内的陆羽像

陆羽曾经是一个弃婴，在寺庙中长大，相貌平平，口吃而好辩，性耿直，然好交游，讲信义，重然诺，他在《茶经》中强调"精行俭德"是茶之根本。广德初年，陆羽在润州时，曾经向宣慰江南的李季卿献茶，后著《毁茶论》。对于此事，《封氏闻见记》记之甚详："御史大夫李季卿宣慰江南，至临淮县馆，或言伯熊善茶者，李公请为之。伯熊着黄被衫，乌纱帽，手执茶器，口通茶名，区分指点，左右刮目。茶熟，李公为啜两杯而已。既到江外，又言鸿渐能茶者，李公复请为之。鸿渐身衣野服，随茶具而入，既坐，教摊如伯熊故事，李公心鄙之，茶毕，命奴子取钱三十文酬煎茶博士。鸿渐游江介，通狎胜流，及此羞愧，复著《毁茶论》。"事实上，陆羽才是当时茶道的原创者，常伯熊不过是因袭而已，唐人云："楚人陆鸿渐为《茶论》，说茶之功效，并煎茶、炙茶之法，造茶具二十四事，以都统笼贮之，远近倾慕，好事者家藏一副。有常伯熊者，又因鸿渐之论广润色之，于是茶道大行，王公朝士，无不饮者。"而常伯熊并未做到精通茶法与茶道，史载其"饮茶过度，遂患风，晚节亦不劝人多饮也。"（封演《封氏见闻记》卷6《饮茶》）

对于陆羽向李季卿奉茶事，辛文房《唐才子传》亦有记载："初，御史大夫李季卿宣慰江南，喜茶，知羽，召之。羽野服挈具而入。李曰：'陆君善茶，天下所知，扬子中泠水，又殊绝，今二妙千载一遇，山人不可轻失也。'茶毕，命奴子与钱。羽愧之，更著《毁茶论》。"陆羽在李季卿面前"野服挈具而入"，更能解释为何季卿不为礼遇的原因，而李季卿的一番话似乎更有深意蕴涵其内，惜陆羽山人内质，难为更变。茶罢与钱，陆羽感觉受辱，故作《毁茶论》。陆羽的个性，注定了他的布衣终身，和失意的命运，但他坚持的"精行俭德"，确是茶人应当遵循的基本原则，因为《茶经》言："茶之为用，味至寒"，"茶性俭，不宜广，广则其味黯淡"。

顾渚山坐落在太湖西岸，山的两翼像张开的蝙蝠翅膀，整座山面向东南开口，侧对着太湖。顾渚山是一座界山。在唐代，顾渚山属于江南道的浙西地区，其北面是常州，管辖晋陵、武进、江阴、无锡、义兴五县，与义兴县（今江苏宜兴）接壤；南面是湖州，管辖乌程、长城、安吉、武康、德清五县，与长城县（今浙江长兴）接壤。白居易"盘下中分两州界"（《夜闻贾常州崔湖州茶山境会想羡欢宴因寄此诗》），说的便是顾渚山的这种情况。历史上，我们经常听到的"阳羡茶""顾渚紫笋",其实就是顾渚山的两侧所产的茶叶,北面称阳羡茶(阳羡是宜兴的古称),而南面则称顾渚茶。

陆羽《茶经》列举了全国的名茶,并为之分级,其中对浙西茶区的排序是"湖州上,常州次。"①按照《茶经》的评价体系,顾渚山的两面都出好茶,但南面长兴境内的茶是要优于北面宜兴境内的,换言之,顾渚紫笋的评价还要略高于阳羡茶,这与陆羽《顾渚山记》可以相映照:"羽与皎然、朱放辈论茶,以顾渚为第一。"②

以紫笋茶闻名的浙江长兴顾渚山

《茶经》说"上者生烂石"③,顾渚山就是石头山。现在山上大多种竹子,竹林下面经常可以发现大大小小的茶树。现在的大唐贡茶院离唐代时的贡茶

① 朱自振,郑培凯. 中国历代茶书汇编校注本 [M]. 香港:商务印书馆,2007.
② 尹占华. 唐宋文学与文献丛稿(下)[M]. 天津:天津古籍出版社,2014.
③ 朱自振,郑培凯. 中国历代茶书汇编校注本 [M]. 香港:商务印书馆,2007.

加工场不远，系新建。顾渚山当地人称两山之间的山沟叫作"岕"，受到明代诸多文人追捧的罗岕茶，也是来自顾渚山茶区。而今天所谓的顾渚"紫笋"，是指高品质的茶树鲜嫩芽叶所呈现出来的紫色，如刚冒出土层的嫩笋一样的状态。

长兴顾渚山金沙泉

　　湖州也是南宋至元代著名文人赵孟頫的家乡，至今，赵氏的私家园林莲花庄，仍是湖州市区最受青睐的休憩之所。在唐宋时期，莲花庄一带被叫作白苹洲，风光旖旎，为一郡之胜。白居易曾于开成四年（839 年）写下了《白苹洲五亭记》。晚唐做过湖州刺史的杜牧《题白苹洲》诗云："山鸟飞红带，亭薇拆紫花。溪光初透彻，秋色正清华。静处知生乐，喧中见死夸。无多珪组累，终不负烟霞。"自元代大书画家赵孟頫在此建置别业，始名莲花庄。数百年来，这里以碧水风荷，景色幽绝著称。赵孟頫至爱家乡，其《题苕溪绝句》诗云："自有天地有此溪，泓渟百折净无泥。我居溪上尘不到，只疑家在青玻璃。"

湖州赵孟頫故居遗址

湖州莲花庄内的赵孟頫像

"西塞山前白鹭飞，桃花流水鳜鱼肥。青箬笠，绿蓑衣，斜风细雨不须归。"唐代诗人张志和的《渔父词》流传千古，而此歌所唱的西塞山，就在湖州。颜真卿做湖州刺史时，与张志和常相唱和，张志和的《渔父》诗云："霅溪湾里钓鱼翁，舴艋为家西复东。江上雪，浦边风，笑著荷衣不叹穷。"霅溪又名霅川、霅水，流经湖州市区，"霅"是形容水流激越之声。张籍在南游湖州时曾有《霅溪西亭晚望》一诗："霅水碧悠悠，西亭柳岸头。夕阴生远岫，斜照逐回流。此地动归思，逢人方倦游。吴兴耆旧尽，空见白蓣州。"

湖州西塞山风光

湖州市郊的弁山，是一座文化名山，历史上与苏轼、姜夔等著名文人均有关系。弁山是湖州依傍太湖南岸的一座大山，又名卞山，因山多奇石，有似玉者，遂附会为卞和采玉之处，故名。早在南朝，诗人徐陵就曾赞其："高卞苍苍，遥闻天语。清霅弥弥，深穷地根。"（《孝义寺碑》）

北宋元丰二年（1079 年）夏，湖州淫雨不止，时任湖州知州的苏轼束手无策，只能按照惯例赴弁山黄龙洞祷晴。事后他写了一首长诗《和孙同年卞山龙洞祷晴》记述此事："吴兴连月雨，釜甑生鱼蛙。往问卞山龙，曷不安厥家。梯空上巉绝，俯视惊嵖岈。神井涌云盖，阴崖垂藓花。交流百道泉，赴

金华张志和像

湖州霅溪风光

谷走群蛇。不知落何处，隐隐如缲车。我来叩石户，飞鼠翻白鸦。寄语洞中龙，睡味岂不嘉。雨师少弭节，雷师亦停挝。积水得反壑，稻苗出泥沙。农夫免菜色，龙亦饱豚豭。看君拥黄绅，高卧放晚衙。"苏轼在湖州为官日短，仅三月就因"乌台诗案"去职，但在他去世后不久，当地人就在弁山上为他建起了祠堂。

南宋绍熙元年（1190 年），词人姜夔正式卜居弁山的白石洞天，友人遂称他为"白石道人"。在湖州居住期间，姜夔仍旧时时四处游历，往来于苏州、杭州、合肥、金陵、南昌等地，这些经历在他的词集和诗集中多有反映。

绍熙二年（1191 年）冬，寓居湖州多年的词人姜夔前往苏州石湖拜访范成大，三十八岁的布衣词人舍舟登岸，六十六岁的老诗人正盼望着这位晚辈才俊的到来。这次相聚延续了一个多月，其间范成大要求姜夔创作新曲，后者见石湖庄园内遍植梅花，乃以此为主题，作成二首，范成大命歌女习唱，音调委婉曼妙，大爱之，乃因北宋林逋《山园小梅》中"疏影横斜水清浅，暗香浮动月黄昏"两句，命名为《暗香》《疏影》，竟成姜氏的代表之作。

临近新年，姜夔准备启程返回住家湖州，范成大将身边一个叫小红的侍女赠给他，以为陪伴之意，大概是从《暗香》中读出了他的曾经的韵事和现今的孤岑。姜夔一介布衣，既得与名士盘桓逾月，又得美人，真正是四美二难一朝齐聚，焉得不心花怒放？舟至吴江，乃赋诗曰："自作新词韵最娇，小红低唱我吹箫。曲终过尽松陵路，回首烟波十四桥。"（《过垂虹》）

姜夔本是江西人，家道中落，曾屡次科举不第，遂无意此途，流落江湖，后得遇父亲的同年进士萧德藻，为其所赏识，妻以兄女，多加看顾。淳熙十三年（1186 年）德藻调官湖州乌程令，因爱当地山水，遂移家焉，住县中屏山，其地有千岩之胜，因自号"千岩老人"，并召姜夔，夔遂亦移居弁山，前后达十年之久，弁山白石洞天最得其意，遂得号"白石道人"。

跨越湖州和长兴的霞幕山是天目山的余脉，霞幕山又名霞雾山，方圆 10 平方千米，海拔 408 米。据明崇祯《乌程县志》载："山高，径崎岖，上登可见太湖，群山皆在下，每有云霞复幕，故名。"[1]霞幕山素为山水胜绝之所，元代时，临济宗禅师石屋清珙来到此山，在山顶天湖结庵，驻锡修行，后为

---

① 湖州市吴兴区政协. 走读清远吴兴 [M]. 杭州：西泠印社出版社，2017.

当湖（今浙江嘉兴平湖）新建的福源寺请去住持七载，再至杭州灵隐寺小住，旋回天湖。

湖州弁山法华寺

高丽国的太古普愚禅师慕名前来湖州参谒石屋清珙，拜师求法。因"一言相契"，石屋不仅留住半月，太古禅师还带走石屋授予的"蒙授正印，传衣法信"袈裟禅杖，归国后成为朝鲜半岛上临济宗第一人，并被奉为国师。由此，霞幕山也成为今天韩国佛教太古宗（以太古法号命名，世袭临济一脉）的祖庭。

普愚到来时石屋禅师已 75 岁，山樵蔬莳完全自力，至正十二年秋圆寂，享年 81 岁，谥"佛慈慧照禅师"。留有门人整理的《石屋清珙禅师语录》及《山居诗》。兹录其《山中天湖卜居二首》，其一："林木长新叶，绕屋清阴多。深草没尘迹，隔山听樵歌。自耕复自种，侧笠披青蓑。好雨及时来，活我新栽禾。游目周宇宙，物物皆消磨。既善解空理，不乐还如何。"其二："月来照我门，风来吹我襟。劝君石上坐，听我山中吟。玄鬓化为雪，朝光成夕阴。万事草头露，岂得长如今。"

湖州霞幕山

湖州市区以东，太湖之畔的南浔古镇，地处江浙两省交界处，明清时期为江南蚕丝名镇，素有"文化之邦"和"诗书之乡"之称，出现过许多著名人物，如民国奇人张静江，"西泠印社"发起人之一张石铭，著名诗人、散文家徐迟等。而在南浔镇上，除了众多的富商、文人的家宅建筑，以及以小莲庄为代表的私家园林，还有著名的嘉业堂藏书楼。嘉业堂隔溪与小莲庄毗邻，系南浔富商刘镛之孙刘承干于1920年所建，因溥仪所赐"钦若嘉业"金匾而得名。刘承干秀才出身，长期与著名考古学者王国维、罗振玉、版本目录学家叶德辉、缪荃孙等交往，爱好古籍赏鉴，并素有承袭其父史学及继父刘安澜藏书之志。嘉业堂以收藏古籍闻名，是中国近代著名的私家藏书楼之一，目前为全国重点保护文物单位。

位于湖州城南的道场山，也是当地重要的文化场域，苏轼于此为官时曾有诗云："道场山顶何山麓，上彻云峰下幽谷。"（《游道场山何山》）道场山南麓的幽谷中就有北宋思想家、教育家胡瑗之墓。胡瑗字翼之，世称"安定先生"，泰州如皋（今江苏如皋）人，他曾以保宁节度推官教授湖州，置经义、治事二斋，弟子数百人，各以志趣就学，胡瑗创立的分斋教育制度（亦称分斋教法），一反以诗赋为重的科举教育，培养了许多人才，他与孙复、石介并称"宋初三先生"，是宋代理学酝酿时期的重要人物，著有《周易口义》《洪范口义》《论语说》和《春秋口义》等。

湖州市南浔古镇

南浔富商刘氏的私人图书馆——嘉业藏书楼

湖州道场山胡瑗墓

湖州道场山万寿寺东坡亭及洗砚池

　　飞英塔位于湖州城东北角，是内外两层的结构。唐咸通年间，湖州上乘寺僧云皎游历长安时，得僧伽大师所传舍利，归来后建石塔藏之，名上乘寺舍利石塔，后塌毁，现存的石塔重建于南宋高宗绍兴年间。北宋开宝年间，建木塔罩保护之，遂成"塔里塔"之势，并取佛家语"舍利飞轮，英光普照"之意为塔名，上乘寺也因塔易名"飞英寺"。南宋绍兴二十二年（1152 年），塔又遭雷击塌毁，端平年间重建，元、明、清三代又经过了多次的修葺。

飞英塔

　　苏轼任职湖州时，多次登飞英塔，尝有诗云："忽登最高塔，眼界穷大千。卞峰照城郭，震泽浮云天。"（《端午遍游诸寺得禅字》）元代赵孟頫《登飞英塔》诗云："梯飙直上几百尺，俯视层空鸟背过。千里湖山秋色净，万家烟火夕阳多。"清代诗人厉鹗《苹洲曲十首和鲍明府》其十云:"雪溪水四合,飞英塔两重。住近坠钗桥,早晚郎相逢。"1988年1月,飞英塔被列为全国重点文物保护单位。

位于湖州东南三十二千米的善琏镇含山村,历来是蚕花圣地。湖州自古以来就是丝绸之府,轧蚕花是流行于江南蚕乡地区的一种传统民俗活动,含山则被视为蚕神发祥地。含山"轧蚕花"活动盛行于明清时期,一般在清明时节举行,活动通常持续三天,参与者众多,规模盛大。清代曾有人咏诗云:"吾乡清明俨成案,士女竞游山塘畔。谁家好儿学哨船,旌旗忽闪恣轻快。"(沈焯《含山清明日》)

含山当地还有含山寺,寺中供奉马鸣王菩萨,即"蚕花娘娘",是"轧蚕花"活动的中心。"轧蚕花"一般而言包括了背蚕种包、上山踏青、买卖蚕花、戴蚕花、祭祀蚕神、水上竞技表演等多项内容,深受民众喜爱。2008年,"含山轧蚕花"被列入第二批国家级非物质文化遗产名录。

含山塔

含山曾名涵山,明人沈宏《游涵山》诗云:"览胜招携上碧岑,更凭虚阁散幽襟。步凌七级开香界,话彻三生见佛心。晴日倚栏天目近,春风拂袖翠微深。游朋借拟东山兴,对酒何愁乏好音。"山上有宝塔,清代沈国治《含山塔》诗云:"含山塔影细于针,含山淡翠寺眉纤。侬家遥对含山住,亲缚银毫染胜尖。""侬家"指的是善琏笔工的家，含山西去偏北方向五千米，有善琏镇，为"文房四宝"中湖笔之乡。据说自从隋代书法家智永结庵于此，笔工便萃集于该地，当地笔工均立庙祀蒙恬，将其视为笔祖，历史上该地有蒙家港，瘗笔冢等胜迹。民间传说，从元代开始，每年的农历三月十六、九月十六当地笔工都要举行仪式以祭祀笔祖蒙恬，被称为蒙恬会，来自善琏本地以及附近笔庄、笔店的笔工、笔商等都会参加，规模亦十分盛大。

湖州的德清县，是古代大诗人沈约和孟郊的家乡。沈约出身吴兴望族沈氏，为"竟陵八友"之一，从萧衍代齐，官至尚书令，封建昌县侯，领太子少傅。沈约"好坟籍，聚书至二万卷，京师莫比。"[1]他集诗人与史家于一身，上承汉、魏，下启隋、唐。精通音律，与周颙等人创"四声八病"之说，开当时韵文创作之新境界，其诗注重声律、对仗，时号"永明体"。沈约博物洽闻，撰有"二十四史"之《宋书》等。

德清县博物馆内的乡贤沈约像

国人均熟悉唐代诗人孟郊的《游子吟》："慈母手中线，游子身上衣。临行密密缝，意恐迟迟归。谁言寸草心，报得三春晖。"孟东野，德清武康人，

---

① 姚察，姚思廉. 梁书［M］//文渊阁四库全书本.

他的一生充满了悲凉的意味，从而也决定了他的诗歌风格。孟郊的父亲曾出任过昆山县尉，唐代的县尉属从九品官员，事务繁杂，俸禄低微。孟郊幼年丧父，生性孤僻，青年时代曾经在嵩山隐居过一段时间，此后两次应进士试失败，直到四十六岁时才考上，又过了六年，他终于得到了溧阳县尉的官职，这首著名的游子吟，就作于溧阳任上，诗题下自注："迎母溧上作。"

饱经人世沧桑的孟郊，在年过半百之后才做了一个卑微的小官，尽管不甚理想，但生活好歹有了着落，于是在溧阳安顿下来之后，匆匆把母亲从武康接过来迎养。母子终得团聚，生活的困难也得到了一时的纾解，欣喜之余，作者联想到自己曾经的一次次辞亲远游之前，母亲为自己缝制布衣的场景，有感而发，写下这首在后世妇孺皆知的五言古诗。前四句勾画游子远行之际的典型场景，凸显母亲对游子的关切和依恋，并将情感付诸针线，用细密的针脚来寄托关切与爱护之情，以及对游子早日归来的期盼。后两句抒情，极言游子对母亲所怀的愧疚之情，以寸草之心比自身回报之渺小些微，以春日的阳光比母爱的博大温煦，入情入理，感人至深，而这首古体诗只有六句，更给人一种言已尽而意无穷的感觉。

德清县《游子吟》诗意浮雕：慈母缝补图

德清：简陋的孟郊祠

在中国人抒写父母对子女之爱的诗篇中，以这一首影响最为深远，古往今来，子女拜别父母，外出求学或工作之际，几乎都会联想到这首诗，从而更使得这种离别，平添了一种催人泪下的氛围，所以古人说："亲在远游者难读（此诗）"，言下之意，读了便要哽咽流泪。仅凭这首诗，孟郊就无愧为唐代最伟大的诗人之一。

德清莫干山为天目山余脉，山区最热月（7月）平均气温还不到25摄氏度，是避暑胜地，也是国家级风景名胜区。莫干山的得名由来要追溯到春秋末年，《吴越春秋》载，吴王阖闾使干将在剑池铸剑，久而不成，其妻莫邪问计，干将道："昔吾师作冶，金铁之精不销，夫妻俱入冶炉中，然后成物。至今后世即山作冶，麻绖菱服，然后敢铸金于山。今吾作剑不变化者，其若斯耶？"莫耶曰："师知烁身以成物，吾何难哉！"于是干将妻乃断发剪爪，投于炉中，使童女童男三百人鼓橐装炭，金铁乃濡。遂以成剑，阳曰干将，阴曰莫耶，阳作龟文，阴作漫理。干将匿其阳，出其阴而献之。阖闾甚重。后人故称山为"莫干"。

莫干山主要景点有芦花荡公园、武陵村、剑池飞瀑、白云山馆、怪石角、塔山公园，以及天池寺踪迹、莫干湖、旭光台、名家碑林、滴翠潭等百余处。南宋道士白玉蟾《题莫干山》诗云："封到半天烟霭间，一卷仙书一粒丹。城南城北无老树，又吹竹笛过前山。"民国诗人李宣龚《莫干山夜坐同释堪》诗云："无数山光破竹开，顿敦秋气满楼台。对床不觉皆衰鬓，策杖犹思试霸材。终夜瀑喧非有雨，半空月在却闻雷。世间凉燠真难料，初地还应到几回。"经过年代久远的开发，留下了两百多幢度假别墅和众多人文遗迹。2006 年，莫干山的 20 幢别墅和 3 处亭台被国务院公布为全国重点文物保护单位。

德清莫干山干将莫邪铜像

德清县城武康镇，有俞平伯纪念馆。俞平伯（1900—1990 年），原名俞铭衡，字平伯。籍贯德清，出生于苏州。他的父亲俞陛云是晚清诗人和学者，曾祖父俞樾是著名国学家。俞平伯本人在新文化运动时期是白话诗人，也是著名的散文家，后专力于学术研究，在红学和昆曲等领域都有很高的造诣。俞平伯长于各体诗词，兹录其 1926 年所作寄好友朱自清词一首《浣溪沙·答朱佩弦兄，见〈散帚集〉》："瘦减秋闺昨夜眠，还留密宠掷银笺，背人凄咽立灯前。不再楼头同一醉，出门挥手两凤烟。却言相见有明年。"

德清俞平伯纪念馆

德清县新市镇

南宋诗人杨万里有《宿新市徐公店》二首，其二非常有名："篱落疏疏一径深，树头新绿未成阴。儿童急走追黄蝶，飞入菜花无处寻。"新市，即德清县东部的新市镇，是江南著名的水乡古镇，全镇河道纵横，水街相依，并孕育了南宋状元诗人吴潜、清朝画家沈铨和著名神学家赵紫宸及翻译家赵萝蕤父女。新市也是湖州地区的特色美食湖羊的重镇。20 世纪 50 年代末和 60 年代初，两部著名的电影《林家铺子》和《蚕花姑娘》均在新市古镇取景拍摄。

湖州地区的名产：红烧羊肉面

大运河从德清新市流入杭州，即将迎来她的尾声。大运河流经临平塘栖、余杭等地，杭州的拱宸桥为其最南端的标志性建筑。拱宸桥是杭州最高、最长的石拱桥，最初修建于明末。杭州运河周边，还有小河直街、富义仓等重要遗存。

杭州塘栖大运河

拱宸桥

杭州余杭大运河南端

第二节　浙东运河

　　浙东运河又名杭甬运河，横贯萧绍宁平原，沟通钱塘江、曹娥江、甬江等水系，西起杭州市滨江区西兴街道，跨曹娥江，经过绍兴，东至宁波市甬江入海口，全长 239 千米。运河最初开凿的部分为位于绍兴市境内的山阴故水道，始建于春秋时期。西晋时，会稽内史贺循主持开挖西兴运河，此后与曹娥江以东运河形成西起钱塘江，东到东海的完整运河。南宋建都临安，浙东运河成为当时重要的航运河道。

　　浙东运河的西首是西兴，地处钱塘江南岸，历史上曾是两浙门户，交通发达。西兴的发端要上溯到春秋末期，越国大夫范蠡在此筑城拒吴，时称固陵。《越绝书》载："浙江南路西城者，范蠡屯兵城也，其陵固可守，故谓之固陵。"后因固陵地处会稽郡西面，便易名西陵。吴越国王钱镠改名"西兴"，沿用至今。西兴自古就是交通要冲和客货运输途中的重要驿站，白居易《答微之泊西陵驿见寄》云："烟波尽处一点白，应是西陵古驿台。知在台边望不见，暮潮空送渡船回。"

苏轼曾在吴山望海楼上眺望西兴，写下《望海楼晚景五绝》，其三云："青山断处塔层层，隔岸人家唤欲应。江上秋风晚来急，为传钟鼓到西兴。"古时西兴是一个濒临钱塘江的繁华商埠，富饶的宁绍平原上的物产，在西兴过渡口进入钱塘江直达临安。来自日本、高丽、中东和东南亚诸国的使臣，从宁波上岸，改乘内河船只，也是从这里入钱塘江去临安的，因此西兴是当时非常重要的水运中转码头，商贾云集，士民络绎，具有悠久的历史和深厚的文化底蕴。

杭州西兴闸遗址

西兴渡口自古以来是绍兴至杭州的重要通路，苏轼词《瑞鹧鸪》曰："西兴渡口帆初落，渔浦山头日未敧。侬欲送潮歌底曲，尊前还唱使君诗。"北宋陈应祥《西兴晚望》诗云："晚色催吟思，江风掠断霞。乱乌投岸木，幽鹭集河沙。月出海门近，人归渡口哗。会须操舴艋，随处是天涯。"

绍兴是历史文化名城。史载大禹治水功成后，在茅山会集诸侯，计功行赏，死后亦葬于此山，并更名为"会稽山"，是为会稽名称之由来。春秋时期，会稽为越国都城，而越王勾践主导的吴越争霸的故事，流传久远。今之绍兴，仍有大禹陵、越王台等遗迹。南宋词人吴文英《齐天乐·与冯深居登禹陵》：

"三千年事残鸦外，无言倦凭秋树。逝水移川，高陵变谷，那识当时神禹。幽云怪雨，翠萍湿空梁，夜深飞去。雁起青天，数行书似旧藏处。寂寥西窗久坐，故人悭会遇，同剪灯语。积藓残碑，零圭断璧，重拂人间尘土。霜红罢舞，漫山色青青，雾朝烟暮。岸锁春船，画旗喧赛鼓。"越王台系为纪念越王勾践卧薪尝胆复国雪耻而建，李白有《越中览古》诗云："越王勾践破吴归，义士还乡尽锦衣。宫女如花满春殿，只今惟有鹧鸪飞。"

绍兴会稽山大禹陵

东晋初，北方豪族衣冠南渡，琅琊王氏就是其中之一，王羲之跟随族人来到江南生活。永和九年（353 年）三月初三日，王羲之与友人谢安、孙绰等四十一人于兰亭雅集，饮酒赋诗。王羲之将这些诗赋辑成一集，并作序一篇，记述流觞曲水一事，并抒写由此而引发的内心感慨，后人称为"天下第一行书"的《兰亭集序》由此诞生。如今在绍兴城内的蕺山南麓，尚有"书圣故里"，并有题扇桥、墨池等遗迹。

绍兴市越王台

绍兴兰亭

绍兴王右军题扇桥

绍兴市内祭祀贺知章的贺秘监祠

与李白为莫逆之交的贺知章，亦为越州人，贺知章少时即有文名，武周时中进士后，授国子四门博士，历任太常博士、秘书监等职。贺知章为人旷达不羁，好酒，与张若虚、张旭、包融并称"吴中四士"，又与李白、张旭合称"饮中八仙"。书法善草隶，与张旭、怀素称"唐草三杰"。贺知章晚年多病，天宝初，乃上书请度为道士，舍本乡宅为观，诏许之，并赐鉴湖一曲，以度晚年。

秦观是两宋最重要的词人之一，其祖籍为会稽（今绍兴），并且他有一首非常著名的词，也写于绍兴，那就是《满庭芳》："山抹微云，天粘衰草，画角声断谯门。暂停征棹，聊共引离尊。多少蓬莱旧事，空回首，烟霭纷纷。斜阳外，寒鸦万点，流水绕孤村。销魂，当此际，香囊暗解，罗带轻分。谩赢得、青楼薄幸名存。此去何时见也？襟袖上、空惹啼痕。伤情处，高城望断，灯火已黄昏。"苏轼对此词极为赞赏，称秦观为"山抹微云君"。[①]

《满庭芳》这首词，写于秦观在会稽探望祖父之时，词中的"蓬莱"，指的是蓬莱阁，位于今府山，北宋时会稽的府署，位于其后方，最早建于吴越国时，是官员聚会宴饮之所。南宋词人张炎《忆旧游·登蓬莱阁》词云："问蓬莱何处，风月依然，万里江清。休说神仙事，便神仙纵有，即是闲人。笑我几番醒醉，石磴扫松阴。任狂客难招，采芳难赠，且自微吟。俯仰成陈迹，叹百年谁在，横槛孤凭。海日生残夜，看卧龙和梦，飞入秋冥。还听水声东去，山冷不生云。正目极空寒，萧萧汉柏愁茂陵。"秦观客居会稽时，也曾在此参加过不少这样的宴会，并作有《蓬莱阁》《会蓬莱阁》《次韵公辟会蓬莱阁》《次韵公辟将受代书蓬莱阁》等诗作。

绍兴也是南宋大诗人陆游的家乡。乾道二年（1166 年）陆游罢隆兴通判归乡，始居山阴的三山别业，史载："陆放翁宅，宋宝谟阁待制陆游所居，在三山，地名西村。山在府城西九里鉴湖中。"[②]陆游的三山别业，大概营建了一年的时间，其大概的规模，在陆游《家居自戒六首》（其一）诗中可以窥得一二："曩得京口俸，始卜湖边居。屋财十许间，岁久亦倍初。艺花过百本，啸咏已有余。犹愧先楚公，终身无屋庐。"

① 张惠民. 宋代词学资料汇编［M］. 汕头：汕头大学出版社，1993.
② 平恕，徐嵩. 乾隆绍兴府志［M］. 清乾隆五十七年刊本.

绍兴府山上的蓬莱阁

陆游著名的书房"老学庵"也位于三山别业之中。除了屋宇之外，还有园林，陆游《秋怀十首以竹药闭深院琴樽开小轩为韵》其一诗云："我非王子猷，赋性亦爱竹。舍外地十亩，不艺凡草木。长吟杂清啸，触目皆此族。更招竹林人，枕藉糟与曲。"可见三山别业所附属的园林规模不小，且遍植丛竹。

镜湖也称鉴湖，位于绍兴南，为浙江名湖之一，镜湖不仅有独特的自然风光，也有许多名胜古迹为之增色。晚唐温庭筠《南湖》（南湖即镜湖）诗云："湖上微风入槛凉，翻翻菱荇满回塘。野船著岸偎春草，水鸟带波飞夕阳。芦叶有声疑雾雨，浪花无际似潇湘。飘然篷艇东归客，尽日相看忆楚乡。"陆游十分热爱镜湖地区的风土山水，写了大量诗歌颂咏之。他曾说："予居镜湖北渚，每见村童牧牛于风林烟草之间，便觉身在图画。自奉诏纳史，年不复见此，寝饭皆无味。"[①]其《思故山》诗曰："千金不须买画图，听我长歌歌镜湖。

---

① 陆游. 渭南文集［M］//文渊阁四库全书本.

湖山奇丽说不尽，且复为子陈吾庐。柳姑庙前鱼作市，道士庄畔菱为租。一弯画桥出林薄，两岸红蓼连菰蒲。陂南陂北鸦阵黑，舍西舍东枫叶赤。正当九月十月时，放翁艇子无时出。船头一束书，船后一壶酒，新钓紫鳜鱼，旋洗白莲藕，从渠贵人食万钱，放翁痴腹常便便。暮归稚子迎我笑，遥指一抹西村烟"，描绘了自己归隐镜湖后生活的悠闲。至于《春游》，则极写其游览繁盛之貌："镜湖春游甲吴越，莺花如海城南陌。十里笙歌声不绝，不待清明寒食节。青丝玉瓶挈新酿，细柳穿鱼初出浪。花外金羁络雪驹，桥边翠幰围螭舫。怕雨愁阴人未知，时时微雨却相宜。养花天色君须记，正在轻云嫩霭时。"著名的《夏日六言》之三："溪涨清风拂面，月落繁星满天。数只船横浦口，一声笛起山前。"意境优美，几可入画，非得镜湖湖山之助而不能得。诗人优游之作最著名的就当是《游山西村》，描写自己在春社到来之前游历一个小山村的经历和感受，是文学史上不可多得的佳作。

绍兴三山陆游故里

绍兴城内的沈园是当地著名园林，原为沈姓富商的私家花园，又称"沈氏园"。沈园是著名的"陆游与唐氏"故事的发生地，至今其壁间仍刻有他们所作的《钗头凤》二首。陆游青年时与原配夫人唐氏伉俪相得，琴瑟甚和，不料陆母却对儿媳产生了嫌恶，最终逼迫陆游休弃了唐氏。唐氏改嫁同郡赵士程。数年后，陆游与偕夫同游的唐氏邂逅于沈园，陆游见人感事，遂信笔题词于园壁之上，词云："红酥手，黄縢酒，满城春色宫墙柳。东风恶，欢情薄，一怀愁绪，几年离索。错，错，错。春如旧，人空瘦，泪痕红浥鲛绡透。桃花落，闲池阁，山盟虽在，锦书难托。莫，莫，莫。"唐氏见状，则和以同词牌之作云："世情薄，人情恶，雨送黄昏花易落。晓风干，泪痕残。欲笺心事，独语斜阑。难，难，难。人成各，今非昨，病魂常似秋千索。角声寒，夜阑珊。怕人寻问，咽泪装欢。瞒，瞒，瞒。"后唐氏即郁郁而终。

绍兴三山柳古庙，即陆游诗中经常出现的"柳姑庙"

四十多年后，年过七旬的陆游再游沈园，又一次触景生情，写下更为著名的《沈园二首》："城上斜阳画角哀，沈园非复旧池台。伤心桥下春波绿，曾是惊鸿照影来。""梦断香消四十年，沈园柳老不吹绵。此身行作稽山土，犹吊遗踪一泫然。"沈园，自此作为寄寓爱情理想的文学名园而永载史册。今之沈园内，还设有陆游纪念馆。

绍兴沈园《钗头凤》词碑

明代画家、书法家、诗人徐渭的青藤书屋，位于绍兴塔山之北，徐渭年二十时为诸生，但屡次参加乡试均失利，后担任浙直总督胡宗宪幕僚，胡宗宪下狱后，徐渭曾因忧郁狂躁发作，数度自杀未成，后因杀继妻被下狱论死，被囚七年后，万历元年（1573年）获释，此后浪迹天涯，晚年贫病交加，藏书数千卷也被迫变卖殆尽，自称"南腔北调人"。

徐渭在诗文、戏剧、书画等各方面都独树一帜。其画能汲取前人精华而脱胎换骨，不求形似，山水、人物、花鸟、竹石无所不工，开创了一代画风，对后世的八大山人、石涛、扬州八怪等影响较大，清代画家郑燮更自称"青藤门下走狗"。一生著有诗文集《徐文长集》《徐文长佚稿》及杂剧《四声猿》等。

清末的绍兴，革命风潮涌动，出现了秋瑾、徐锡麟、陶成章、蔡元培、鲁迅等辛亥革命和新文化运动的旗手级人物，令人叹为观止。秋瑾字竞雄，号鉴湖女侠，作为推翻数千年封建统治而牺牲的女英雄，为辛亥革命作出了巨大贡献。1907年2月，秋瑾回浙江接任绍兴大通学堂督办，与徐锡麟共筹在皖、浙两地发动武装起义。7月13日清兵包围大通学堂，秋瑾不幸被捕，7

绍兴市徐渭故居青藤书屋内景

绍兴市古轩亭口的秋瑾像

绍兴塔山下的秋瑾故居

月 15 日从容就义于绍兴轩亭口。秋瑾能诗文，其遗稿编为《秋瑾集》传世。其《残菊》诗，很能反映其超强的个人意志："岭梅开候晓风寒，几度添衣怕倚栏。残菊犹能傲霜雪，休将白眼向人看。"

鲁迅，堪称绍兴第一名人，鲁迅故里亦是初来绍兴者必去之人文胜地。今之鲁迅故里含鲁迅故居（百草园在内）、三味书屋和周家老台门（鲁迅祖居），旁设鲁迅纪念馆。绍兴的鲁迅故里无论从规模还是重要性来看，均堪称是全国诸多鲁迅纪念地中最为重要的一处。

绍兴东湖位于城东六千米处，此处原名箬簣山，汉代以后，为采石场，历经千年的采凿，形成了峭壁和深穴，久而久之，凹陷处汇水成为湖塘，逐渐成为当地名胜。1962 年 10 月，郭沫若游东湖后题诗一首："箬簣东湖，凿自人工。壁立千尺，路隘难通。大舟入洞，坐井观空。勿谓湖小，天在其中。"（《咏绍兴东湖》）

东湖以东 12 千米处的吼山与东湖类似，都是人工采石造就的山水景观。吼山原名"犬亭山"，经过了自汉以来的凿山采石，形成了以棋盘石为代表的当地著名景观。南宋诗人陆游的祖居就在吼山附近。清人张盛藻登吼山诗云："浑噩一石山，刊剗成洞穴。岂是巨灵擘，亦非融液结。开辟穷人力，腹空山泽泄。凭崖构精舍，游憩良所悦。更望前峰峻，狰狞而屼嵲。扶杖跻危磴，腰脚殊未劣。怪石如蒸芝，悬壁俨屑铁。峰顶掬云泉，甘泠复澄澈。始信灵奇境，造物恣诡谲。天风飒飒来，远寺钟声咽。"（《由石箦山房小憩登吼山》）

绍兴鲁迅故居百草园

绍兴东湖

吼山棋盘石

　　上虞位于绍兴东北，省内第四大河流曹娥江自南而北纵贯全境。曹娥江因东汉孝女曹娥跳江救父而得名，《后汉书·列女传》载："孝女曹娥者，会稽上虞人也。父盱，能弦歌，为巫祝。汉安二年五月五日，于县江溯涛婆娑迎神，溺死，不得尸骸。娥年十四，乃沿江号哭，昼夜不绝声，旬有七日，遂投江而死。至元嘉元年，县长度尚改葬娥于江南道傍，为立碑焉。"①当时所立的碑，即为著名的《曹娥碑》。唐李贤注引《会稽典录》："上虞长度尚弟子邯郸淳，字子礼。时甫弱冠，而有异才。尚先使魏朗作曹娥碑，文成未出，会朗见尚，尚与之饮宴，而子礼方至督酒。尚问朗碑文成未？朗辞不才，因试使子礼为之，操笔而成，无所点定。朗嗟叹不暇，遂毁其草。其后蔡邕又题八字曰：'黄绢幼妇，外孙齑臼'。"蔡邕题词，意谓"绝妙好辞"也，此碑也因此名闻天下。东晋升平二年（358 年），王羲之到曹娥庙，再书曹娥碑，由新安吴茂先镌刻上石。此二碑皆已不存。现存的曹娥碑系北宋元祐八年（1093 年）由王安石的女婿蔡卞重书，碑高 2.3 米，宽 1 米，为行楷体，至今已近千年，弥足珍贵。唐代诗人赵嘏《题曹娥庙》云："青娥埋没此江滨，江树飕飗惨暮云。文字在碑碑已堕，波涛辜负色丝文。"

---

① 范晔. 后汉书［M］//文渊阁四库全书本.

上虞曹娥庙

曹娥墓

上虞的东山，因东晋宰相谢安而闻名，成语"东山再起"即出于此地。谢安出身于当时的豪族陈郡谢氏，少以清谈知名，屡辞辟命，隐居东山，王羲之、许询、支道林等名士、名僧与之交游。直到升平四年（360 年），谢安才应征西大将军桓温之邀，担任司马，"发新亭，朝士咸送，中丞高崧戏之曰：'卿累违朝旨，高卧东山，诸人每相与言，安石不肯出，将如苍生何！苍生今亦将如卿何！'安甚有愧色。"此后谢安出任吴兴郡太守，"在官无当时誉，去后为人所思。"①又入朝任侍中，又升任吏部尚书、中护军。孝武帝立，谢安与王坦之竭力辅佐之。桓温死后，谢安升任尚书仆射，为了稳定政局，谢安实行了着眼于长远、以和谐安定为重的执政方针。

上虞东山谢安像

---

① 房玄龄等. 晋书［M］//文渊阁四库全书本.

上虞东山谢安墓

太元八年（383 年），前秦苻坚率领着号称百万的大军南下，志在吞灭东晋，谢安在敌后坐镇指挥，镇定自若，击破前秦军队，他以总统诸军之功，进拜太保。太元九年（384 年）八月，谢安乘胜追击，起兵北伐，大获成功，淝水之战前秦、东晋以淮河—汉水—长江一线为界的局面改成了以黄河为界，整个黄河以南地区重新归入了东晋的版图。淝水之战使谢安的声望达到顶峰，但也招来了谗言和中伤。太元十年（385 年）四月，谢安主动交权，自请出镇广陵的步丘，建筑新城以避祸。谢安携家人来到新城，开始制造泛海的船只，打算等到天下大体安定后，从水道回东山，可惜不久后便病重去世。

谢安隐居东山直至中年出山，晚年又一心打算回山隐居，对东山可谓情有独钟。如今的东山上有谢安墓、太傅祠等纪念地。唐代大诗人李白对谢安仰慕以极，曾作有多首致敬谢安的诗歌，都与东山有关，其《忆东山》二首云："不向东山久，蔷薇几度花。白云还自散，明月落谁家。""我今携谢妓，长啸绝人群。欲报东山客，开关扫白云。"《永王东巡歌》十一首其二云："但用东山谢安石，为君谈笑静胡沙。"《赠常侍御》云："安石在东山，无心济天下。一起振横流，功成复潇洒。"

上虞的白马湖畔，有春晖中学，历史悠久，民国时期，这里曾经云集了一批大师级的教员，在春晖任教，也使得这所学校拥有了值得引以自傲的历史积淀。1908 年，上虞富商陈春澜捐银五万元，在小越横山创办春晖学堂，校名源于孟郊的《游子吟》。1919 年，陈春澜再捐银二十万元，委托乡贤王佐和近代著名教育家、民主革命家经亨颐等续办中学。在首任校长经亨颐的努力下，春晖中学校吸引了夏丏尊、朱自清、丰子恺、朱光潜、刘薰宇、匡互生、王任叔等名家前来任教，曾在春晖中学居住、讲学的，还有蔡元培、李叔同、张大千、黄宾虹、何香凝、黄炎培、柳亚子、张闻天、俞平伯、蒋梦麟、于右任、吴稚晖等，传为中国教育史上的佳话。今之白马湖畔，仍保留了当时众多大师们的旧居，供人凭吊。

白马湖畔的春晖中学

诸暨位于绍兴市西南，亦是历史悠久、人文荟萃之地。春秋时，此地属越国，越王允常曾先后在境内的埤中、大部、勾乘建都，其子勾践方迁都会稽（今浙江绍兴）。秦始皇二十五年（前 222 年），置诸暨县，"县有暨浦诸山，因以为名。"①建县自此始，历代未废。

教育家、散文家夏丏尊在白马湖畔的旧居"平屋"

诸暨是春秋时著名历史人物西施的故里。西施的故乡在城南苎萝村，村分东西，因居西村，故称。西施因貌美被选中，进献吴王夫差，入吴宫后，深得夫差宠幸。夫差为其大兴土木，建姑苏台、馆娃宫等，镇日享乐，不问朝政。公元前473年，越国再度起兵征讨吴国，吴国战败，吴王夫差自刎而死，吴国自此被灭，西施下落不明。有传闻云其与范蠡一同逃走，经商于五湖；一说因其被视为红颜祸水而装袋沉于河中，而苏州至今仍有带城桥（谐音袋沉桥）云云。

西施的故事在历代广为传颂，成为中国古代"四大美女"之首。并为历代文人所关注，相关作品甚众。李白《西施》诗云："西施越溪女，出自苎萝山。秀色掩今古，荷花羞玉颜。浣纱弄碧水，自与清波闲。皓齿信难开，沉吟碧云间。勾践徵绝艳，扬蛾入吴关。提携馆娃宫，杳渺讵可攀。一破夫差国，千秋竟不还。"而唐末五代诗人罗隐的《西施》，则更多地寄寓了同情之意："家国兴亡自有时，吴人何苦怨西施。西施若解倾吴国，越国亡来又是谁。"

---

① 李昉. 太平御览［M］. 夏剑钦，校点. 石家庄：河北教育出版社，1994.

今苎萝山下有西施殿，清代浙江籍诗人袁枚《西施庙》二首其一诗云："人去苎萝空，香烟恰未终。死犹存越庙，生可想吴宫。溪水浣纱影，虚廊响屧风。金钱输一见，交与守祠翁。"

诸暨火车站内的西施像（作者：傅维安）

唐代诗人严维，越州山阴（今绍兴）人，字正文。初隐居桐庐，与刘长卿友善。肃宗至德二年（757 年）进士，又擢辞藻宏丽科，授诸暨尉，时已四十余，辟河南幕府，迁余姚令。仕终右补阙。与钱起、耿湋、崔峒、皇甫冉、丘为等交往。《全唐诗》存诗 1 卷。其《送人入金华》诗云："明月双溪水，清风八咏楼。昔年为客处，今日送君游。"

诸暨西施殿

诸暨浦阳江景色

五泄在诸暨市西三十千米群山之中。"泄"即当地对瀑布的称呼。此瀑从山巅流下，折为五级，总称"五泄"。唐代五台山高僧灵默禅师在此创建五泄禅寺，曹洞宗创始人良价也曾在此出家。今入五泄，须坐船由被称为"五泄湖"的水库进山，并登山一路游览瀑布姿态各异之五折。北宋人唐询《游五泄山》诗云："寻彻灵潭第五源，旋攀萝茑至山巅。寒声昔谓来天外，巨壑今知在目前。峭壁无时长蔽日，重岩不雨亦生烟。临观已觉尘心尽，更欲凌云访列仙。"

诸暨五泄

位于诸暨城西南十五千米的牌头镇，有丹霞地貌的景观斗岩。斗岩亦作"陡岩"，明朝开国大将胡大海的养子胡德济曾在元末战乱中于此攻克山寨，故称斗岩，"斗"是战斗之意。关于其地名的来源，还有一种说法，是此地山峰错落参差，形如天上的星斗，故有此名。斗岩以峰奇、岩陡、石怪、洞幽、泉清闻名，并以其丹霞地貌的特点，成为现代攀岩锻炼的佳处。斗岩还因紧邻浙赣铁路，成为浙江著名的车窗风景。

诸暨斗岩

位于诸暨东北部的枫桥镇，始置于北宋大观二年（1108 年），是一座千年古镇，其文化积淀也十分深厚，这里是元代画家王冕、明代诗人杨维桢和明代画家陈洪绶的家乡，这三人也被称为"枫桥三杰"。

王冕字元章，号竹斋、煮石山农，他出身贫困之农家，幼时放牛，仍勤勉读书习画，有其"寺中夜读"和"画荷花"的故事流传。年少时屡应举不中，遂绝意仕途，千里远游，后回归乡梓，隐居九里山。元末朱元璋进军浙东，王冕曾与其事，不久病卒。王冕工诗善画，尤以墨梅知名，格调很高，其性格孤傲，蔑视权贵，有《竹斋诗集》传世。

《四库全书简明目录》说："冕本狂生，天才纵逸，其体排宕纵横，不可拘以常格。"刘基曾对王冕的诗有过评价："盖直而不绞，质而不俚，豪而不诞，奇而不怪，博而不滥，有忠君爱民之情，去恶拔邪之志，恳恳悃悃见于词意之表，非徒作也，因大敬焉。"（《竹斋诗集·原序》）[1]今之九里山下，又重构了王冕的隐居地"白云庵"，并有"梅花书屋"等建筑。王冕《梅花屋》（一作《九里山中》）诗云："荒苔丛筱路萦回，绕涧新栽百树梅。花落不随流水去，鹤飞常带白云来。买山自得居山趣，处世浑无济世才。昨夜月明天似水，啸歌行上读书台。"

诸暨王冕隐居处——白云庵梅花书屋

陈洪绶字章侯，幼名莲子，一名胥岸，号老莲，年少师事刘宗周，得补生员，后乡试不中，崇祯年间召入内廷供奉。明亡入云门寺为僧，还俗后以卖画为生。洪绶工人物画，晚年所作人物形象多夸张，极具个人风格。花鸟等描绘精细，设色清丽，富有装饰味。亦能画水墨写意花卉。陈洪绶尤其长于为文学作品创作插图，格调高古，享誉明末画坛，与当时的崔子忠齐名，号称"南陈北崔"。陈洪绶的名作《九歌图》（含著名的《屈子行吟图》）《〈西

---

① 洪瑞. 王冕［M］. 上海：上海人民美术出版社，1962.

厢记〉插图》《水浒叶子》《博古叶子》等均版刻传世，诗文方面，则著有《宝纶堂集》。今枫桥镇有陈洪绶故居遗址、光裕堂和陈洪绶纪念馆，是诸暨重要的文化古迹。

诸暨枫桥镇陈洪绶纪念馆

诸暨斯氏是当地大姓，斯姓原出于史姓，为周大夫史佚之后，发源地是浙江东阳。据方志载，东吴嘉禾七年（238 年），廷尉史伟因断案过于宽纵而被判应处死刑，其二子争相代父服刑，吴主孙权为之感动，称赞"斯孝子也"，并赦免了史伟并复原职。由于当时被赦免死罪的人，都要改换姓氏，孙权便于次年赐姓为"斯"。东阳斯氏后播迁各地，诸暨的斯氏现在主要聚居于东白湖镇的斯宅村，地处东白山深处。斯宅古称上林，因五代时汉政权于乾祐二年（949 年）在五指山麓建上林院而得名，1948 年改为斯宅乡。斯氏古民居建筑群为清代江南典型的聚族而居大型宗族建筑群，现存建筑多为清代所建，其中最具代表性的千柱屋、下新屋和华国公别墅 2001 年被公布为全国重点文物保护单位。斯宅不仅有古民居建筑群，还有诸暨第一所现代学校——建于1904 年的斯民小学，为当地培养了众多的杰出人才。

位于诸暨深山中的斯氏古民居建筑群"千柱屋"

诸暨斯民小学，位于汉斯孝子祠故址

浙东运河继续东流，即进入宁波地区。首先是余姚市，余姚历史悠久，秦汉时，余姚置县，属会稽郡，此后历代，余姚多数时间属绍兴地区，目前则属宁波市。余姚人杰地灵，是历史上重要的思想家王守仁、朱之瑜和黄宗羲的故乡。王守仁本名王云，字伯安，号阳明，是明代最杰出的思想家之一，也是政治家、军事家、教育家和文学家，他的父亲王华是成化十七年（1481年）的状元，官至南京吏部尚书。王守仁于弘治十二年（1499年）成进士，仕孝宗、武宗、世宗三朝，自刑部主事历任贵州龙场驿丞、庐陵知县、右佥都御史、南赣巡抚、两广总督等职，接连平定南赣、两广盗乱及朱宸濠之乱，因功获封"新建伯"，成为明代因军功封爵的三位文臣之一（另两位是靖远伯王骥和威宁伯王越）。王守仁晚年官拜南京兵部尚书、左都御史，死后谥号"文成"，主要著作有《王文成公全书》38卷。

余姚市王守仁故居

王守仁是"心学"的集大成者。其学以"心"为宗，他以"心"为宇宙本体，提出"心即理"的命题，断言"心外无物，心外无事，心外无理"。倡言"知行合一"说，后专注"致良知"说，认为"良知"即"天理"，强调从内心去体察天理。"阳明心学"弟子甚众，世称"姚江学派"。清代学者王士祯称赞其"立德、立功、立言，皆居绝顶，为明第一流人物"。[①]

贵州修文县王阳明像

　　朱之瑜，字楚屿，明代学者、教育家。明亡，流寓日本后为纪念本乡山水，取号舜水（余姚江古称），世称"舜水先生"。朱之瑜从小聪颖好学，但轻视功名，明亡后，为了匡复明室，先追随鲁王朱以海，后来又参加抗清名将郑成功、张煌言的北伐；期间三赴安南、五渡日本，奔走于厦门、舟山之间。永历十三年（1659 年），在看到反清复明无望后，长期流亡日本，因其学问和德行受到日本贵族的礼遇，水户藩藩主德川光圀聘请他到江户讲学，许多学者都慕名来就学。朱舜水寄寓日本二十余年，仍着明朝衣冠。1682 年逝

　　① 王士祯. 池北偶谈［M］. 北京：中华书局，1982.

世，私谥"文恭先生"，入葬德川氏的家族墓地。

余姚朱舜水纪念堂

东京大学内的"朱舜水先生终焉之地"纪念碑

日本水户市朱舜水像

朱舜水为水户藩主德川氏在江户（今东京）的园林"后乐园"所题匾额

东京后乐园内的"西湖之堤"

朱舜水深刻总结明亡教训，揭露理学末流的空疏弊端，提倡"实理实学、学以致用"，认为"学问之道，贵在实行，圣贤之学，俱在践履"，其思想对日本的水户学有很大影响。他还把中国先进的农业、医药、建筑、工艺技术等传到了日本。朱之瑜死后，他讲学的书札和问答由德川光圀父子刊印成《朱舜水文集》二十八卷。如今在余姚的龙山公园南麓，辟有朱舜水纪念堂，在日本的茨城县水户市，立有朱舜水的铜像以示纪念。

黄宗羲字太冲，号南雷先生，别号梨洲老人、梨洲山人，明末清初经学家、地理学家、天文历算学家、启蒙主义思想家、史学家、文学家、教育家与自然科学家。黄宗羲从小随父读书，后拜刘宗周为师。清军入关后，曾组织抵抗运动，被南明授予监察御史兼兵部职方司主事之职。顺治十年（1653年），他返回故里，课徒授业，著述以终。康熙二年（1663年）至十八年（1675年），黄宗羲于慈溪、绍兴、宁波等地设馆讲学，撰成《明夷待访录》《明儒学案》等，其间朝中屡次招其出仕，皆推辞不就。黄宗羲一生著述宏富，并与顾炎武、王夫之并称明末三大思想家。如今在其故乡余姚，除黄宗羲墓地以外，还建有黄宗羲纪念馆和黄宗羲文化园等设施。

余姚黄宗羲墓

在南宋，有一个江湖诗派，成员多是布衣，余姚高翥亦名列其中。高翥初名公弼，后改名翥，字九万，号菊涧，少有奇志，不屑举业，浪迹天涯，有"江湖游士"之称，专力于诗，画亦出名。晚年贫困潦倒，于上林湖畔搭草庐度日，名曰"信天巢"。晚年居西湖，年七十二卒。

高翥写农村风俗，语言朴素自然，尤擅以平易自然的诗句写出寻常景物，著有《信天巢遗稿》等。其《清明日对酒》诗曾收入《千家诗》，流传甚广："南北山头多墓田，清明祭扫各纷然。纸灰飞作白蝴蝶，泪血染成红杜鹃。日落狐狸眠冢上，夜归儿女笑灯前。人生有酒须当醉，一滴何曾到九泉。"明白如话，却意蕴深长。高翥生性旷达，有《小楼夜雨》诗描写其晚年生活云："心懒缘忘世，身闲为不才。客愁随病散，老眼共书开。嗜酒有天戒，爱花无地栽。小楼风雨夜，还我鼻如雷。"

余姚以北、杭州湾入海口南侧为慈溪市。慈溪因县南有大隐溪、东汉董黯"母慈子孝"而得名。慈溪是文人之乡，初唐名臣、著名的书法家、文学家虞世南即为慈溪人,其故宅位于鸣鹤解家自然村村北的定水寺,附近还有南宋越国公袁韶墓。

高蠢终老之地——西湖

虞世南生于南朝陈永定二年（558 年），叔父虞寄为南朝陈中书侍郎，寄无子，以世南继后。世南少时曾与兄世基同受教于吴郡顾野王，后又向当时著名学者徐陵学习文章法度。陈文帝知其博学多才，召为建安王法曹参军。隋灭陈，与兄世基同入长安，名重当时，被秦王李世民引为秦府参军，后任著作郎兼弘文馆学士。唐太宗即位时，世南已年近七十，多次请求告老未果，贞观七年（633 年）转秘书监，封爵永兴县子。

虞世南敢于面谏，又善于因势利导，深得唐太宗器重，太宗尝谓侍臣曰："群臣皆若世南，天下何忧不治？"[1]并称赞世南有"德行、忠直、博学、文词、书翰"五绝。世南精于书法，早年蒙王羲之七世孙智永禅师传授，既承二王（王羲之、王献之）笔法，又自出机杼，与欧阳询、褚遂良、薛稷并称为"唐初四大家"。贞观十二年（638 年），授银青光禄大夫，同年五月卒，终年 81 岁，谥文懿。

---

① 吴兢. 贞观政要［M］. 上海：上海古籍出版社，1978.

慈溪还是现当代众多作家的故里，包括民国时期活跃于文坛的作家穆时英、徐訏，以及当代历史科普作家林汉达（代表作品《上下五千年》）等。

慈溪虞世南故里遗址

慈溪徐福文化园

慈溪三北镇达蓬山，有秦徐福东渡遗址。达蓬山原名香山，东临东海，"达蓬"之名，意即从这里出发可以航海到达仙境蓬莱。传说徐福就是在这里亲率三千童男童女东渡扶桑，为秦始皇去寻找长生不老之药的。徐福东渡文化园是达蓬山特有的珍贵历史文化遗存，留下了徐福东渡摩崖石刻、秦渡庵、小休洞、望父石、徐福祠、求仙亭等与徐福东渡有关的历史遗迹。

浙东运河终于宁波甬江入海口，在今宁波市的繁华区域三江口，矗立着一座庆安会馆，是浙东运河东端最重要的文化遗迹之一。庆安会馆即原来的天后宫，名"甬东天后宫"，始建于清咸丰三年（1853年），既是祭祀天后妈祖的殿堂，又是行业聚会的场所。天后宫的大殿为庆安会馆的主要建筑，采用了宁波传统的朱金木雕砖雕和石雕的建筑装饰手法，使整体建筑气势恢宏、金碧辉煌。

清代海禁废弛后，宁波港海运发达，贸易兴盛，"舟楫所至，北达燕、鲁，南抵闽、粤，而迤西川，鄂、皖赣诸省之产物，亦由甬埠集散，且仿元人成法，重兴海运，故南北商号盛极一时，其所建天后宫及会馆，辉煌煊赫，为一邑建筑冠。"[①]庆安会馆建筑体量庞大，坐东朝西，占地面积约12亩，是目前少见的宫馆合一建筑的实例。2014年6月，中国大运河成功申遗，庆安会馆作为浙东运河沿岸重要遗产点，被列入世界文化遗产名录。

宁波三江口风光

---

① 张传保. 鄞县通志［M］. 宁波：宁波出版社，2006.

位于浙东运河尽头的宁波庆安会馆

位于宁波市鄞州区太白山麓的天童寺，是当地最重要的古刹之一，号称"东南佛国"。天童寺始建于西晋永康元年（300年）。明万历十五年（1587年）7月，因当地发生特大山洪，寺庙殿宇尽圮，是年冬开始在废墟上重建殿堂，至崇祯十三年（1640年）方得竣工，寺院又恢复了鼎盛时期的规模，这从现存的铸于崇祯十四年（1641年）的"千僧锅"可以得到佐证，该锅直径2.36米，深1.07米，重达4 000斤。天童寺现存建筑基本保持了明代时的格局，寺宇布局严谨，结构精致，主次分明。

天童寺及周边是宁波重要的自然和人文景观，因此历代重要诗人如王安石、范成大、杨万里、楼钥、刘基、毛奇龄等均留下了相关诗作。王安石《天童山溪上》云："溪水清涟树老苍，行穿溪树踏春阳。溪深树密无人处，唯有幽花渡水香。"南宋诗人范成大《自育王过天童松林三十里》云："竹舆窈窕入萧森，逗雨梳风冷客襟。翠锦屠苏三十里，不知脚底白云深。"

南宋时住持天童寺达三十年之久的宏智正觉禅师是天童寺中兴之祖，他首倡"默照禅"，主张心是诸佛的本觉、众生的妙灵，只因疑碍昏翳，自作障隔，如能静坐默究，净治揩磨，去掉妄缘幻习，不被一切包裹，便能事多无碍。"默照禅"一出现便风靡禅林，宏智正觉禅师主持天童寺时，寺僧逾千人，是宋代禅宗的重要道场。长翁如净禅师竭力弘扬"默照禅"之妙谛，提出"只管打坐，身心脱落"的主张。

宁波天童寺长廊

1223年，出身于日本皇族的道元禅师来中国求法，在朝拜天台山后，来到天童寺，随侍3年，获得长翁如净禅师的印可，受曹洞宗禅法、法衣以及

《宝镜三昧》《五位显法》等回国，遂开始在京都等地弘扬曹洞禅法。1243 年，道元禅师应波多野义重之请，率弟子至越前开创永平寺，后成日本曹洞宗大本山。1247 年，道元应将军北条时赖之请，赴镰仓说法并为其授菩萨戒。道元将"只管打坐"的默照禅风带入日本并弘扬开来，也使天童寺享誉海外，道元禅师在福井县开创的永平寺，也是模仿天童寺的结构规划建设的。

宋时的天童寺，像其他寺庙一样，有茶园、茶场，僧侣们种茶、饮茶、悟道。南宋天童寺两任方丈应庵昙华和密庵咸杰都继承了"茶禅一味"提出者圆悟克勤禅师的法脉。天童寺在茶文化传入日本的过程中，也起着重要作用。日僧荣西两次入宋，曾追随后来住持天童寺的虚庵怀敞禅师学法，荣西将临济宗传入日本，并将中国的茶种和吃茶的礼仪带回日本，并撰写该国的第一部茶书《吃茶养生记》，促成了茶文化在日本的传播并生根发芽。

日本永平寺长廊

天童寺"道元禅师得法灵迹参拜纪念"碑

永平寺山门，额书"天童丛规勃兴名蓝"

庆历七年（1047年），王安石出任鄞县令，至皇祐二年（1050年）离任，王安石在鄞县居官三载。期间他先是进行了大量的走访调查工作，写下了《鄞县经游记》，其后大力兴修水利，将官仓里存粮借贷给农民，免除了一些苛捐杂税，平抑物价，创建县学，为以后在全国实行变法积累了宝贵的经验。王安石在离开鄞县时，写下《登越州城楼》一诗，表达了对鄞县的依恋之情："越山长青水长白，越人长家山水国。可怜客子无定宅，一梦三年今复北。浮云缥缈抱城楼，东望不见空回头。人间未有归耕处，早晚重来此地游。"今宁波东钱湖景区内有王安石纪念馆，陈列"王安石在鄞史迹"。

宁波东钱湖王安石纪念馆

全祖望是清代学者、文学家，鄞县（今浙江宁波）人，字绍衣，号谢山，自署鲒埼亭长、双韭氏、双韭山民、孤山社小泉翁，学者称谢山先生。雍正七年（1729年）贡生。乾隆元年（1736年）举荐博学鸿词，同年中进士，选翰林院庶吉士。后辞官归里，专心著述，不复出仕，曾主讲于浙江蕺山书院、广东端溪书院。

全祖望上承清初黄宗羲的经世致用之学，博通经史。在学术上推崇黄宗羲，并受万斯同的影响，注重史料校订，精研宋末及南明史事，留心乡邦文献，于南明史实广为搜罗纂述，贡献甚大。主要著作有《鲒埼亭集》《困学纪闻三笺》《七校水经注》《续甬上耆旧诗》《经史问答》《读易别录》《汉书地理志稽疑》《古今通史年表》等。

宁波全祖望故居

位于宁波南部的奉化，唐开元二十六年（738年）建县，现为宁波市下属区。位于奉化溪口镇西北的雪窦山，是四明山支脉的最高峰，海拔八百米，号称"四明第一山"，被认为是弥勒佛的道场所在。

奉化雪窦山风光

雪窦山有雪窦寺、妙高台、徐凫岩、三隐潭瀑布等著名景观。自唐以来，众多著名的诗人来到雪窦山旅行，并留下大量诗作，如唐代方干的《登雪窦僧家》："登寺寻盘道，人烟远更微。石窗秋见海，山霭暮侵衣。众木随僧老，高泉尽日飞。谁能厌轩冕，来此便忘机。"南宋诗人楼钥的《雪窦道中》："城居久矣厌尘劳，来访名山写郁陶。客路行随流水远，征人与坐白云高。千林舞翠吹蓬鬓，二麦摇青照纻袍。努力共登天尺五，要看飞雪喷云涛。"

奉化之南的宁海县，位于四明和天台两山山脉交汇之处，置县始自西晋太康元年（280 年），隋唐以来，多属台州，1959 年开始改属宁波。宁海是明初著名政治家方孝孺和现代作家柔石的故里。

方孝孺字希直，又字希古，号逊志，宁海人，因其故家旧属缑城里，世称"缑城先生"，洪武二十五年（1392 年），出任汉中教授，蜀献王朱椿闻其贤德，聘为世子之师，并把他读书的庐舍命名为"正学"，故方孝孺亦被称为"正学先生"。

宁海方孝孺像

方孝孺自幼聪明好学，长大后拜大儒宋濂为师，深受器重。明惠宗朱允炆即位后，方孝孺出任翰林侍讲及翰林学士，又值文渊阁，成为帝师。靖难之役时，讨伐燕王的诏书檄文多出自方孝孺之手。建文四年（1402 年）五月，燕王克南京，方孝孺拒不投降，被凌迟处死，时年四十六。方孝孺不仅擅长政、史论文，散文和诗歌亦佳，其著述绝大部分收录在《逊志斋集》中，因其殉节后遗作被禁，很多未得流布。方孝孺在《书事》一诗中这样写道："伏枕三旬不整冠，梦魂时复对金銮。忽闻盛事披衣坐，今日朝廷立谏官。"他的一生光明磊落，嫉恶如仇，是中国历史上最著名的"杀身成仁"、甘于殉道的知识分子之一，其深厚的才学、崇高的气节和不屈的抗争精神，始终为后人所敬仰。

　　和同乡方孝孺一样，柔石也是为了坚守真理而殉节的知识分子。柔石本名赵平复，是民国时期的作家、翻译家、革命家。浙江省立第一师范学校毕业后，曾在中学任教，后投身新文化运动，开始文学创作。小说代表作有《为奴隶的母亲》《二月》《三姊妹》等，并主办《朝花》《语丝》等进步期刊。1931年被捕后与殷夫、欧阳立安等二十三位同志被秘密杀害于上海龙华。柔石与鲁迅有着深厚的情谊，他和战友牺牲后，鲁迅在悲愤中写下了著名的杂文《为了忘却的记念》，以及七言诗《悼柔石》："惯于长夜过春时，携妇将雏鬓有丝。梦里依稀慈母泪，城头变幻大王旗。忍看朋辈成新鬼，怒向刀丛觅小诗。吟罢低眉无写处，月光如水照缁衣。"

宁海柔石故居

舟山群岛，地处东海洋面，舟山是我国第一个以群岛建制的地级市，共有 2 085 个岛屿和 270 多千米深水岸线，是中国第一大群岛和重要港口城市。舟山市拥有普陀山、嵊泗列岛两个国家级风景名胜区。

普陀山是佛教名山，全称普陀洛迦山，普陀山岛位于杭州湾口南缘的舟山群岛东部海域，是中国佛教四大名山之一、著名的观音道场，素有"海天佛国""南海圣境"之称。普陀山佛教发端于西晋太康年间，唐咸通四年（863年），日本僧慧锷第三次入唐，诣五台山敬礼，至中台精舍，睹观音像容貌端雅，恳求请归其国，众从之，锷即肩负至明州开元寺，觅得便船出海，过梅岑山（即今普陀山），涛怒风飞，舟人惧甚，锷夜梦一僧谓之曰："汝但安吾此山，必令便风相送。"锷泣以梦告众，咸惊异，乃置像于洞侧，祈祷而去。山上居民张氏请像供奉于宅，称"不肯去观音"，是为普陀山供奉观音之始。至后梁贞明二年（916年），于张氏宅址建"不肯去观音院"，乃普陀山最早寺院。如今的普陀山寺院林立，规模最大的是普济寺、法雨寺和慧济寺。

舟山普陀山

普陀山磐陀石

普陀山普济寺海印池

由于普陀山在宗教上的独特地位，历代多有高僧大德和文人墨客泛海前来，并留下大量题咏。元初诗人赵孟頫《游补陀》诗云："缥缈云飞海上山，挂帆三日上潺湲。两宫福德齐千佛，一道恩光照百蛮。涧草岩花多瑞气，石林水府隔尘寰。鲰生小技真荣遇，何幸凡身到此间。"明代汤显祖游普陀名景"磐陀石"诗曰："磐陀石上暗飞霜，吹入香炉作道场。破衲睡来天镜晓，清辉五色在扶桑。"（《磐陀石看日出》）

舟山市的主岛为舟山岛，划分为定海和普陀二区。北宋宝元二年（1039年），暮年终得一第的词人柳永来任定海晓峰盐监，作有《煮海歌》诗，对盐工的艰苦劳作予以深刻描述："鬻海之民何所营，妇无蚕织夫无耕。衣食之源太寥落，牢盆鬻就汝输征。年年春夏潮盈浦，潮退刮泥成岛屿。风乾日曝咸味加，始灌潮波塯成卤。卤浓咸淡未得闲，采樵深入无穷山。豹踪虎迹不敢避，朝阳出去夕阳还。船载肩擎未遑歇，投入巨灶炎炎热。晨烧暮烁堆积高，才得波涛变成雪。自从潴卤至飞霜，无非假贷充糇粮。秤入官中得微直，一缗往往十缗偿。周而复始无休息，官租未了私租逼。驱妻逐子课工程，虽作人形俱菜色。鬻海之民何苦辛，安得母富子不贫。本朝一物不失所，愿广皇仁到海滨。甲兵净洗征输辍，君有馀财罢盐铁。太平相业尔惟盐，化作夏商

舟山市定海区柳永纪念馆

周时节。"今天舟山的晓峰岭下，也建有柳永文化广场和柳永纪念馆，虽较简陋，却是佳作稀少的浙江沿海诗路上的一处珍贵的存在。

嵊泗县海岛风光

第三章 浙东诗路

第一节 天姥连天向天横：新昌、嵊州

"唐诗之路"的起源，其实是李白的那首《梦游天姥吟留别》："海客谈瀛洲，烟涛微茫信难求。越人语天姥，云霞明灭或可睹。天姥连天向天横，势拔五岳掩赤城。天台四万八千丈，对此欲倒东南倾。我欲因之梦吴越，一夜飞度镜湖月。湖月照我影，送我至剡溪。谢公宿处今尚在，渌水荡漾清猿啼。脚著谢公屐，身登青云梯。半壁见海日，空中闻天鸡。千岩万转路不定，迷花倚石忽已暝。熊咆龙吟殷岩泉，栗深林兮惊层巅。云青青兮欲雨，水澹澹兮生烟。列缺霹雳，丘峦崩摧。洞天石扉，訇然中开。青冥浩荡不见底，日月照耀金银台。霓为衣兮风为马，云之君兮纷纷而来下。虎鼓瑟兮鸾回车，仙之人兮列如麻。忽魂悸以魄动，恍惊起而长嗟。惟觉时之枕席，失向来之烟霞。世间行乐亦如此，古来万事东流水。别君去兮何时还，且放白鹿青崖间，须行即骑访名山。安能摧眉折腰事权贵？使我不得开心颜！"浙江"诗路之旅"中极为重要的一个地点，就是天姥山，位于绍兴市新昌县。

从新昌县城前往斑竹村，通往天姥山极顶北斗尖（亦名拔云尖）的道路，就从这个村庄起步。斑竹村口立着一通显然是新立的石牌坊，上书"天姥门户"四字。走过一座铺着鹅卵石的小桥，桥下溪流潺潺，嘉泰《会稽志》云："司马悔桥在县东南四十里，一云落马桥。旧传唐司马子微隐天台山，被征，至此而悔，因以为名。"桥下溪水为惆怅溪，传说这就是《搜神记》中刘晨、阮肇与仙女离别后寻访旧迹之处。过桥便是司马悔庙，晨间前往，水雾蒸腾，确实别有一番意境。

贞元十五年（799 年），进士及第后的孟郊在越中漫游，他作诗指出此地为"山水之州"，并描摹当地景物云："蓬瀛若仿佛，田野如泛浮。碧嶂几千绕，清泉万余流……越水净难污，越天阴易收。气鲜无隐物，目视远更周。"

（《越中山水》）确实，不深入越中山水，就难以体味其中的佳处，一千多年前孟郊笔下的风景，即今虽然打了不少折扣，但还是能看出一些端倪。过司马悔庙，沿惆怅溪前行，还能见到一座新建的太白殿，此时若回头再看司马悔桥，由于隔了一段距离，溪上的云雾蒸腾缭绕，弥漫开来，就更觉得孟郊的诗写得恰切了。

继续往前走，就踏上了一条纵贯斑竹村的卵石小径，据称这是一条古驿道，常设"斑竹铺"供路人投宿，明崇祯五年（1632 年）三月，徐霞客从天台一路翻山越岭而来，"宿班竹旅舍"①。古驿道自会稽来，从原嵊县的黄泥桥入新昌境，从新昌城旧东门到天台县界，此路最早为谢灵运所拓，故又称"谢公道"。斑竹村四围皆是高山，村东即天姥山。村中房屋多经修缮，但也有一些低矮的老宅，能看得出来是用"干打垒"的方式所筑。村中有章氏祠堂，盖为此地望族。

沿着这条驿道来到村子的尽头，发现一条向东上山的岔道，指示牌标明此路通向"青云梯"——来自李白的诗句，跋涉四小时左右可登天姥山顶峰北斗尖，海拔 900 米。我此行因为是跟年过八旬的父亲同来，所以并没有登山的打算，原路返回，边走边眺望着李白笔下"连天向天横"的天姥山。天姥山之所以如此闻名，很大程度上源于李白的这首《梦游天姥吟留别》，而山下的这条驿道，也因此成为"浙东唐诗之路"的重要干线。

《梦游天姥吟留别》应作于李白从翰林待诏任上被"赐金放还"，离开长安之后。李白曾与杜甫、高适同游梁、宋、齐、鲁，又返回东鲁家中小住，然而，李白是不会甘于安稳平庸的生活的，在即将开启再度漫游时代的前夕，他写下这首传世名作，故此诗又题为《留别东鲁诸公》，一作《梦游天姥山别东鲁诸公》。顾名思义，这是一首记梦诗，而从内容来看，这同时也是一首游仙诗，意境雄浑，想象奇丽，充满了光怪陆离的迷幻色彩，同时也抒发了作者不屈服于权贵、崇尚正义与自由的胸臆，为历代读者所推重，被认为是李白最重要的作品之一。

李白对剡中山水的钟爱由来已久，这不仅由于当地秀美的风光和深厚的历史积淀，很大程度上也源于他的道教信仰。早年李白在江陵（今湖北荆州）遇

---

① 徐弘祖. 徐霞客游记［M］. 上海：上海古籍出版社，2016.

到先时隐居于天台桐柏宫，后应诏出山的道士司马承祯，极为见重，李白曾云："余昔于江陵，见天台司马子微，谓余有仙风道骨，可与神游八极之表。"（《〈大鹏赋〉序》）天姥山是一座道教名山，为七十二福地之一，又有着西王母和东汉刘阮遇仙的传说，因此格外引人入胜。刘禹锡《吐绶鸟词》云："四明天姥神仙地，朱鸟星精钟异气。"许浑《早发天台中岩寺度关岭次天姥岑》亦云："来往天台天姥间，欲求真诀驻衰颜。"同时，天姥山也是隐逸之地，温庭筠《宿一公精舍》诗云："茶炉天姥客，棋席剡溪僧。"李洞《赠宋校书》："长言买天姥，高卧谢人群。"李白也曾去剡中一带游历，并在诗中表达了归隐天姥的意愿："借问剡中道，东南指越乡。舟从广陵去，水入会稽长。竹色溪下绿，荷花镜里香。辞君向天姥，拂石卧秋霜。"（《别储邕之剡中》）李白在全国各地居住时，也有很多诗写到剡溪和剡中，但写到天姥山的作品，仅有《别储邕之剡中》和《梦游天姥吟留别》这两首，但一是向天姥而行，一是"梦游"天姥，因此我们至今仍很难判断李白究竟是否亲临过这座名山。

天姥山，位于今新昌县城东南五十里，"东接天台华顶峰，西北联沃洲山"[①]，为"一邑之主山"（民国《新昌县志》）。天姥即西王母，最早见于东汉张衡《同声歌》："众夫所希见，天老教轩皇。"注云："'老'旧作'姥'，……惟'天老'、'天姥'，本同。"《后吴录·地理志》载："剡县有天姥山，传云登者闻天姥歌谣之响。"东晋谢灵运《登临海峤初发疆中作与从弟惠连可见羊何共和之》其四有云："攒念攻别心，且发清溪阴。暝投剡中宿，明登天姥岑。高高入云霓，还期那可寻？傥遇浮丘公，长绝子徽音。"天姥山自谢灵运吟咏以来便成为文人向往之地，除了李白之外，杜甫《壮游》诗云："剡溪蕴秀异，欲罢不能忘。归帆拂天姥，中岁贡旧乡。"白居易《沃洲山禅院记》中亦云："东南山水，越为首，剡为面，沃洲、天姥为眉目。"

"海客"指在海上来往，或经商或旅行的人。"瀛洲"是神话里的海上仙山，《史记·封禅书》载："自威、宣、燕昭，使人入海求蓬莱、方丈、瀛洲。此三神山者，其传在渤海中，去人不远；患且至，则船风引而去。盖尝有至者，诸仙人及不死之药皆在焉。其物禽兽尽白，而黄金银为宫阙。未至，望之如云；及到，三神山反居水下。临之，风辄引去，终莫能至云。世主莫不

① 施宿. 嘉泰会稽志［M］//文渊阁四库全书本.

甘心焉。"《史记·始皇本纪》："既已，齐人徐市等上书，言海中有三神山，名曰蓬莱、方丈、瀛洲，仙人居之。请得斋戒，与童男女求之。于是遣徐市发童男女数千人，入海求仙人。"《十洲记》云："瀛洲在东海中，地方四千里，大抵是对会稽，去西岸七十万里。上生神芝仙草，又有玉石，高且千丈。出泉如酒，味甘，名之为玉醴泉，饮之，数升辄醉，令人长生。洲上多仙家，风俗似吴人，山川如中国也。"

烟涛微茫，波涛浩渺似烟雾笼罩，使得海上的景象模糊不清。信，确实。越人，越为春秋时国名，都会稽（今浙江省绍兴市），后以"越人"代指今浙江一带的人。云霓，彩云，彩霞。明灭，忽明忽暗，指天姥山在云彩中时隐时现。连天，形容天姥山脉高耸入云，与天相连。拔，超出，高出。五岳，指东岳泰山、西岳华山、中岳嵩山、北岳恒山、南岳衡山。掩，遮盖。赤城即赤城山，位于浙江天台县西北，高三百余米，山色赤赭如火，又称"烧山"，是水成岩剥蚀残余的一座孤山，因山上赤石屏列如城，望之如霞，故此得名，是天台山中唯一的丹霞地貌景观。东晋孔晔《会稽记》载："赤城山，土色皆赤，状似云霞，望之如雉堞……旧志一名烧山，西有玉京洞，道书以为第六洞天。"天台，指天台山，在今浙江省天台县北部。"对此欲倒东南倾"，面对着高大的天姥山，天台山就好像要因错愕而后仰，倒向它的东南方向。天台山位于天姥山之东南方不远处，故云。以上为此诗第一部分，描绘作者"听闻中的天姥山"。

"因之梦吴越"，按照听闻中的传说在梦中前往江南吴越的故地。吴越，泛指长江下游地区，尤指今江浙一带。"一夜飞度镜湖月"，一晚上就飞越了月光笼罩下的镜湖。镜湖，一名鉴湖，横贯山阴、会稽两县。该湖是古代江南历史上一项著名的水利工程，由东汉会稽太守马臻（88—141 年）于永和五年（140 年）征发当地民工修筑，汇聚三十六源之水于湖中，"水高丈余，田又高海丈余。若水少则泄湖灌田，如水多则闭湖泄田中水入海，以无凶年。其堤塘，周回三百一十里，溉田九千余顷。"（杜佑《通典》卷 182《州郡十二》）李白《子夜吴歌》（其二）云："镜湖三百里，菡萏发荷花。五月西施采，人看隘若耶。回舟不待月，归去越王家。"

剡溪，水名，位于嵊县（今浙江省嵊州市）境内，剡溪由南来的澄潭江和西来的长乐江汇流而成，流至上虞，与曹娥江相接，以风景优美著称，中唐诗人杨凌《剡溪看花》："花落千回舞，莺声百啭歌。还同异方乐，不奈客愁多。"谢公宿处，指谢灵运《登临海峤初发疆中作与从弟惠连可见羊何共和之》其四中所云"暝投剡中宿，明登天姥岑"之处。渌，清澈。清，凄清。谢公屐，《南史·谢灵运传》："寻山陟岭，必造幽峻，岩嶂数十重，莫不备尽。登蹑常着木屐，上山则去其前齿，下山去其后齿。尝自始宁南山伐木开径，直至临海，从者数百。"①青云梯，指直上云霄的山路，谢灵运《登石门最高顶诗》："惜无同怀客，共登青云梯。""半壁见海日"，在高峭的石壁上攀爬到一半的时候，就能看到东海上旭日东升。天鸡，传说中的神鸡，任昉《述异记》载："东南有桃都山，上有大树，名曰桃都。枝相去三千里，上有天鸡。日初出照此木，天鸡则鸣，天下鸡皆随之鸣。"②迷花倚石，靠着石头迷恋地欣赏山中的花草。暝，日落，眼中的景物变得模糊。殷，盛大貌，此处读作yǐn，用为动词，引申为声音盛大，震荡于山间。栗，使战栗。层巅，层层叠叠的山崖。澹澹，水波动貌。

列缺，闪电，司马相如《大人赋》："贯列缺之倒景"。摧，崩坏。洞天，道教称仙人居住的洞府，含有洞中别有天地的意思。石扉，石门。訇然，大声。青冥，青天，屈原《九章·悲回风》："据青冥而摅虹兮，遂倏忽而扪天。"浩荡，广阔远大的样子。金银台，神仙所居之金阙银台。郭璞《游仙诗十九首》其六："神仙排云出，但见金银台。"云之君，云之神，屈原《九歌》有《云中君》篇。虎鼓瑟，张衡《西京赋》："白虎鼓瑟，苍龙吹篪。"鸾回车，鸾鸟驾着车。鸾，传说中的如凤凰一类的神鸟。回，旋转，运转。《太平御览·道部·真人》上引《白羽经》："太真丈人，登白鸾之车，驾黑凤于九源。"列如麻，像苎麻一般密集，《汉武帝内传》引上元夫人《步玄之曲》："忽过紫微垣，真人列如麻。"以上为诗的第二部分，写梦游天姥所见景象。

魂悸以魄动，魂魄悸动。恍，猛然。嗟，叹。向来，指觉醒之前的梦中。烟霞，烟雾云霞，指仙境。亦如此，指也像梦境一般虚幻。白鹿，神仙隐士的坐骑，庄忌《哀时命》："浮云雾而入冥兮，骑白鹿而容与。"青崖，青山。访名山，前往名山求道学仙。摧眉，垂眉，作谄媚之态。折腰，鞠躬下拜，萧统《陶渊明传》："渊明叹曰：'我岂能为五斗米，折腰向乡里小儿！'即日

①　李大师，李延寿. 南史［M］//文渊阁四库全书本.
②　高步瀛. 唐宋诗举要［M］. 上海：上海科学技术文献出版社，2021.

解绶去职，赋《归去来》。"此为全诗第三部分，写梦醒后的所思，表达自己追求自由、不违初心的志向。

"此行不为鲈鱼鲙，自爱名山入剡中"（《秋下荆门》），李白在写这首诗的时候并虽然已经有过江南漫游的经历，但没有到过天姥山，因此全凭想象，故云"梦游"。此诗先以"越人"之口，极言天姥山的高峻险拔和云遮雾绕，并以"海客"所说的"瀛洲"相映衬，突出天姥山虚无缥缈的玄幻意境，字里行间，充满了作者对如仙盛境的向往之情。

才华横绝一世的李白，对天姥这座名山的梦游的描写，充满了道家特有的奇思妙想，可以说别开生面，光怪陆离。他再次发挥了自己超人的想象力，从"一夜飞度镜湖月"到"湖月照我影，送我至剡溪"，短短几句话，就完成了从东鲁到镜湖、从镜湖到剡溪的两连跳。他在梦中见到了谢灵运当年为攀登天姥山而留宿的地方，又循着他的脚步，踏上了天姥的陡峭山道。登到一半时遥望海上日出，又听见空中"天鸡"打鸣之声，虚实相间，令人迷醉，非胸中素有烟霞之人不能道出此境。而登山的艰苦过程中，又有极其曼妙的景物作伴，乃不知暮之将至。待天色晦暗下来，在深山密林中耳闻熊咆龙吟之声，则又令人不寒而栗。直到电闪雷鸣，山石崩裂，一个仙人的世界又呈现在诗人的笔下，他眼中看到的是湛蓝深邃的天空下，日月照耀着金碧辉煌的楼台，仙人们身着五彩的云霓，驾风而至，老虎弹着琴，鸾凤拉着车，在飘飘的仙乐中，神仙密密麻麻地列队而出，真是美轮美奂，令人目不暇接……

全诗的重心在于第三部分，因为第三部分又落回了现实。梦境终究是虚无的，这一点，在长安为官的两年多里，李白已经有了深刻的体会，那装饰豪奢的宫殿、衣着华丽的仙人，不正是帝京生涯的写照吗？然而他最终离开了"仙界"，回到了"人间"，惆怅之余，只能让他进一步感受到本真生活的可贵，而最后两句的直抒胸臆，更是彰显了李白式的高度自信、坚强不屈与桀骜不驯，使全诗超脱于单纯的游仙记梦，呈现出超拔的精神力量。

《梦游天姥吟留别》是李白的代表作，也是"浙东唐诗之路"上的诗眼，很难想象如果没有这首喷薄有力的作品存世，会有多少人特意来到新昌，来到天姥山下，甚至历经艰险，跋涉山间，登上顶峰，望着四下里算不上十分出众的风景，却内心感慨欢喜，庆幸终于如愿以偿？而在中国，因李白的作品或行迹而闻名天下的山川形胜，又何止一个天姥山呢。

新昌天姥山

剡溪

　　嵊州是中国第二大剧种越剧的发源地，越剧的雏形是清末嵊县农村开始流行的"落地唱书"，本是一种民间说唱艺术。本世纪初，演变为舞台戏曲，称为"小歌班"，后进入上海，逐渐借鉴吸收绍兴大班等的伴奏和表演形式，形成自己的艺术特色，后改称"绍兴文戏"，吸收京剧、绍剧的表演程式，向古装大戏发展。20 世纪 20 年代，正式改称"越剧"，并开始风靡上海，涌现了一大批广受欢迎的明星演员。1955 年，上海越剧团成立，这一起源于浙东山区的地方剧种，开始走向全国和世界。今天在越剧的故乡嵊州市，建有越剧博物馆，是嵊州文化之旅的重要站点。

嵊州越剧博物馆

第二节　天台四万八千丈：天台、临海、仙居

　　台州下属天台县位于新昌县以南，因境内的天台山得名。李白《梦游天姥吟留别》中也写到了天台、赤城二山："天姥连天向天横，势拔五岳掩赤城。

天台四万八千丈，对此欲倒东南倾。"天台山，系仙霞岭中支，地处宁波、绍兴、金华、台州的交界地带，主峰华顶山位于天台县东北，海拔 1 098 米。

天台山主要有国清寺、石梁瀑布、铜壶滴漏、华顶、琼台、万年寺等名胜。国清寺位于天台县城郊外，是天台山目前最大的寺庙。国清寺始建于隋开皇十八年（598 年），初名天台寺，现存建筑为清雍正十二年（1734 年）重修。国清寺四面环山，寺前有九曲溪流、隋代宝塔和大片稻田，形成令人过目难忘独特风景。

国清寺是天台名刹，隋代高僧智者大师（智顗）在国清寺创立天台宗。唐时日本留学僧最澄至天台山取经，从道邃学法，回国后在日本比睿山建延历寺，遂为日本天台宗之祖，并尊国清寺为祖庭。历代名僧如唐代的一行法师、寒山、拾得、济公和尚，日本东密开宗祖师空海等均曾在国清寺驻锡。

石梁飞瀑是天台山最著名的自然景观，又名"花岗岩天生桥"。天台石梁长约 7 米，桥面宽不盈尺，横亘在两山峭壁之间，"飞瀑"历经三折穿梁而过，再从 40 米高的悬崖奔泻而下。明代旅行家徐霞客游天台山时曾多次从不同角度观察石梁，甚至曾在梁上行走，从而发出"毛骨俱悚"[①]的感叹。

天台山国清寺风光

① 徐弘祖. 徐霞客游记·游天台山日记［M］. 上海：上海古籍出版社，2016.

国清寺内的寒山、拾得和丰干像

天台山石梁飞瀑

赤城山，高 338.8 米，号称天台山的南门，山色赤赭如火，又称"烧山"，是水成岩剥蚀残余的一座孤山。赤城山"圆顶特起，望之如城，而石色微赤"，①故此得名，是天台山中唯一的丹霞地貌景观，山顶有赤城塔，为南朝梁岳阳王妃所建，故又称"梁妃塔"。赤城山南的永宁村是济公故里，山上建有济公院。古时，赤城的名望，不亚于天台山。唐代诗人孟浩然《舟中晓望》诗云："挂席东南望，青山水国遥。舳舻争利涉，来往接风潮。问我今何去，天台访石桥。坐看霞色晓，疑是赤城标。"

天台赤城山

唐代著名诗僧寒山，一称寒山子，传为贞观时人，据考证，俗姓杨，为隋皇室后裔，后出家。曾于苏州结庵而居，后寺名寒山，名扬天下。寒山曾居始丰县（今浙江天台）翠屏山寒岩数十载，自号寒山子，吟诗唱偈，与国清寺僧丰干、拾得等游。寒山平时行为怪诞，言语疯魔，"唯于林间缀叶书词颂，并村墅人家屋壁所抄录，得二百余首，今编成一集，人多讽诵。"（赞宁《宋高僧传》）其诗语言通俗浅白，风格近王梵志，内容除演说佛理之外，多描述山水景物和世态人情，在海外亦享有一定的知名度，有《寒山诗集》传世。

---

① 徐弘祖. 徐霞客游记［M］. 上海：上海古籍出版社，2016.

寒山隐于寒岩时所作诗有云:"杳杳寒山道,落落冷涧滨。啾啾常有鸟,寂寂更无人。淅淅风吹面,纷纷雪积身。朝朝不见日,岁岁不知春。"(《诗三百三首》其三十一)此诗境界冷寂,但特色鲜明,钱锺书曾云:"寒山妥帖流谐之作,较多于拾得。如《杳杳寒山道》一律,通首叠字,而不觉其堆垛。"①"杳杳",幽远貌。"落落",冷落寂静的样子。"淅淅",状风雨声,一作"碛碛","碛",沙也。全诗明白如话,描写了诗人隐居寒岩时的枯淡生活和超然物外的心境。

顾炎武《日知录》说:"诗用迭字最难。《卫风》'河水洋洋,北流活活,施罛濊濊,鳣鲔发发,葭菼揭揭,庶姜孽孽'。连用六迭字,可谓复而不厌,赜而不乱矣。古诗'青青河畔草,郁郁园中柳。盈盈楼上女,皎皎当窗牖。娥娥红粉妆,纤纤出素手。'连用六迭字,亦极自然。下此即无人可继。"②顾炎武提出了迭字使用的最高准则:重复而不令人生厌,精妙而不显得混乱。而寒山的这首诗,恰恰就符合这一准则,虽然每一句都用迭词,但变化多端,别致有序。"杳杳"提供了寒岩幽暗深邃的总体概貌,"落落"既传达出环境的冷清寂寞,从字面来看,还包含着一种高低上下的寓意,从而和"杳杳"相呼应,构筑了寒岩立体而全面的观感。"啾啾"模拟鸟声,"寂寂"则表示无人声,与"鸟鸣山更幽"(王籍《入若耶溪》)异曲同工,但书写更为具象,意境更为幽冷。"淅淅"模拟风雨的声音,"纷纷"则状写雪的样貌,虽同是世间动态,但维度不同,显得丰富多彩。"朝朝"与"岁岁"虽都表示世间,但一长一短,寓意短长堆叠,岁月绵长,貌似单调,实则饱含天地至理,以及平凡世界中所隐含的禅意。这首诗巧用迭词来书写寒山在寒岩日复一日、年复一年的隐居生活,又毫无人工做作的痕迹,极见作者的文字功力,以及对人生哲理的深刻体悟。

史载寒岩在"始丰县西七十里",③今天从天台县城到寒岩的直线距离大约是 20 千米,而且公共交通并不十分方便,先要坐公交车到街头镇,再换乡村公交车到寒岩,街头镇的公交车站位于一片农田里,田野里有好几头黄牛在悠闲地吃草。打听到下一班去寒岩的乡村公交要一个多小时以后才会发车,

---

① 钱锺书. 谈艺录 [M]. 北京:中华书局,1984.
② 顾炎武. 日知录 [M]. 北京:团结出版社,2022.
③ 释道原. 景德传灯录 [M]. 上海:上海书店出版社,2010.

只能在镇中心公园叫了一部网约车前往。见到碧水潺潺的始丰溪，我赶忙叫司机停下，决定步行走这最后一千米的路程。

尽管阳光炽烈，但乡村的风景令人愉悦，高大连绵的寒岩近在眼前，道边野花盛开，还有一个一亩见方的莲池，芙蓉盛放，与远山相映成趣。到了通往寒岩的一条岔路，路口有一个小卖部，说明平时也会不时有人过来寻访。此地已经非常荒疏，如果没有这个小卖部，面对杂草丛生的小径，我恐怕还会踌躇一番。小径两边插着简陋的木牌，上面用毛笔书写着寒山的诗作，登上石阶，便能看到一线细细的瀑布从岩顶泻下，再往左转登上，便能看到寒山曾经隐居的岩洞。

岩洞出人意料地宽广，但并不高深，从里面朝外望，则视野非常开阔，能看到远处的山峦和近处的林木，洞口还有一堆大石可作遮掩，其中一块石头如龟远眺之状，别有生趣。尽管如此，在这样远离尘嚣甚至可以说荒无人迹的地方居住数十年，没有超强的毅力和开阔的心胸是不可能做到的。史料中说，僧"以其本无氏族，越民唯呼为'寒山子'。"①时人不知其所来，今人亦不知其所往，唯有诗歌语录流传人间，这也许是真正的大彻大悟者之所为。

寒山栖身之处——天台寒岩

---

① 释赞宁. 宋高僧传［M］. 北京：中华书局，1987.

　　仙居县位于天台县西南，属于浙南山区一部，县内海拔 1 000 米以上的山峰有不下百座，主要山脉有仙霞岭、括苍山、大雷山等。仙居县城西南方的"神仙居"，旧称韦羌山，位于白塔镇淡竹乡仙居国家公园内，属括苍山系，主峰大青岗海拔 1 271 米。该地区沟谷交错，植被茂密，物产丰富，李时珍《本草纲目》中曾多次提及此山出产的各种菌类，而宋代里人陈仁玉著有一部食用菌专著《菌谱》。神仙居一带属于典型的流纹岩地貌，是世界上最大的火山流纹岩地貌集群之一。

　　境内古刹西罨寺，寺侧巨峰摩天，原为北宋雪崖禅师所建，明代官至都察院左都御史的吴时来年轻时曾在此读书。民国时期塌毁，现仅存遗址。观音山是神仙居景区内单体最高最大的柱峰，因形态酷似观音菩萨而得名，是柱峰景观的典型代表。北宋仙居知县郭三益曾有《韦羌山式公绿筠庵诗》云："道人栖碧山，云居在空曲。十年海潮音，利物缘已熟。更寻妙高顶，超然具幽筑。古木插空青，寒筠抱岩绿。时携贝叶书，步入深林读。云衣冷萧条，静对含烟玉。客来境非喧，客去境自足。宵眠护禅虎，昼引衔花鹿。庵中三昧语，药我贪瞋毒。何当脱双凫，藜杖追高躅。"

神仙居"观音山"

　　元代书法家、画家、诗人柯九思，出生于神仙居附近的柯思岙村。其父柯谦，曾任翰林国史检阅、江浙儒学提举。柯九思受其父影响，自幼爱好书画。元文宗时，柯九思被授予典瑞院都事，后擢为奎章阁鉴书博士，专门负责内廷所藏的金石书画的鉴定。柯九思与奎章阁侍书学士虞集一起常侍皇帝左右，深得信任。后由于同僚嫉妒，被罢，流寓吴下。文宗殁后，继任的元顺帝联合脱脱罢黜伯颜，又大肆打击旧党，并革罢了文宗所设太禧院、宗禋院、艺文监和奎章阁，改立宣文阁、崇文监。柯九思于失望之余，时常来往于玉山雅集，与顾阿瑛、张翥、杨维桢、黄公望、倪瓒等人交游，直至至正三年（1343 年）去世。

　　柯九思是元代最负盛名的鉴藏家，一生好文物，富收藏，精鉴赏。博学能诗文，善书，四体八法俱能起雅去俗，素有诗、书、画三绝之称。柯九思的绘画以"神似"著称，擅画竹，并受赵孟影响，主张以书入画。柯氏书法最擅行楷，字体早期秀逸，晚年沉郁，雄伟中具质朴之骨力，厚重中见挺拔之秀气，具有独特的艺术魅力。

仙居柯九思故里柯思岙村"文昌阁"

　　晚唐诗人项斯字子迁，乐安县（今仙居）人。会昌四年（844 年）进士，官终丹徒尉，卒于任所。项斯未及进士时，即有诗名，为张籍、杨敬之（韦

应物外孙）等所激赏，后者曾赠诗曰："几度见诗诗总好，及观标格过于诗。平生不解藏人善，到处逢人说项斯。"（《赠项斯》）

项斯年轻时曾筑草庐于仙居县东二十里朝阳峰前、永安溪畔，终日读书吟诗，其《忆朝阳峰前居》诗云："每忆闲眠处，朝阳最上峰。溪僧来自远，林路出无踪。败褐黏苔遍，新题出石重。霞光侵曙发，岚翠近秋浓。健羡机能破，安危道不逢。雪残猿到阁，庭午鹤离松。此地虚为别，人间久未容。何时无一事，却去养疏慵。"今朝阳峰下有三学寺，旧名西仁寺，后改遇明寺，南宋时改今名，项斯朝阳峰旧居即在此附近的项斯坑，两地相去仅五里，《大宋台州永安县遇明禅寺碑铭并序》曾载："永安遇明院者，即梁朝西仁寺也，居州之西北七十里，天监二年奉敕之所建也。地分牛宿，境占神皋，前枕寒溪，后连翠窦，桃源、天姥、顶湖、括苍，烟霞一开，远近如画。项斯之宅可寻也，麻姑之峰可登也。甘露绝名，又何让也。"[1]

仙居三学禅寺

---

① 黄瑞. 台州金石录［M］. 北京：文物出版社，1982.

仙居永安溪

仙居迎晖门

　　仙居之东的临海市，三国时置县，属会稽郡，不久后又分会稽郡东部置临海郡，辖章安、临海、始丰、永宁、松阳、罗阳、罗江七县。历史上，临海长期作为台州州治所在，积累了丰厚的文化传统。至今保存较为完好的台州古城墙，始建于晋，扩建于隋唐，全长六千米。城墙北枕大固山，南接巾子山，前绕灵江，东滨东湖，城北部最为险峻，逶迤曲折，气势恢宏，人称"江南长城"。城墙有靖越门、兴善门、镇宁门、望江门、括苍门等城门，以及瓮城、敌台等。

临海古城墙

　　至德二年（757 年）由于在安史乱中出任伪职，朝官郑虔来到贬谪地台州，出任司户参军一职。郑虔为杜甫的同乡好友，他赴台州贬所时，杜甫作《送郑十八虔贬台州司户伤其临老陷贼之故阙为面别情见于诗》赠之。后又作《有怀台州郑十八司户》《题郑十八著作虔》《所思》等，表达怀念之情，《所思》诗云："郑老身仍窜，台州信所传。为农山涧曲，卧病海云边。世已疏儒素，人犹乞酒钱。徒劳望牛斗，无计斸龙泉。"乾元二年（759 年），郑虔在台州去世，杜甫得信后，又作《哭台州郑司户苏少监》。

临海"江南长城"

临海城内的郑虔与杜甫像

戴复古是南宋著名的诗人，江湖诗派的代表人物，他字式之，号石屏、石屏樵隐，天台黄岩（其出生地在今温岭市境内）人。戴复古年少父母双亡，一生布衣，独笃意于诗，曾从林宪、徐似道诸名士游，亦曾登大诗人陆游之门。自宁宗庆元年间即四处浪游，遍谒达官朝士，节帅名公，行踪遍及东吴、浙西、襄汉、北淮、南越，自谓"落魄江湖四十年"。嘉熙元年（1237 年），归隐于南塘石屏山下，悠游吟咏度日。著有《石屏诗集》10 卷、《石屏长短句》等。

温岭市戴复古祠内的戴复古像

温岭市东北有长屿硐天景区，系北雁荡山余脉，山峦海拔在 150 米左右，因山峦蜿蜒起伏，犹如海上一座狭长的岛屿而得名。主要的景观是长屿硐群，系自南北朝以来人工开采石板后遗留的诸多宽窄不一的洞穴，既可赏景，亦为避暑之所。明代里人李璲诗云："独秀峰下翠作堆，幽楼如入小蓬莱。山中瑶草无人识，洞里桃花空自开。"

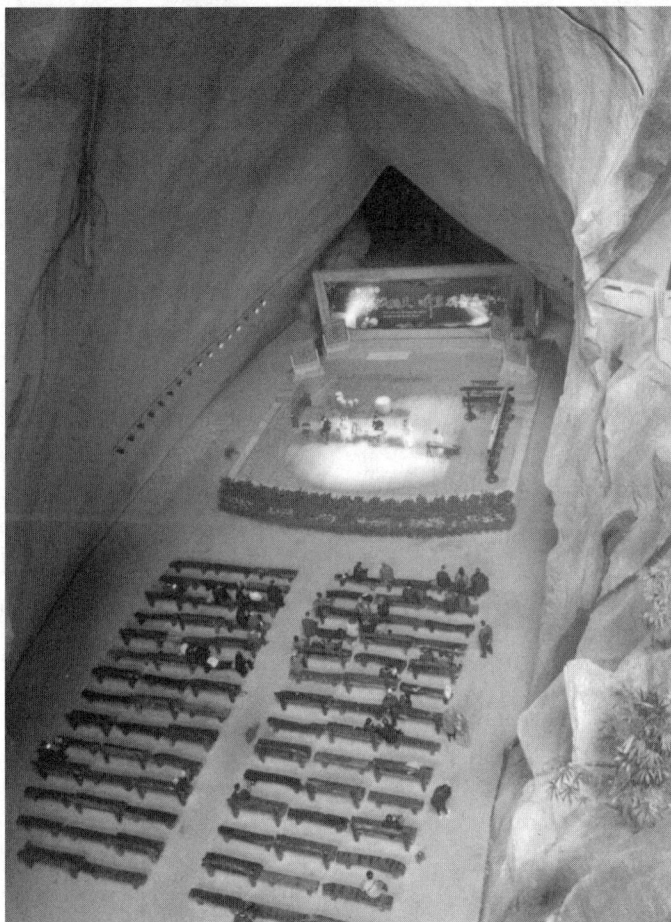

温岭长屿洞天内的音乐厅

第四章 瓯江诗路

第一节 丽水地区

　　丽水古称括州、处州，是瓯江的发源地，瓯江是浙江第二大江，发源于龙泉市与庆元县交界的百山祖西北麓锅帽尖，自西向东流，贯穿整个浙南山区，流经丽水、温州二市，干流全长380余千米，从温州市流入东海温州湾。瓯江口是我国列长江口、黄河口、珠江口、钱塘江口之后的一大主要河口，航运业发达。丽水地区的地貌以山区和丘陵为主，由西南向东北倾斜，九成以上属山地，素有"九山半水半分田"之称。以故，丽水地区的主要名胜大部分属山水景观。

丽水市处州府城

丽水府城所在，古称洞溪，即瓯江干流大溪与支流好溪的汇合处，风景优美，唐代诗人方干《处州洞溪》诗赞曰："气象四时清，无人画得成。众山寒叠翠，两派绿分声。坐月何曾夜，听松不似晴。混元融结后，便有此溪名。"

北宋词人秦观（1049—1100 年）于绍圣元年（1094 年）闰四月，被贬为处州酒监税，至绍圣三年（1096 年）春徙郴州，秦观在处州生活了一年多的时间，作有《千秋岁·水边沙外》《好事近·春路雨添花》《处州闲题》《处州水南庵二首》等，其中《千秋岁》词云："水边沙外，城郭春寒退。花影乱，莺声碎。飘零疏酒盏，离别宽衣带。人不见，碧云暮合空相对。忆昔西池会，鹓鹭同飞盖。携手处，今谁在？日边清梦断，镜里朱颜改。春去也，飞红万点愁如海。"当时的南园（即今万象山公园一带）是秦观常常流连之地，山上曾建有秦淮海祠。

到了南宋乾道三年（1167 年），范成大出知处州。范成大字至能，早年自号此山居士，晚号石湖居士。平江府吴县（今苏州市）人。宋高宗绍兴二十四年（1154 年）进士，官至参知政事，死后累赠少师、崇国公，谥"文穆"。范成大与杨万里、陆游、尤袤合称南宋"中兴四大诗人"。著作有《石湖集》《揽辔录》《吴船录》《吴郡志》《桂海虞衡志》等著作传世。今人整理有《范石湖集》。范成大一生仕途中曾两度在浙江为官，分别为处州知州（1167 年）和明州知州（1180 年），又曾经在都城临安（今杭州）长期为官，可谓与浙江有缘。

在处州，为追怀秦观，范成大在南园内建亭，取少游作于处州的《千秋岁·水边沙外》词中之语"花影乱，莺声碎"，命名为"莺花亭"。并作有《次韵徐子礼提举莺花亭》六首，其六咏少游故事曰："古藤阴下醉中休，谁与低眉唱此愁。团扇他年书好句，平生知己识儋州。"

丽水城郊碧湖镇，有通济堰，始建于南朝萧梁天监四年（505 年），由长275 米、宽 25 米、高 2.5 米的拱形拦水大坝以及进水闸、石函、淘沙门、渠道、大小概闸、湖塘等部分组成。通济堰最初为木条结构，南宋开禧元年（1205 年），闲居故里的前高官何澹奏请朝廷调兵 3 000 人，疏浚处州通济堰，将木坝改为石坝。南宋晁公溯《视通济堰》诗云："往年初堰坏，乐岁亦民饥。再见龙尾水，如兴鸿却陂。名同召伯埭，人立许杨祠。祝史有祀事，歌予迎送诗。"

通济堰是一个以引灌为主，蓄泄兼备的水利工程。2001 年 6 月，通济堰被中华人民共和国国务院公布为第五批全国重点文物保护单位。2014 年 9 月，又被列入世界首批灌溉工程遗产和联合国教科文组织遗产目录。

丽水万象山公园烟雨楼，此处原有秦淮海祠，今废

地处丽水东北部的缙云县，位于浙南腹地，以境内古缙云山而得名，"缙云"是中华民族人文始祖轩辕黄帝的号。谢灵运《名山记》载："缙云山旁有孤石，屹然干云，高二百丈，三面临水，周围一百六十丈。顶有湖，生莲花。有岩相近，名步虚山，远而望之，低于步虚，迫而视之，步虚居其下。……中岩上有峰，高数十丈，或如莲花，或如羊角，古老云：'黄帝炼丹于此。'"缙云山仙都为今缙云之名胜，由鼎湖峰、小赤壁、仙都观、倪翁洞、朱潭山等组成，并有黄帝祠。

鼎湖峰又称"天柱峰"，它东靠步虚山，西临练溪水，拔地而起，高约 160 米，峰顶有小湖，湖周苍松翠柏掩映。相传轩辕黄帝曾置炉于峰顶炼丹，丹成黄帝跨赤龙升天时，丹鼎坠落而积水成湖，故名鼎湖，唐代诗人徐凝《题缙云山鼎池》诗云："黄帝旌旗去不回，空馀片石碧崔嵬。有时风卷鼎湖浪，散作晴天雨点来。"南宋状元王十朋《游仙都》诗云："皇都归客过仙都，厌看西湖看鼎湖。洞接龙泓片云近，山分雁荡一峰孤。香清天上碧华落，音好林间青鸟呼。天遣林泉慰吾辈，不容身世老迷涂。"

作者大学时代在仙都鼎湖峰

松阳县位于丽水地区中部，建县于东汉建安四年（199 年），是典型的浙西南山区县域，常住人口 20 余万人。在松阳县城的中心地带，坐落着南宋女诗人张玉娘的诗文馆。张玉娘字若琼，自号一贞居士，处州松阳（今松阳）人，为提举官张懋之女，生有殊色，敏惠绝伦。及笄，字表兄沈佺，不久张父悔婚，沈佺与玉娘私相结纳，不忍背负。佺尝宦游京师，时年二十有一，两感寒疾不治身故。张玉娘遂郁郁寡欢，终得阴疾以卒，时年二十有八。

张玉娘为文酝藉，诗词尤佳，当事人以东汉女史班昭比之。有侍儿紫娥、霜娥，皆有才色，善笔札。所畜鹦鹉，亦辩慧，能知人意事，因号"闺房三清"。张玉娘卒日，侍儿皆哭之恸。逾月，霜娥以忧死，紫娥遂自经而殉。诘旦，鹦鹉亦悲鸣而降。家人皆从殉于墓，时或称张墓为"鹦鹉冢"。所著有《兰雪集》两卷，试录其二首。《暮春夜思》："夜凉春寂寞，淑气浸虚堂。花外钟初转，江南梦更长。野春鸣涧水，山月照罗裳。此景谁相问，飞萤入绣床。"

松阳县张玉娘诗文馆

鹦鹉塚遗址

《晚楼凝思》："鸳鸯绣罢阁新愁，独抱云和散画楼。风竹入弦归别调，湘帘卷月笑银钩。行天雁向寒烟没，倚槛人将清泪流。自是病多松宝钏，不因宋玉故悲秋。"2021 年，一座崭新的西式建筑张玉娘诗文馆对外开放，附近有鹦鹉塚遗址和兰雪井遗址等遗迹，以及 88 块刻有张玉娘作品的诗文碑。

丽水东南部的青田县紧邻温州地区，明初著名文人刘基的诞生地和早年活动区域，就位于青田和今温州市文成县一带。刘基是明代重要的政治家、文学家和思想家，元武宗至大四年（1311 年）出生于江浙行省处州路青田县南田武阳村（今属温州市文成县南田镇），武阳是偏僻的山村，距当时的青田县治尚有一百五十里之遥，但由于出生于习儒世家，所以他自幼得到了良好的教育，十四岁时被送到处州路学读书。至顺四年（1333 年）举进士。授江西高安县丞。后任江西行省职官掾史、江浙行省儒学副提举、浙东元帅府都事、江浙行省都事、郎中等职，因遭排挤愤而辞官，回乡隐居著述。

至正二十年（1360 年），刘基应朱元璋之请，至应天（今南京），任谋臣，参与机要决策，被朱元璋称为"吾子房也"（《明史》本传）。朱元璋称帝后，任御史中丞兼太史令，洪武四年（1371 年），因与左丞相胡惟庸交恶，赐归乡里，直至去世，谥"文成"。刘基具有比较系统的文学思想，在明初文坛上占有重要地位。他从儒家"诗教"思想出发，强调作品的教化作用。刘基贬斥元代以来的纤丽文风，提倡"师古"，力主恢复汉唐时期的文学传统，对明初文风由纤丽转向质朴起了重要作用。刘基一生著作颇丰，有《覆瓿集》《写情集》《犁眉公集》等传世。

刘基曾作思乡诗曰："饱食无一事，一日复一夕。倚门望圆穹，白云在空碧。来鸿与去燕，岁晚各有适。英英黄金花，粲粲好颜色。采撷贵及时，霜露已盈积。掩门还独坐，浩然怀往昔。惟有故乡梦，可以慰岑寂。"（《秋怀》其六）今天刘基的故里南田武阳村已归属文成县，辖于温州市，1946 年，国民政府行政院核准以瑞安、青田、泰顺三县边区析置文成县，县名即来自刘基的谥号。今刘基故里尚有刘基庙、刘基墓等遗迹。

青田石门洞，为瓯江奇景，位于县城西北三十千米瓯江之畔。临江旗、鼓两峰劈立，对峙如门，故称"石门"，为道教名山的三十六洞天之第十二洞天，还有悬崖飞瀑之景，历代名流如谢灵运、陆游、刘基等均曾来此，附近建有刘文成公祠堂。南宋状元王十朋曾二游石门洞，并作诗云："雁山饱见两

青田县大溪风光

青田县南田镇刘基庙

龙湫，洗眼新观石洞流。欲向故乡寻白鹿，先来仙隐访青牛。破荒喜诵刘郎句，跻险思从谢客游。天下林泉看未足，分将身世早休休。"（《游石门洞》）"谁把银河水，直从天半倾。好流人世去，一洗四维清。"（《重游石门洞》其二）

青田石门洞瀑布

　　位于丽水地区西北部的遂昌县县城，有遗爱祠，是康熙年间为纪念明代戏曲家汤显祖而建的，现门墙犹存。汤显祖（1550—1616年），江西临川（今抚州）人，字义仍，号海若、若士、清远道人，明代戏曲家、文学家。万历十一年（1583年）进士，在南京先后任太常寺博士、詹事府主簿和礼部祠祭司主事。明万历十九年（1591年）目睹当时官僚腐败愤而上《论辅臣科臣疏》，触怒了皇帝而被贬为徐闻典史，后调任浙江遂昌知县，一任五年，万历二十六年（1598 年）弃官归里。作为明代最具影响力的剧作家，其《还魂记》《紫钗记》《南柯记》《邯郸记》合称"临川四梦"，其中《还魂记》（又名《牡丹亭》）代表作。汤显祖也是一位诗人，其作于遂昌任上的《竹院烹茶》诗曰："君子山前放午衙，湿烟青竹弄云霞。烧将玉井峰前水，来试桃溪雨后茶。"

石门洞刘文成公祠内刘基像

在龙泉市的岩后村，有南宋江湖诗人叶绍翁故居遗址。叶绍翁本姓李，字嗣宗，号靖逸，祖籍建州浦城（今属福建），后嗣于龙泉叶氏，尝从叶适学习，与真德秀游，其学以朱熹为宗。曾以寒士应举，并在朝为官，但仕历无考，亦曾寄食于贵官。其悼念岳飞诗，有名于时："万古知心只老天，英雄堪恨复堪怜。如公更缓须臾死，此房安能八十年。漠漠凝尘空偃月，堂堂遗像在凌烟。早知埋骨西湖路，学取鸱夷理钓船。"（《题鄂王墓》）后隐居于钱塘（今杭州）西湖之滨，与江湖诗人葛天民、陈起、周端臣、徐集孙、许棐等来往酬唱。

其诗语言清新，尤以七绝见长。《游园不值》是其最著名的作品："应怜屐齿印苍苔，小扣柴扉久不开。春色满园关不住，一枝红杏出墙来。"历来为人传诵。著有《四朝闻见录》五卷，叙宋高宗、孝宗、光宗、宁宗四朝逸事，摭罗遗佚。诗集有《靖逸小集》《靖逸小稿补遗》等。

遂昌汤显祖纪念馆

龙泉市岩后村叶绍翁故里雕塑

第二节　温州地区

温州市位于浙江最南部，是瓯江出海处，东濒东海，南毗福建。温州古属瓯地，也称"东瓯"，东晋永昌二年（323 年）建郡，称永嘉，传说建郡城时有白鹿衔花绕城，故名"鹿城"。上元二年（675 年）始称温州。

422 年，谢灵运任永嘉郡太守，他游历温州山水，写下《登池上楼》《登江中孤屿》等众多佳作，给温州这座名城留下了众多文学遗迹地，其中现存最著名的当属江心孤屿，俗称江心屿，位于温州市区瓯江之中，岛上名胜古迹众多，风景秀丽，东西双塔凌空，映衬江心寺，历来被称为"瓯江蓬莱"。

谢灵运《登江中孤屿》："江南倦历览，江北旷周旋。怀新道转迥，寻异景不延。乱流趋孤屿，孤屿媚中川。云日相辉映，空水共澄鲜。表灵物莫赏，蕴真谁为传。想像昆山姿，缅邈区中缘。始信安期术，得尽养生年。"此诗一出，即广为流传，影响深远，后世历代诗人游温州时，多有五言之仿作，唐孟浩然《登江中孤屿赠白云先生王迥》诗云："悠悠清水江，水落沙屿出。回潭石下深，绿筱岸傍密。鲛人潜不见，渔父歌自逸。忆与君别时，泛舟如昨日。夕阳开返照，中坐兴非一。南望鹿门山，归来恨如失。"

孟浩然还有著名的送别之作《永嘉上浦馆逢张八子容》："逆旅相逢处，江村日暮时。众山遥对酒，孤屿共题诗。廨宇邻蛟室，人烟接岛夷。乡园万余里，失路一相悲。"表达了同乡好友即将离别之际的孤岑之感。张子容当日诗则云："无云天欲暮，轻鹢大江清。归路烟中远，回舟月上行。傍潭窥竹暗，出屿见沙明。更值微风起，乘流丝管声。"（《泛永嘉江日暮回舟》）孟浩然和张子容在异乡泛舟瓯江，同游孤屿而得纪行赠别之作，在烟水迷蒙的瓯江暮色和若隐若现的江心孤屿的映衬下显得格外感伤，成为异乡赠别之绝唱。

光绪年间温州开埠，英国领事进驻江心屿，先以浩然楼作为临时馆舍。光绪二十年（1894 年），在江心屿东塔山麓建造新馆舍，如今成为研究近代中西建筑文化的实例，并于 2019 年被公布为全国重点文物保护单位。

温州瓯江与江心屿

英国驻温州领事馆旧址

瓯江入海

《登池上楼》是谢灵运在温州的另一首名作："潜虬媚幽姿，飞鸿响远音。薄霄愧云浮，栖川怍渊沉。进德智所拙，退耕力不任。徇禄反穷海，卧疴对空林。衾枕昧节候，褰开暂窥临。倾耳聆波澜，举目眺岖嵚。初景革绪风，新阳改故阴。池塘生春草，园柳变鸣禽。祁祁伤豳歌，萋萋感楚吟。索居易永久，离群难处心。持操岂独古，无闷征在今。"后人在积谷山下凿池（谢池），临池建楼（池上楼）以作纪念。清道光初，邑人张瑞溥辞官回归故里，在此购地，增筑"春草轩""怀谢楼""鹤舫"等，取名"如园"。园内有假山、奇石、回廊，并有"青草轩""怀谢楼""十二梅花书屋"和"飞霞山馆"。如今，如园已成为中山公园的一部分，成为温州市区另一处历史底蕴深厚的谢灵运的纪念场所。

南宋思想家、文学家叶适，生于瑞安，淳熙五年（1178 年）进士第二名，历仕孝宗、光宗、宁宗三朝。叶适对外力主抗金，反对和议，韩侂胄死后，以附庸之罪名被弹劾，返乡赋闲，晚年讲学于永嘉城外水心村，世称水心先生，去世后谥"文定"。

温州中山公园内的怀谢楼

　　叶适重功利之学，认为义不可离利，主张通商惠工，他所代表的永嘉学派，与朱熹的理学、陆九渊的心学并称南宋三大学派，对后世影响深远，其所著述，今人编为《叶适集》传世。今温州市区海坛山公园内有叶适之墓。

温州叶适墓

四灵诗派，是南宋末年的诗派，代表南宋后期诗歌创作上的一种倾向，又称"永嘉四灵"，指南宋四位永嘉（今温州）籍诗人徐照（字灵晖）、徐玑（号灵渊）、翁卷（字灵舒）、赵师秀（号灵秀），因四人字号中均有一"灵"字，故有"四灵"之称，其名始见于叶适《水心文集》卷29《题刘潜夫南岳诗稿》："往岁徐道晖诸人，摆落近世诗律，敛情约性，因狭出奇，合于唐人，夸所未有，皆自号'四灵'云。"

"四灵"的诗歌创作成果丰富，其中自然山水诗居多，四人一生大多数时间都居于永嘉，故其诗中有大量笔墨描绘温州当地的风光，如描写江心屿的诗有徐照的《题江心寺》《赠江心寺钦上人》，翁卷的《题江心寺》等。描写雁荡景物的有徐照的《游雁荡山》八首，徐玑的《雁山》《大龙湫》《灵峰寺洞》，翁卷的《能仁寺》《石门庵》《宝冠寺》，以及赵师秀的《大龙湫》《雁荡宝冠寺》等诗。温州净光山也是"四灵"经常吟咏写诗的去处，净光山就是现在的温州松台山，相关诗作有徐照的《净光山四咏呈水心先生》，徐玑的《净光山》四首等。除此之外，"四灵"诗歌中还有对于白石岩、大罗山、塔山等其他温州风光的书写，如徐照的《塔山作》《赠大罗山李秀才》《白石岩》，赵师秀的《白石岩》等诗。

永嘉四灵佳作不少，然最著名者，当属赵师秀的《约客》和翁卷的《乡村四月》。前者云："黄梅时节家家雨，青草池塘处处蛙。有约不来过夜半，闲敲棋子落灯花。"后者云："绿遍山原白满川，子规声里雨如烟。乡村四月闲人少，才了蚕桑又插田。"翁卷以苦吟闻名，自云："病多怜骨瘦，吟苦笑身穷"（《秋日闲居呈赵端行》）今乐清淡溪镇埭头村，有翁氏宗祠和翁卷纪念馆。

民国时期的著名作家、学者朱自清，曾于1923年春至1924年秋在浙江省立第十中学任教，其间写有多篇著名的散文作品。当年暑假，他回江苏探望老父，随后同俞平伯泛舟秦淮河，八月底回到温州，写下《桨声灯影里的秦淮河》。朱自清游览温州市郊的仙岩，在梅雨潭观瀑，深为潭水之美所吸引，回来后写下散文《绿》，后来曾入选中学课本，让梅雨潭成为家喻户晓的地名。此篇与其他三篇散文，合编为《温州的踪迹》。如今的温州市区，有朱自清故居，在梅雨潭边，还建有纪念朱自清的"自清亭"。

翁氏宗祠

温州朱自清旧居

仙岩梅雨潭旁的"自清亭"

　　洞头原先是温州的属县，现在已经划为一个区。2002 年灵昆大桥和洞头大桥通车，其几个主要岛屿得以与大陆相连接。曾在《人民日报》副刊上读到过一篇散文，至今印象深刻，说的是距离主岛五百多米的三盘岛上有一个产妇因难产导致大出血，需要送县医院急救，但由于风大浪高，小船无法靠岸，最终医生们只能眼睁睁地看着两条鲜活的生命消逝在狂风怒涛之中。在经温州市区去洞头岛的路上，我还特意注意了一下三盘岛和主岛的距离，确实很近，大巴车只需一分钟左右就能走完连接三盘岛和主岛的桥梁，再度对那位风雨之夜凄然离世的产妇和她的孩子发出痛惜之情，也对古人"修桥铺路积阴骘"的说法有了更为深刻的认识。

望海楼是洞头最负盛名的古迹，汽车沿盘山路到了山顶，下车就见到"百岛一望"的牌坊和巍峨的望海楼的侧影。望海楼原址在距此二十里的青嶴山（今大门岛），为刘宋元嘉年间永嘉太守颜延之所建，延之以文学名，与谢灵运并称"颜谢"。南朝时永嘉为远郡，来这里的一般都是受排挤的官员，颜延之是如此，先他十二年来永嘉当太守的谢灵运也是如此，这也是当时诡谲多变的政治生态所致。"徒遭良时诐，王道奄昏霾。入神幽明绝，朋好云雨乖"（《和谢监灵运诗》）从颜延之与谢灵运唱和的诗句中来看，他俩颇有惺惺相惜之意。

颜延之作于永嘉任上的《五君咏》，取"竹林七贤"中五人：嵇康、向秀、刘伶、阮籍、阮咸为题，而另二人山涛和王戎，则因贵显而弃之，借先贤故事抒胸中块垒之意很明显，举《嵇中散》一篇："中散不偶世，本自餐霞人。形解验默仙，吐论知凝神。立俗迕流议，寻山洽隐沦。鸾翮有时铩，龙性谁能驯。"东晋末，颜延之曾任江州刺史，与陶渊明私交甚笃，渊明去世后，延之为作《陶徵士诔》。《宋书》本传说颜延之"好酒疏诞，不能斟酌当世"，且"辞甚激扬，每犯权要"，甚至对自己权倾朝野的儿子颜竣也没有好脸色，常对他说："平生不喜见要人，今不幸见汝。"[①]此前的元嘉三十年（453 年），刘劭弑父篡位，武陵王刘骏起兵讨之，颜竣密谋相助，为起草檄文，刘劭得到檄文，昭示延之，后者竟马上出卖了儿子，说这是颜竣的笔体，且云："竣尚不顾老父，何能为陛下？"如此得以保全。

颜延之于洞头青嶴山筑楼观海后 400 年，张又新出任温州刺史，曾来此地寻访望海楼的遗迹，无所得，怅然观海，遂作诗以纪之："灵海泓澄匝翠峰，昔贤心赏已成空。今朝亭馆无遗制，积水沧浪一望中。"（《青嶴山》）诗很浅白，基本是实写眼前之景，兼之以寻访先贤遗迹之幽情。又新字孔昭，为司门员外郎张篪之曾孙，工部侍郎张荐之子，深州陆泽（今河北深县）人，元和九年（814 年）举进士第一名，应辟为淮南节度使从事，后历左、右阙，迁祠部员外郎，出为山南东道节度使行军司马，至襄阳。太和元年（827 年）贬汀州刺史，后又任主客郎中、刑部郎中，转申州刺史。开成（836—840 年）年

---

① 沈约. 宋书［M］//文渊阁四库全书本.

间为温州刺史。武宗会昌（841—846 年）时任江州刺史，官终左司郎中。

如今的望海楼建成于 2007 年，雄丽多姿，色彩斑斓，矗立于高 200 余米的山巅，登临远眺，碧波万顷，海天浩荡，浮云如在目前，清风啸于耳边，向北一望，诸岛层叠，长桥连缀，远处碧峦一痕，便是大门岛，1 500 多年前，颜延之曾在那里建起一座小楼（此楼初始规模不详，然以当时的技术水平，并考虑环境因素，定然不会很高），以供观海；1 100 多年前，张又新曾在那里凭吊陈旧，一无所见，只能眺海吟诗，以发思古之情。而如今的我辈，能在海风呼号之中登上 35 米高的大楼，在海拔 260 余米的高度眺望大海，实属幸事。古代统治阶层尚不易获取的乐趣，如今为大众所轻而易举地享受，这真的是要感谢科技的力量。

洞头望海楼

从望海楼眺望大门岛（望海楼原址所在地）

望海楼下颜延之像

著名的藏书楼玉海楼,位于温州瑞安市,系清光绪十四年（1888 年）由孙衣言所建,楼名取自南宋学者王应麟巨著《玉海》。孙衣言为晚清学者,瑞安人,道光年间进士,官至太仆寺卿。返乡后努力搜辑乡邦文献,刻《永嘉丛书》,筑"玉海楼"以藏书,著有《逊学斋诗文钞》。

孙衣言之子孙诒让字仲容,为著名的经学家、校勘训诂学家和古文字学家,他 1867 年中举后五赴礼闱不第,遂绝意仕进,专攻学术。晚年在瑞安创建"算学书院",传授数学、物理、化学等现代科学知识。次年力赞项崧等人创办瑞安方言馆,讲授国文、英文及外国史、地理等。同时与友人在温州创办蚕学馆,教授中外种桑养蚕之学。1901 年,兴办瑞安县普通学堂,为新式教育的创立和发展作出了很大贡献。一生主要著述有《周礼正义》《周礼政要》《墨子间诂》《古籀馀论》《古籀拾遗》《契文举例》《名原》《札迻》《温州经籍志》等。

瑞安玉海楼

温州市区以北的永嘉县,为山水佳丽之地,尤以楠溪江风光闻名。楠溪江为瓯江第二大支流,发源于永嘉县、仙居县交接的黄里坑,在括苍山、雁荡山脉间回转,自北而南流经永嘉县腹地后直注瓯江,其主要支流有岩坦溪、张溪、鹤盛溪、小楠溪、花坦溪、五尺溪和陡门溪等。楠溪江流域以水秀、岩奇、瀑多、村古、滩林美而名闻遐迩，是中国国家级风景区当中唯一以田园山水风光见长的景区。清代著名诗人朱彝尊《雨渡永嘉江夜入楠溪》诗云："落日下崦嵫，飞雨自崇墉。驾言出北郭，泛舟横东江。近岫既凌缅，遥岑亦濛笼。葱青水竹交，乃有樵径通。潜虬寒载蛰，海鸥夕来双。顾望云叶开，张星昏已中。荒冈响哀狄，枉渚遵轻鸿。故乡日以远，川路靡克终。寄言薜萝客，岁宴期来同。"

永嘉楠溪江风光

乐清市位于永嘉之东，背山面海，以雁荡山风光闻名。雁荡山为世界地质公园，雁荡灵峰、灵岩、大龙湫、三折瀑等景点，自以来以山水奇丽闻名，谢灵运、贯休、沈括、徐霞客、康有为、郁达夫、张大千、潘天寿等名人均曾游览雁荡，并留下诗篇。南宋状元诗人王十朋是乐清人，其有诗写雁荡山曰："家居雁宕芙蓉侧，身自瞿塘滟滪回。览尽江山归路远，舞翻乌鹊故人来。诗吟夔子相思句，酒饮鄱阳未尽杯。种学绩文宜馆阁，二松那复久淹徊。"（《喻叔奇自鄱阳来以诗见赠次韵以酬》）明代诗人郑善夫《雁宕山中》诗曰："丹崖侧叠窥欲颓，扪石扪萝鸟道回。沧海客心长自远，锦溪秋色是重来。灵湫水激风云湿，昧谷春生鸿雁回。更上南山望双阙，葱葱云气护蓬莱。"

乐清市雁荡山色

王十朋字龟龄，号梅溪，乐清人，少颖悟，强记诵，为文顷刻数千言，入补太学生。绍兴二十七年（1157 年）被宋高宗亲擢为进士第一，授绍兴府签判，后以龙图阁学士致仕。王十朋为人刚直，勤敏力学，一生忠孝，博究经史，著有《梅溪集》。由于王十朋是温州人，作为状元，在当地享有盛誉，温州又是南戏发源之地，元代《荆钗记》即附会王十朋故事而成，影响深远，与《白兔记》《拜月亭记》《杀狗记》《琵琶记》号称"五大传奇"。今在王十朋诞生的四都乡梅溪村，尚有其墓地。

雁荡山脉以瓯江断裂带为界，分为南北雁荡，北雁荡位于乐清，南雁荡在平阳县，平阳是南宋末年爱国诗人林景熙的家乡。林景熙字德阳，号霁山，咸淳七年（1271 年）以太学生授泉州教官，历礼部架阁，转从政郎。元兵南下，遂不仕归里。杨琏真伽发宋诸陵，景熙与唐珏等觅得高、孝二陵遗骨，葬于绍兴兰渚山，其《冬青花》诗云："冬青花，花时一日肠九折。隔江风雨清影空，五月深山护微雪。石根云气龙所藏，寻常蝼蚁不敢穴。移来此种非人间，曾识万年觞底月。蜀魂飞绕百鸟臣，夜半一声山竹裂。"（题下自注：冬青一名女贞木，一名万年枝，汉宫尝植，后世因之。宋诸陵亦多植此木。）余生往来吴越二十余年，学者称"霁山先生"，著作有《霁山集》等。卒葬家乡青芝山，今依其墓建有纪念性园林"霁山园"。

乐清王十朋墓

平阳县霁山园内林景熙像

以明初大儒刘基谥号命名的文成县，地处温州西南部，飞云江中上游，民国三十五年（1946 年）十二月设县，由瑞安、泰顺、青田三县交界区域析出而成。文成以百丈漈瀑布闻名，"漈"是当地人对瀑布的称呼，瀑布三折，落差最大的第一漈高 207 米，宽 30 余米，有"天下第一瀑"之称。南宋方翥《百丈漈》诗云："断崖日夕自撞舂，未近先看气象雄。万壑不停雷隐隐，一川长觉雨濛濛。"

文成县百丈漈瀑布

百丈漈下的刘基像

余　论

　　中国古代人几乎没有"诗路"的概念，却对"寻诗之路"多有表述，比如南宋范成大《进思堂夜坐怀故山》中云："簿书遮断寻诗路，风雨惊残问月杯。"清人陈维崧词《齐天乐·绿水亭观荷同对岩荪友竹垞舟次西溪饮容若处作》中也有"倚阑凝伫，记罨画东头，旧寻诗路"的描述。

　　清代诗人舒位《雪夜杂诗》其四："来从郑綮寻诗路，坐对孙康映雪帘。未必著书真覆酱，定知得句不称盐。归期肯让梅花发，别绪都随艾叶添。自拨炉灰思往事，城南灯火夜恹恹。"郑綮寻诗的典故，源于五代孙光宪《北梦琐言》卷七"郑綮相诗"条："或曰：'相国近有新诗否？'对曰：'诗思在灞桥风雪中驴背上，此处何以得之？'盖言平生苦心也。"以故，南宋陆游《剑门道中遇微雨》曰："衣上征尘杂酒痕，远游无处不销魂。此身合是诗人未，细雨骑驴入剑门。"亦用此意。

　　民国梁鼎芬《散原自钟山来东简乙卯五月》则用北宋王安石典故："乱后莺飞尚有庐，冶春一事不关渠。若来灵谷寻诗路，欠个当年介甫驴。"叶梦得《避暑录话》载："王荆公不耐静坐，非卧即行。晚居钟山谢公墩，自山距城适相半，谓之半山。尝畜一驴，每旦食罢，必一至钟山，纵步山间。倦则叩定林寺而卧，往往至日昃乃归。有不及终往，亦必跨驴半道而还。"所以自古以来，诗人寻找诗思，往往在路途中，每有所得，援笔而录，正如刘勰《文心雕龙》所云："若乃山林皋壤，实文思之奥府，略语则阙，详说则繁。然则屈平所以能洞监《风》《骚》之情者，抑亦江山之助乎？赞曰：山沓水匝，树杂云合。目既往还，心亦吐纳。春日迟迟，秋风飒飒，情往似赠，兴来如答。"①

　　正因为"路"对诗文创作的决定性作用，所以历代旅路上多产诗文也就

---

① 黄侃. 文心雕龙札记［M］. 北京：北京理工大学出版社，2020.

顺理成章了。古人在路上寻诗，而今天，人们反过来要在诗中寻路，这是文学创作与文学欣赏的双向互动，从而建构了路上之诗和诗中之路两个维度，在文字世界和实相世界之间串构起丰富的连接渠道。在历代浩如烟海的文学作品中能找出的诗路岂止数条？这些诗路交织往复，形成多元的整体，将人文场域、自然场域包罗起来，为走读文学作品提供了丰富的路径。

其实诗路文化的开发，在各个地方都有很大的空间，尤其是中国这样一个历史悠久文化昌盛的国度。至于浙江，只是其中一个不算很大的地理范畴，但浙江的诗路文化，也有其自身独到的特色。

浙江诗路文化的第一个特点是水路引导。浙江省所提出的"四条诗路"，有三条都直接与河流有关，而浙东诗路，实际上也是由剡溪引导南下的。中国古代的交通，很大程度上依赖水路，而地处江南水乡的浙江当然更是水网密布，而钱塘江、运河、瓯江、剡溪或奔流于平原，或九曲于山间，在工业水平不发达的古代，为深入这片地貌复杂的土地提供了最大的便利，因此从河流入手去梳理相关的路径，就成了自然而然的选择。

浙江诗路文化的第二个特点是山海融合。浙江多山，其西部、中部和南部地区丘陵绵延，高峰耸立，为古人"寻诗"提供了丰富的素材。浙江又是东南沿海省份，拥有很长的海岸线，嘉兴海盐的港口曾寄托着整个民族打造东方大港的梦想，舟山号称千岛之城，明州港是古代中国最重要的外贸港口之一，而台州、温州的沿海，也拥有极为丰富的自然和人文资源。从另一个角度而言，山区往往意味着交通的落后和信息的封闭，而沿海则意味着交通的便利、信息的灵通与居民眼界的开阔、头脑的灵活。在浙江，这二者是并行不悖的，浙江人既有着山区人民的质朴求实，又有着沿海居民的开拓精神，这样的特质不仅直接导致了浙人扎实勤奋而又善于应势而变的特点，也使得这个地理环境并不优越的山海省份成为全国经济和文化最为发达的区域之一。总之，山与海，永远是浙江文化的象征，要深入探究浙江人的外在风貌和内在个性，就必须结合此二者进行。

浙江诗路文化的第三个特点是人才济济。前文也曾用相当的篇幅列举了浙江历代人才的基本情况。浙江不仅以全国较少的土地贡献了相当高的产值，更为国家贡献了无数的英杰才俊，当然，这一点与整个江南地区在中国的经济、文化地位日益提高有关，但也不能完全归因于浙江的区位优势。客观地说，浙江在各个历史时期能够涌现如此之多的人才，与其地理风貌、历史积淀、人文环境和地域个性也是密切关联的。浙江诗路丰富的表现力源于深厚的文化底蕴。在浙江这片历史悠久、积淀深厚的土地上，孕育了诸多的诗人、画家、书法家和学者，一代代的文人在此成长并走向全国，而他们的风范也吸引了众多的文人前来游历，久而久之，便形成了丰厚的文化场域。

浙江诗路文化以山水田园为基调，呈现出一种宁静和谐的田园风光。浙江的山水，如同画中的墨迹，融入了诗人的情感与笔墨。此外，这里的田园风光也是诗人吟咏的对象，那诗意的农舍、秀美的田园，令人陶醉。浙江的水，也给这片土地带来了独特的韵味，河湖溪涧宛如诗人的音符，在诗人笔下跳跃出灵动的节奏。

浙江诗路文化在历史长河中留下的独特印记中，同样突出的是古代建筑与工艺美术。如古老的寺庙、运河上的古桥、历史悠久的园林等，这些古建筑承载着深厚的历史文化底蕴，也见证了浙江人民的艺术智慧。

浙江诗路文化的精神内涵在于其坚韧不拔、自强不息的精神风貌。无论是文人墨客的诗歌创作，还是浙江人民的勤劳智慧，都体现了这种精神。在面对困难与挑战时，浙江人民始终坚韧不拔，奋发向前。这种精神也在诗路文化的传承中得以延续，激励着一代又一代的浙江人奋勇向前。

浙江诗路文化的魅力在于其广博包容、兼收并蓄的特点。这里既有深厚的传统文化底蕴，也产生了丰富多彩的艺术表现形式。这种包容性让浙江诗路文化能够与现代社会接轨，与时俱进，同时也吸引了越来越多的人关注和喜爱。无论是文化遗产的保护、传统艺术的传承，还是文化旅游的发展，浙江诗路文化都在不断焕发新的生机和活力。

浙江诗路文化以其山水田园为基调、历史建筑与工艺美术为独特印记、坚韧不拔的精神内涵以及包容并蓄的特点，成为了中国文化版图中一颗璀璨明珠。它不仅展现了浙江人民的勤劳智慧和坚韧精神，也为我们提供了一个了解和传承中华文化的宝贵平台。

关注和传承浙江诗路文化，为其进一步繁荣发展贡献力量，首先要突出地理特征，基于发扬浙江诗路文化的要求，对浙江诗歌作品进行"在地化"编写，突出作品地理空间的"浙江特质"，既包括浙江诗人写浙江的作品，也包括外地诗人写浙江的作品，甚至拓展浙江诗路文化的外缘，可以包含浙江诗人写外地景观或创作于外地的作品。其次要强化文化属性，注重挖掘诗歌作品所蕴含的历史、文化、民俗等方面的内涵，通过诗歌作品展现浙江的文化底蕴和人文精神。再次要彰显美学品格，强调诗歌作品的艺术价值和审美意义，注重诗歌作品的语言、意境、韵律等方面的美感，通过诗歌作品展现浙江的山水之美、人文之美和生活之美。最后要标举精神特质，注重挖掘诗歌作品所蕴含的精神内涵和价值取向，通过诗歌作品展现浙江人民的精神风貌和价值追求。

　　对文化生活、精神生活的高度向往，是物质生活发展到一定程度之后的必然需求，如何做好文化建设，是一个长期的课题，它要求教育的持续进步、知识的日益普及和人们对真、善、美的执着追求。文化的进步和教育事业一样，是一项良心工程，需要持续的、不懈怠的物质和精神投入。对于浙江诗路文化的探究、发展和弘扬，要在实事求是、尊重文献、以人为本的基础上，发扬创新精神，拓展精神内涵，开创新的发展领域，努力打造浙江诗路文化的整体形象，发挥局域优势，寻找重点和亮点，兼及全体，联动发展。在发展中还需大量借鉴省外乃至国外的先进经验，提高发展质量，同时做到规划的逐步落实，持之以恒，以达成长期、有效的发展。

后　记

　　写这部书稿的计划由来已久，我本就喜爱旅行，之前也写过关于诗路行旅的著作，自从 2019 年浙江省提出诗路文化带的开发建设规划之后，我就有了把我对浙江省内的文学之路的踏勘笔记结集成书的打算，并为此作了很多的准备。书中所采用的三百余幅插图，都是我本人踏勘诗路过程中所摄，对我来说，那也是弥足珍贵的记忆片段。

　　从前年十月到去年十月，我得到国家留学基金委员会的资助，在日本做了一年的访问学者，我也努力通过这个机会，考察了日本的部分文学遗迹的保护和活化利用的现状，并有了一些心得，希望能本着"他山之石，可以攻玉"的精神，为祖国的文化事业的发展，也作出一点贡献。

　　尽管浙江诗路文化发展规划提出后不久在社会上形成了一定的影响力，但近年来，尤其是新冠疫情之后，这股热潮出现了明显的弱化和消退迹象，随着浙江的另一个文化工程"宋韵文化"的提出，诗路文化出现在报章网络上的频率也大大降低了。

　　然而我总是希望文化工程不会是短期行为，谋定而后动，厚积而薄发，是每一个文化工作者必须具备的素质。希望通过个体的点滴努力，把一些有意义的工作继续做下去，同时，作为一个知识分子，随着年龄的逐渐增长和阅历的不断拓展，以及不断的思考和反省，我也渐渐体味到了"但求耕耘，莫问收获"的必要性和必然性。

杨　昇

2024 年 5 月

于浙江临安